ちくま文庫

飛田ホテル

黒岩重吾

筑摩書房

目次

飛田ホテル

飛田ホテル

一

月光アパートは、H線、飛田駅の近くにあった。昭和初期に出来たアパートで、壁の色も、今は分らない程古び、玄関からはすえた匂いの漂う、侘しいホテルであった。

この辺りの人々は、この月光アパートを、通称、飛田ホテルと呼んでいた。それは売春防止法以来、多くの夜の女たちが、このアパートに住みこんだためであった。

でも、飛田ホテルの女たちは、直ぐ傍の東田町や、東萩町の女たちのように、暴力売春組織に属していない。

彼女たちはそれぞれ、暴力の怖ろしさを良く知っており、これらの組織に入ることを、極力警戒していた。主に、飛田駅前に、ずらりとならんでいる一杯飲屋と契約したり、ぽん引をやとい、客を引いてもらっていた。

飛田ホテルには、彼女たち以外、いろいろな人間が集っていた。権利金三千円で、月千百円の家賃であるから、一度入居したものは、絶対出ない。

居住人の半分は、真面目な職業の人たちであった。工員、職人、日傭い、彼等は、妻と多勢の子供をかかえ、朝早く飛田ホテルを出た。そして一日の仕事に、心身とも疲れはて、ささくれ立った四畳半に溢れた、家族のところに帰って来た。

彼等は人生の落伍者ではあるが、普通の社会の住人であった。

月光アパートを、飛田ホテルと呼ばせるようになったのは、残り半分の者たちであった。夜の女を含め、彼等は、人生でも社会からも落伍者であった。

色々な人間がいた。当り屋もいたし、拾い屋もいた。拾い屋といっても屑拾いではない。競輪競馬の捨て券を拾い、当り番号を探すのであった。また恐喝《きょうかつ》めいた拾い屋もいた。

たとえば、近くの釜ヶ崎界隈に車を停めるとする。運転手が車を置いたまま一寸用でもたすと、彼等は車の周りに集り、運転手が戻って来るのを待つ。戻って来た運転手は、自分の車の周りに集り、「車を拾った、車を拾った」と喚いている男たちを見る筈であった。

運転手がいくら、これは自分の車である、といっても、彼等は、わし等が拾った車だ、と喚いて聞き入れない。警察に訴えるのも、危険で、運転手は、仕方なく、いくらかの拾い賃を、彼等に出さねばならなかった。

これ等の拾い屋は、自家用車だけでなく、タクシーをもねらった。

ぽん引もいた。ただ飛田ホテルのぽん引は女たちの、ひもではなかった。彼等は初老の男女で、客を紹介する手数料だけしか、女から貰わなかった。彼等は、女たちの寄生虫ではなく、むしろ女たちを養っているという、誇りさえ持っている者がいた。

また、もや返し賭博《とばく》のグループもいたし、賭け将棋や賭け麻雀で暮している者もいた。彼等の中の文化人は、エロ本書きであり、いんちき計理士であった。計理士といっても、まともな会社の計理をやるのではなく、この辺りの売春バーや、飲屋の脱税を、わずかな手数料で、引き受けていた。

有池一が、一年ぶりで、堺刑務所から、飛田ホテルに戻って来たのは、三月の初めであった。

彼は東京のに組の幹部だったが、二年前、新宿で、中国人を日本刀で切り、重傷を負わせ、逃亡して飛田ホテルに隠れていたところを逮捕されたのであった。

密告したのは、頼っていた、南大阪の有楽組の者であった。彼は出所した以上、二度とこのような世界に戻ろうとは、考えていなかった。人間の屑のような生活から足を洗い、飛田ホテルの薄暗い一室で、彼を待っている浪江と、新しい生活に踏み出す決心をしていた。

出所することは浪江にも知らせていなかった。突然帰って、喜ばしてやろう、子供のような期待の喜びに胸をはずませて、西成の、泥湿《でいしつ》地帯に戻って来たのであった。

有池は東京の私大を出ていた。三十歳になる。人間がわき道にそれるには、色々な場合があった。性格にもよるだろうし、環境にもよる。でも家庭環境に由因する場合が、最も多いようであった。

有池は、物心ついて以来、父母が笑い合っているのを見たことがなかった。

もし父母が、一瞬にしろ、なごやかな雰囲気を持った時があれば、それは有池を媒体《ばいたい》物《ぶつ》としてであった。

父と母は、一対一で向い合った時は、何時もどこか底冷えのする眼に見えない湿気を漂《ただよ》わせていた。二人は、冬の道路にころがって向い合っている、二つの石のようであった。

父は中学校の校長で、母は洋裁店を経営していた。

一人の人間が生きて行くには、数多くの人と接触しなければならない。が、いくら接触しても、永久に無縁だという人が、必ずいる筈であった。

もし何等かの理由により、無縁同士の人間が、共に暮さねばならないとしたら、悲劇であった。

有池は高校時代から、両親がどうして結婚したのか、絶えず疑問に思っていた。母は酔ってよく夜遅く帰り、父はたえず書斎にこもっていた。彼が大学三年の時、母は十五年下のバーテンと、河口湖で心中した。

警察の見方は、母からの無理心中であった。モーターボートで、湖上に出かけたのだが、母がそのバーテンに、ジュースに入れた青酸加里を飲ませ、自分もあとから飲んだようであった。

有池は一人、遺体引き取りに行った。夕霧に煙った山の広い湖の中に、黒煙のような島があった。二人を乗せたボートは、その島の岩礁《がんしょう》に乗り上げていたのだ。バーテンは、ボートから乗り出すようにして死んでいたが、母はうずくまるような姿であった。

有池が両親が結婚するようになった理由を聞いたのは、密葬が終った後であった。初めて、有池の前に姿を現わした、母の姉が教えてくれたのだ。

簡単なことであった。当時父は女学校に奉職していた。母は生徒であった。遠足に行き、母が迷った時、父が探しに行ったのだ、母は山道に腰を下ろして泣いていた。父は母を暴力で犯してしまった。

山の若葉のこもった匂いが、父の欲情をかりたてたのかもしれなかった。母は運悪くみごもった。母にはきめられた人がいた。母はその人を愛していたようであった。

母は卒業すると、父と結婚した。数え年で十八歳であった。母の気持よりも、両家の意向が結婚に一致したのだ。当時はそんな時代であった。母はそのようなものに刃向う程、大人ではなかった。

結婚して母は有池を生んだ。母が大人になったのは、有池が、もの心つき始めた頃からではないか。母が大人になった時、父と母との間には、氷の幕が下りたのだった。

有池が盛り場をうろつき、組に入ったのは、大学三年の時だった。間もなく彼は家を飛び出し、学校を止めた。

それから八年たつ、彼がそんな世界を面白いと思ったのは、入った時だけであった。あとは、その世界の無知に愛想をつかしながら、義理やおきてに縛《しば》られ、これまで過したのだった。

でも、刑務所に入ったのは、足を洗うには、良いチャンスであった。浪江と一緒になってから、彼は、自分にも、まともな生活ができるのではないかと、考えるようになっていた。

有池が玩具のような、がたがたした電車から下りた時、彼の長身を最初に見つけたのは、夜の女の、中川仙子だった。

スーツに赤いブラウスという、このような種類の女にしては、地味な服装をしていた仙子は、咥えていた煙草を捨てると、一杯飲屋、みよしのおかみに声をかけた。

「おばさん、はじめさんが帰って来たわよ」

満洲中国を渡り歩いた、おかみの芳江は、太った身体を、カウンターの後ろから、店の前に運んだ。そして、昔の飛田遊廓を囲っていた、石の塀に放尿しているぽん引の、一角六造にいった。

「かくさん、はじめ兄さんが、帰って来たがな」

六造は放尿しながら振り返り、有池を認めると、なにか呟いた。

有池はポケットに手を入れ、西成の夜の匂いを嗅いだ。おでんの匂い、安酒の匂い、立小便ですえた土の匂い。

薄い夜の霧が、電車道に立ちこめていた。街の灯はおぼろであった。霧の先に飛田ホテルの灯があった。電車道から一段下った湿地にあるその灯は、霧の底にかたまり合って咲いている、オオエビネの花のようであった。

彼は前に進むのを怖れるように、両足を踏んばって、プラットフォームまがいの、石畳に立っていた。

最初に有池の傍に飛んで来たのは、六造であった。昔、新世界の弁士席で、観客に涙を流させたこの老ぽん引は、皺の中のにごった瞳を、感激で光らせながら手を差し出した。その掌からは、アルコールの交った小便の匂いが発散していた。

その手を握りながら有池は、相変らず元気だな、といった。

「はじめさんも元気やな」と六造は答えた。

仙子はゆっくりと、芳江は太った身体を大儀そうに運んで来た。

「帰って来たのね」と仙子は有池の胸を見ていった。

「お帰りやす」と芳江はちょこんと挨拶した。仙子は痩せ、芳江はさらに太っていた。

二人共、飛田ホテルの住人であった。

刑務所に入る前、有池は、仙子のひもになろうとした、ちんぴらを、仙子の周りから放してやったことがあった。それ以来、仙子は有池に感謝し、あからさまではないが、彼を好いている様子であった。余り喋らず、媚も売らないが、仙子の稼ぎ高は素晴らしかった。

「浪江は元気か」と有池は誰にともなくいった。誰も答えなかった。三人の顔が一様にこわばったのを、有池は不吉な思いで見た。彼は六造に咬みつくようにいった。「六さん、浪江は元気か、と聞いているんだぜ」六造は口をもぐもぐさせ、眼をしばたたいた。

「それがね、はじめさん」と仙子が口を開きかけた時、芳江が後を引きとった。

「二、三日前からおれへんようになったんよ、はじめさんが、もう帰って来ること分ってんのに、どうしたんやろね」

芳江の言葉には浪江を非難する匂いがあった。

「俺が帰ることは知らない筈だよ、刑期が短縮されて出たんだからな」

「はじめさん、浪江はんだけは違うと思とった、せ、せやけどな、男が一人で女子を待てんのと同じように、女子かて、人間やよってな」と六造がしょぼしょぼといった。

「六さん、じゃ浪江は男と逃げたんだな」

と有池はいった。六造は慌てて首を振った。

「そ、そんなことはあれへん、浪江はんは固い人やった、いい寄っとった男もあったけどな、せやけど、突然、三日前からおらんようになったんや、分らん、わしは分らんのや」

といって六造は首を振った。

ホテルの向いの煙草屋は管理人であった。こうるさい細君も親爺もいず、娘から、合鍵を受け取ると、有池は玄関を入っていった。石畳の左側には大きな古ぼけた下駄箱があるが、中は空であった。下駄や草履でも入れておくと、盗まれるからであった。黒ずんだ廊下も部屋のドアもささくれ立っていた。ひんやりした空気が、廊下の奥から流れて来た。廊下の右側で、おおさむ、という女の声がして戸が開いた。スリップの上から、オーバーをはおった山形律子が、メリヤスのズボン下とシャツ姿の男と出て来た。男は客であった。ことをすませて二人は便所に行くところであった。律子は驚愕の表情を見せて立ち停った。律子は飛田ホテルの女たちの中では最も美貌であった。五尺三寸はあろうか。荒れた生活にも拘らず、その肌は艶々と、胸部のふくらみは、はおったオーバーの上からでさえも窺《うかが》われた。彫《ほ》りの深い顔は日本人離れしていたし、切れ長の眼には女豹のような魅力があった。一流キャバレーやバーに出ても、律子ならやっていけそうだった。が、律子は気儘であった。なにものに束縛されるのも、彼女は嫌った。それだけが律子を飛田ホテルの住人にしていた。浪江と知る前、有池は三度程律子と関係したことがあった。最初は金を取ったが、二度めからは取らなかった。律子は原始的な本能で有池を好きになったようであった。驚愕の表情がおさまると、律子は大げさな動作で、怪訝《けげん》そうに立ち停った客の腕を取った。

「寒いじゃないの、早く行こうよ」

と律子はいった。歩きかけて、今一度律子は有池を見た。すがれた廊下も並んだドアも消え、ただ律子の双眸《そうぼう》だけが飛びかかって来たような、そんな視線であった。

有池は二階の二十七号室の前に立った。有池浪江、割合新しい名札がかかっていた。名札のかかっている部屋とかかっていない部屋は半々であった。かかっているのは、普通の社会の人間であり、かかっていないのは、社会からも落伍した者たちの部屋であった。

有池が刑務所に行くまで、彼の部屋に名札はなかった。これは浪江がつくった名札に違いなかった。浪江のかすれた声と微かなわきがの匂いのする細いしなやかな身体が、その一枚の名札を通して、苦しい程脳裡によみがえって来た。有池一は浪江を信じた。たとえ浪江が今、この部屋にいなくても、浪江は有池を裏切ったのではなかった。浪江は何等かの事情で、一時姿を隠したのだ。

この時、有池が何故、ふと部屋の中で浪江が死んでいるような気がしたのか、彼には理由は分らない。ただ彼は、この二十七号室の中で、浪江が、死んで、彼を待っているような気がしたのだ。

有池は鍵穴に鍵を差し込んだ。

二

部屋の中は氷のように冷やかであった。ホテルの外に流れている春のぬくもりは、北向きのこの部屋にその手を差し伸べてはいなかった。ただ月の光りだけが、窓から洪水のように流れ、畳を白い砂床のように染めていた。部屋の中はがらんとしていた。整理箪笥もミシンも鏡台も、なに一つなかった。押入れの中には、蒲団さえなかった。ただ窓際の小さな板の間に、バケツと、塵取りと、箒があった。有池は電燈をつけようとしたが球もなかった。

彼は刑務所時代働いた金で買った、オーバーの襟をたて、畳の上に坐った。凄じい程白い月の光りが、彼の顔を白い能面のように蔽《おお》っていた。何処かで赤ん坊の泣声とラジオの音がしていた。彼はその時、部屋の中に甘い香りが漂っているような気がした。香りといえないような微かな香りであった。有池はけだるく顔を動かした。バケツの先に、半分散った白木蓮の花が花瓶にさされていた。浪江の好きな花であった。これだけ部屋の中の荷物を全部持って出たのに、何故花瓶を置いていったのか。有池はふと、浪江が彼のために、この白木蓮の花を置いて行ったような気がした。寒さがじーんとオーバーを通し身体の中にしみ込んで来た。

有池が浪江と知り合ったのは、この飛田ホテルである。当時有池は隣の二十六号室にいた。浪江はここから難波の近くのアルサロ※に通っていたのだ。浪江はか細く色は白い方でなかったが肌はしなやかであった。浪江は四時になるときまってアルサロに出かけ十二時前に帰って来た。薄い唇と大きな眼と形の良い眉毛を持っていた。肌の色に較べ耳だけが透き通るように白く、なにか薄倖を暗示しているようであった。男がいるのか、一週間のうち二日ぐらいは、帰って来なかった。酔って帰ると必ず流行歌を歌った。大体は艶歌詞調のものが多かった。時にはジャズもあった。でも浪江の少し掠れたような声は、艶歌詞調のものを歌うと実に雰囲気が出た。当時有池は浪江が歌い出すと、壁に耳をあてて聞いたものである。浪江は肌につけるものや、部屋の中の汚れに対しては神経質らしく絶えず洗濯をし、良く掃除をした。泊ることはあっても男が浪江の部屋を訪れたことは、一度もなかったようだ。浪江はまた名札をかけてはいなかった。ただ浪江が、社会の落伍者たちと一線を劃していたのは、そのような連中とつき合わなかったことである。夜の女たちにとって、浪江のそんな態度は生意気に見えたのも当然であろう。彼女たちにしてみれば、アルサロ娘もパン助も同じようなものであった。

事実彼女たちの何人かは、かつてアルサロ娘であった。或る時炊事場で水をかけた、といって二、三人の女たちが、浪江に喧嘩を吹っかけたことがあった。主役は律子であった。

飛田ホテルの中で、夜の女王のように、女たちに君臨している律子にとって、浪江は眼の中に入った砂であった。有池は炊事場の隣りの便所の中で、女たちの争いを聞いていた。女たちが、眉をしかめるような言葉でののしっている間、浪江は一言も口を利かなかった。

腹を立てた一人が、浪江の髪の毛を摑んだ。その時、浪江がいった言葉は、荒くれた女たちをじーんとさせたようだ。

「けがさすのやったら、さしてみい、警察に訴えるわよ」

と浪江はいったのだ。なんといっても、女たちにとって一番苦手なのは警察であった。

この一言で浪江は、自分はあんた達と違い、普通の社会の人間だということを、はっきり知らせたのだ。有池が浪江に興味を持ったのはこの時からであった。有池は浪江に勤めているアルサロを聞いた。有池を警戒してか、浪江は教えなかった。有池は浪江の後をつけ、浪江が難波新地のアルサロ花紅に勤めていることをつきとめた。或る日それをいうと、浪江はあきれたように、店でも浪江と名乗っていることを告げた。それから有池は花紅に行って良く浪江を指名した。このか細い二十二の女に、これ程たくましい生活があったのか。有池は驚かされることがたびたびあった。

初めて、ラスト後誘った時の浪江の言葉は、有池を啞然とさせた。「お金いただくわよ」と浪江はいったのだ。この女は飛田ホテルの女と本質的に違っている筈であった。それを誇りに思って生きている女、と有池は錯覚していたようであった。浪江は勿論処女ではなかった。浪江の身体からは微かなわきがの匂いがした。燃え、汗に濡れると、それが麝香のように匂った。有池は新しい魅力を浪江に感じるようになった。浪江はそのような客をかなり摑んでいた。一種の売春婦であったのか。

浪江が有池の金を受け取らなくなったのは、上六のホテルに行った時からであった。

その夜、有池に抱かれた時、浪江は眼を閉じて、彼の胸に顔を埋めた。

「うち、貧乏することに決めたの」

と浪江はいった。

「なんだって」と有池は浪江の顔を放そうとした。浪江は首を振った。

「もう、あんたからはお金貰わないの、そして他のお客さんとはホテルに行かないことを決めたん」

それが浪江の愛の告白であった。有池は胸にこすりつけて来る浪江の顔を両手で離した。浪江の顔は涙で、ぐしゃぐしゃに濡れていた。

その時有池は、この女は俺を一生愛するだろう、と思った。そう思った時、彼は、男にも女を、いとしい、と思う気持のあることを、初めて知ったようだ。

有池は一人部屋の中にうずくまっていた。誰も彼の部屋を訪れようとはしなかった。皆、浪江が姿を隠したことを知り、苦しみ悶《もだ》えているに違いない有池を一人にしているようだった。

どの位たったか、ドアがノックされた。

「ああ」と有池は無意識に返事した。盗人のようにおそるおそる首を出したのは、街頭賭博の鉄であった。本名は誰も知らない。

「はじめさんお帰りやす」といって、鉄は部屋の中を窺った。

「綺麗に持って行きよったなあ、はじめさん、知ってるやろけど、ここの荷物は管理人が預っとるぜ」

返事をしない有池の顔を具合悪そうに眺めて、鉄は顔を引っ込めた。有池は街頭賭博で零細《れいさい》な大衆の金を巻き上げる鉄の商売は大嫌いであった。そんな商売をやるだけあって、鉄の性格はこずるさに満ちていた。

それにしても、荷物が管理人のところにあるというのは聞き初めだった。有池は、はっとして立ち上った。浪江はまた帰って来る積りで家財道具を一時預けたのではなかったか。さっきはいなかった、管理人の細君は、血相を変えて駆け込んで来た有池に、くどくど事情を説明した。

浪江は、有池が刑務所に入ったあと、ずっとアルサロ火炎に勤めて、有池の帰りを待っていた。夕四時になると飛田ホテルを出、十二時にはきまって帰って来た。その細君の記憶では、浪江が外泊したのは二回であった。煙草屋からは、飛田ホテルの玄関が良く見え、細君は毎夜一時頃店じまいするまで、店に坐っていた。浪江はアルサロに出勤する時は必ず細君に鍵を渡し、帰る時に受け取った。だから浪江の外泊を覚えていたのだ。

浪江が姿を隠したのは四日前であった。その日浪江は、何時もの通り鍵を預けて出勤した。浪江の様子は少しも変ったところがなかった。浪江は鍵を預けたまま姿を隠したのであった。昨日細君は心配になって部屋を訪れた。鍵はかかったままであった。ドアを開けてみると、部屋の中には鏡台やミシンなど家財道具はそのままであった。細君は心配になった。この辺りは、人の眼の前で、ものをかっ払う人間が多い。もし浪江が帰って来ないとなると、ドアをこじ開け、盗まれる心配があった。家財道具といっても、僅かなものである。細君は浪江が帰るまで、自分の家に預っておく方が良策だと考えた。荷物を運んだのは今朝であった。話を聞いてみると、管理人の細君は、人の好いおせっかいやきであった。

浪江のものは、なに一つなくなっていなかった。有池は、一人でそれを部屋に運んだ。赤いトッパーや、黒いスリップも整理箪笥の中にあった。有池が見覚えている数々の品が出て来た。彼はその一つ一つに、浪江の顔を身体を思い浮べ、そして微かなわきがの匂いを嗅いだ。

じっとしておれない寂寥感《せきりょうかん》が彼を襲った。有池はウイスキーを買って来て、一人で飲んだ。何処かで女の悲鳴が聞えた。彼には浪江が、この部屋を捨てて、姿を隠した、とはどうしても考えられなかった。有池が知る限り、浪江は、彼以外の男を愛したことはない筈であった。でも、ただ一人、浪江の過去に暗い翳《かげ》を落している男がいた。

堺の刃物屋の若主人である香本であった。浪江の父は印刷工であった。母とは二十も年が違った。浪江が高校二年の時に、母は父と浪江を捨て若い男と駆け落ちした。浪江は高校を中退すると家を出、阿倍野界隈のバーに勤めた。香本と知り合ったのは、その時分である。

香本は商業大学の学生だった。眼の小さい鈍重な顔をした男で、バーに来たのは初めてであった。クラス会の帰りに友人に誘われたのだ。香本がどうして浪江に執心《しゅうしん》し出したのか、それは説明出来ない。それは如何にドライな合理的な世になっても、説明され得ない。男女の愛の神秘さであった。香本は連日のようにバーにやって来て、浪江に結婚を求めた。浪江は香本にはなんの魅力も感じなかった。余りしつこいのでバーに来ることさえ拒絶した。香本が来なくなってほっとしていると、或る日浪江のバーに、香本から書留が届いた。一万円入っていた。それを突き返すことを、十九の浪江に求めることは酷であった。

勝手にくれるものなら貰って置こう、という気に浪江はなった。書留は毎月届いた。そして半年めに香本は、バーに姿を現わした。香本は浪江の肉体を求めなかった。彼は、浪江がバーをやめ、結婚することをやはり望んでいた。浪江ははっきり拒絶した。香本はまたしつこくバーに来出した。毎月一万円送ってくることに変りはない。バーの友達は、香本のような男にめぐりあったのは、浪江の幸福だ、といった。そして結婚する意志がないなら、一万円を返すべきだ、といった。千円や二千円の金で身体を売り兼ねない浪江の友人達にとって、浪江の行為は腹立たしかったに違いない。そんな時浪江は、

「うちは金を貰っても、結婚しない、とはっきりいってあるんや、くれるのは向うの勝手じゃないの」

と反撥した。

香本が結婚をあきらめ、浪江の身体だけを求め出したのは一年ぐらいたった時だった。普通の男なら、先ず身体を求めるが、香本は反対であった。うるさくなって、浪江はバーを変えた。と、何処で調べたか、今度は浪江のアパートに書留が届いた。浪江はそれを使った。香本は間もなく浪江のアパートにやって来た。到頭、根負けして浪江は一度だけ、香本と関係したことがあった。その時浪江は自分が香本から逃げ廻っていた理由

を発見した。

香本に抱かれている間、浪江は、嫌いな毛虫に肌を触られているような嫌悪感を覚えたのであった。浪江がまたバーを変え、飛田ホテルに姿を隠したのは、それからであった。

その話を聞いた時、有池は不思議に思って尋ねたことがあった。

「君はアルサロに勤めている間、客と関係したこともあるんだろう、金を貰って――そんな君が心の底から君に惚れ、誠意のあるその男に抱かれるのが嫌だとは、どういうわけなんだ」

すると浪江は顔色を変えた。

「嫌なのよ、あんな男に抱かれるくらいなら、強姦される方がまだましだわ、死んでも嫌、ぞっとするわ」

浪江は有池がいったように、金のためにアルサロの客と寝たこともある女であった。有池は浪江の心情が、どうしても分らなかったが、一つだけ感じたことがあった。浪江が律子のような売春婦と、外面的には同じようなことをしても、違う点が若しあるとすると、それは、浪江のそんな性格ではなかったかと。浪江は幾ら金を積まれても、嫌いな男とは関係出来ない女であった。

その時有池は、香本は浪江がここに住んでいることを探しあてたのではないか、と思った。浪江がそれを避けるために一時身を隠したのではなかったか。

ノックなしでドアが開いた。飛田ホテルの夜の女王、山形律子が真赤なスリップの上に黒いダスターコートを引っかけ、眼を据えるようにして入って来た。

三

律子は酷く酔っていた。有池の前にあぐらをかいて坐った拍子に咥えていた煙草が落ちたが、拾おうとしなかった。有池は煙草を拾うと、煙の出ている先を律子の膝に押しつけた。狂いたい程の寂寥感と、無礼な闖入者《ちんにゅうしゃ》への怒りが、彼にそんな衝動的な行為をとらせたのであった。

「ぎあっ」とけもののような声をたてて、律子は煙草を払い除けた。煙草は板の間に落ちて、糸のような煙を立てていたが、直ぐ消えた。その眼は怒りに燃えていたが、律子は立とうとはしなかった。でも有池のそんな行為は、律子に居坐る権利を与えたようなものだった。律子は灰のついた膝頭に唾を塗った。

「色男もざまないわねえ、浪ちゃんに逃げられて、気が狂うなんて」

と律子はあざ笑うようにいった。

「帰れ！」と有池は低くいった。

「大事な商売もんの身体に傷つけられて、黙って帰っちゃ、律子姉さんの名がすたるわよ」

「帰ってくれ、俺は一人でいたいんだ」

と有池は弱々しくいった。彼は昔、金を渡さずに律子と寝たことを、これ程後悔したことはなかった。有池の弱々しい気持は、律子の表情を変えた。

「はじめさん、抱いて、私待ってたの」

律子は悲鳴のように叫ぶと、有池に抱きついて来た。不意を打たれて、畳に転がりながら有池は力一杯律子を突き放した。律子は真白い大理石のような太腿を空間に撥《は》ねあげ、大きな音を立てて仰向けに畳に倒れた。律子はパンティをはいていなかった。

律子は動かなかった。眼を閉じ、まるで死んだように倒れている半裸の女を見ていると、どうしようもない侘《わび》しさが有池を襲った。彼は律子を部屋に置いて外に出ようとした。律子は寝たままで、有池の足を摑んだ。強い力であった。

「俺はお前に、待ったといわれる覚えはないぜ」

と有池は昔の言葉を使っていった。

「はじめさん許して、私淋しいのよ、この頃たまらん程淋しいのよう、ねえ、あんた」

律子も不幸な女であった。律子の気儘さは、母の性格とそんな環境から生れたようであった。ルーズな女であった。母は妾で、父は船場の商人だった。母は芸者の出であるが、

「ねえ、抱かんでええから坐って、話しして、そのぐらいやったらいいやろ」

と律子はいった。律子を置いてアパートを出たとしても、有池には行くところがなかった。有池は吐息をついて坐ると、ウイスキーを流し込んだ。グラスに三杯分ぐらい口飲みしただろうか、有池はむせながらウイスキーを置いた。直ぐ律子がそれをひったく

った。

「浪江がどうしていなくなったか、君は知らないか？」

と有池はいった。

「知らんわ、いいや嘘、知ってるわ、男と逃げたのよ」

と律子はせき込んでいった。そして有池の表情を探るように眼を光らせた。

「なに、男と逃げた、嘘をいうと承知せんぞ」

「嘘なんかいうもんか、私ね、二度程、浪江さんの部屋の前で、男が待っているのを見たわ」

と律子は勝ち誇ったようにいった。

「それは何時頃だ？」

「浪江さんがいなくなる一と月程前よ」

ああやっぱり、と有池は思った。浪江は一時その男を避けて姿を隠したのだ。男は香本に違いなかった。でも、彼の安堵《あんど》の表情は、律子にとっては意外であったようだ。

「男と逃げたのが、なんで嬉しいの？」

「男と逃げたのじゃない、その男を避けて一時姿を隠したのだ」

「はじめさん、悪いけど鼻の下長いわよ、浪江さんね、あんた一人を待っとった、と思うと大間違いよ、鉄がね、浪江さんの部屋に入ったのを、うち見たのよ、うちだけじゃない、みよしのおかみも見たわよ」

「なに鉄が……」

有池が立ち上りかけた時、六造と仙子と、芳江が入って来た。六造と芳江は商売を終え、仙子はお茶を引いたようであった。芳江は一升瓶を提《さ》げていた。

「まあ、律子さんお早いわねえ」

と仙子はいった。浪江のいないこの部屋に、いち早く律子が来ていることに、仙子は含むところがあるようだった。

「浪江さんが逃げたから、私が、これからはじめさんの世話をするの」

と律子は、しおらしい声でいった。

「はじめさん、迷惑じゃないかしら」

「あら、あんた、嫌に絡《から》むねえ」

律子が眉を釣り上げた。

「浪江さんが、逃げたかどうか、そんなこと誰も分らないわ」

無口な仙子にしては、今日の態度は確かに異常であった。

仙子は自分の過去のことは余り喋らなかった。ただ有池は、まとわりついて来たちんぴらを、仙子から放してやった時、少し聞いたことがあった。

仙子は船員の妻であった。夫は三月に一度ぐらいの割合でしか帰って来なかった。仙子が夫の留守中、他の男と関係していたことがばれ、仙子は夫と別れた。仙子の転落はそれから始ったようであった。

有池は眼の前で行われている、娼婦たちのやり取りが、わずらわしかった。それよりも有池にとっては、聞き捨てならないような言葉があった。

「おかみ、鉄が浪江の部屋に入ったというのは本当か」と有池は芳江を睨んだ。芳江の返事いかんでは、今にも部屋を飛び出して行きそうな様子であった。芳江はなにもかも分った眼つきで、律子を見た。

「律子ちゃん、あんた良い加減なことをいったんやな、鉄さんが浪江さんの部屋へ行ったのは、浪江さんに頼まれた薬を持っていったんやないの」

律子はせせら笑った。

「ふん、夜の夜中に薬なんか持っていくものか、あんたが鉄と出来てることはみんな知ってんのや、それになんや、あんた浪江さんに客世話しようとしたやろ、浪江さん怒っとったよ」

「酔うてなにをいうてんねん、それはお前がわてに入れ知恵したんやないか、一寸ええ顔してると思て、生意気な、えらそうなこというたって……」

芳江が、パン助め、といわなかったのは、仙子が傍にいるためであった。でも律子は芳江の、ののしりを黙って聞いてはいなかった。立ち上ると激しい平手打ちを、芳江の顔面に浴びせた。有池が二人を、部屋の外へ突き出しても、二人の悲鳴と怒号は止まなかった。

飛田ホテルの住人達は、日常茶飯のことなので、部屋から顔は出したものの、停める者はなかった。取っ組み合いは数分続いた後、静かになった。やがて二人の立ち去る足音がした。興奮して、思わぬことを喋ったものの、それが有池にどんな怒りを与えたか、気づいた時、二人は息を殺し、うなだれて去ったのであった。

有池は傍に立っている二人の顔を見た。六造も仙子も、うなだれていた。六造はなんとなく、一升瓶を見た。

「はじめさんが帰って来たお祝いをやろうと思て持って来たのに、えらいことになったなあ」

と六造はいった。

「律子さんの気持分るけど、はじめさんを自分のものにしようなんて、あつかましい」

と仙子は吐き出すようにいった。

「仙子、律子の気持が分る？ どういうことなんだ」と有池はいって、仙子がぞっとした程の冷酷な表情を浮べた。六造が顎をなでた。この老ぼん引は、どんな場面に直面しても、映画を見ているような顔をしていた。

「はじめさん、わしがいうわ、まあ坐りなはれ、坐らんと、ものがいわれへん」

といって、六造は有池の手を引いて坐らせようとした。有池は六造の手を振り放った。六造はよろけ、悲しそうな眼で有池を見た。

「六さん、俺はもう、誰も信じられなくなったよ、俺は俺を生んだ社会に絶望して、ぐれたが、このホテルの奴等は、まだ人間だと思っていた、甘かった、こんなところに来るやつは、やっぱり屑だよ」

　六造にいったのではなかった。有池は自分にいい聞かせたのだ。彼は絶望し畳に腰を落した。

「はじめさん、律子がな、浪江さんがおれへんのに、あんたの部屋に押しかけて来たのはな、わけがあるんや、律子はな、あんたの子を生み損うたんやで」

　と六造はいった。仙子が唇を咬んだ。仙子の身体は小刻みに慄《ふる》えていた。有池は六造の言葉を押えようと口を開けた。が、彼は醜《みにく》く口を歪めただけであった。律子に好感を持っていない、この娼婦は、身体全体で、それが真実であることを告げていた。

　六造の話は次の通りであった。

　律子が、西成に姿を現わしたのは三年前であった。当時律子は、東田町で勢力を伸ばし始めた銭丸会の会長の情婦であった。ミナミのずべ公であった律子はその男と関係し、西成にやって来たのだ。ところが会長は暴力団同士のなぐり込みで一命を落し、銭丸会は暴力団狩りで全滅してしまった。残された律子は一人飛田ホテルにやって来た。会長がピストルで打たれた時、律子は同じ蒲団に寝ていたのだ。六造が知った当時の律子は、病人のようであった。一日中部屋の中でごろごろしていた。

　律子に客を取るようにすすめたのは、六造であった。このような美貌の女を一人持っておれば六造としても、生活が安心であった。

「生きていても、仕方ない身やわ、もうなにもかもがめんどくそなった、やってもええわ」

律子は客を取ることを承諾した。ただし条件があった。律子はどんな客にも、必ずコンドームを使わせる、といったのだ。普通客は、嫌がるものだが、律子の美貌が差し引いた。

「あれさえしとったらね、丸太棒抱いてんのと一緒だもの、へっちゃらよ」

と律子は六造に良くいった。他の女たちは律子のやり方を羨しがったが、自分たちがそれをすれば、客が寄りつかない。律子だけの特権であった。

「なあはじめはん、あんた律子を抱いたことがあったやろ、刑務所へ行く前や、隠さんでもええ、その時、律子は、はじめさんにサックはめさせたか?」

そういえば、有池が初めて律子を抱いた時、律子はそのような要求をした。でも二度めからはしなかった。六造のいった通りであった。

「律子はな、あんたに惚れたんや、ところがはじめはんは、浪江さんと一緒になった、そのうちあんたは刑務所に入った、律子は自分の腹がふくらんでいるのが分ったわけや、わしはおろすことをすすめた、ところがおろせへんねん、帰って来たら、あんたに見せるいうねん、あんたの子やいうてな、それからぴたりと客を取るのん、やめたんや、ところが、やっぱり身体あかんやな、五か月めでおりてしもた、まあそういう事情や、律子があんなに喰いついてくるの、無理ないやろ」

有池は横になると眼を閉じた。律子が、浪江に客を取らすよう、芳江にすすめた気持も分かった。律子はもし浪江がそれに乗ったら、そのことを有池につげ、二人の仲を裂こうとしたに違いなかった。

「六さん、でも浪江は芳江に客を取れ、とすすめられる程、金に困っていたのか」

六造はなんとなく、視線をそらせた。黙っていた仙子が口を開いた。

「律子さんはね、はじめさんと浪江さんの仲を裂こうと思って、芳江さんにすすめたんよ、芳江さんが調子にのって、浪江さんにいったんでしょ」

「分った、俺は一人でいたい」

と有池はいった。

「あんたの気持はよう分る、せやけど、辛いやろけど、また刑務所へ行くようなこと、せんといてや」

と六造はおどおどといった。

四

朝が来て夜が来て、朝が去り夜が去った。白木蓮の花が板の間に落ちて黄色くしぼみ、小さくなり、雨に打たれ紙屑のようになった。有池は病んだ犬のように、じっと部屋の中にうずくまっていた。昼になると饂飩屋が饂飩を運び、夜には洋食屋がカレーライスを持って来た。有池が注文したものではなかった。誰かが運ばしているのだ。誰も部屋を訪れる者はなかった。六造はせっせと律子のもとに客を運び、芳江は飲みに来た客に仙子を紹介した。

三日めに豪雨があった。朝から空は暗く、雲は梅雨の季節のように厚くたれ下っていた。窓のさんから洩れる水滴が、畳を濡らし、風がホテルの痛んだ梁をゆすった。人々は古い小さな船に乗って、嵐にあったように恐怖に顔をこわばらせ、窓の外を眺めた。落伍者の群れが、自分に罪を感じ、神を祈れるのはこんな日であった。一体誰がいいだしたのか。浪江が殺された、という噂が、まるで、今見て来たように人々の間に流れたのだった。伝えに来たのは仙子であった。仙子は素顔で、地味なスーツを着ていた。そんな姿の仙子は、まるで女色を喪失した女教師のようであった。

「まあ病人みたいよ、ひげぼうぼう」と仙子はいって自分の顔を押えた。有池の心の痛みを、仙子は自分のものとして感じているようであった。「饂飩を、ライスカレーを運ばせたのは君だね」と有池はいった。返事をしないことで、仙子は肯定した。有池はふと、この女は教育のある女かもしれない、と思った。二人の間に沈黙が来た時、有池は仙子が重大なことを告げに来たことを悟《さと》った。

「浪江のことをいいに来たんだね」

仙子は吃驚したように唇を開けた。仙子の歯は小さく可愛かった。

仙子の話は次の通りであった。

このような雨の日は、客は殆どない。皆は芳江の部屋に集り、麻雀をやり出した。集ったものは、律子、仙子、六造、鉄、それにエロ本書きの多々良であった。麻雀は初めからはずまなかった。雨の音がやかましく、天井が、ぎいぎい鳴るたび、みんな、パイを落したり、馬鹿げたふり込みをやった。六造は一人、それを眺めながら酒を飲んでいた。

六造が何故、そんなことをいい出したのか分らない。が、彼は独り言のように、「浪江さんは殺されたんと違うかな」といったのだ。おそらく六造は、部屋にこもったまま出て来ない、有池のことを考えていたに違いなかった。すると、六造の言葉を引き取ったように、芳江がいったのだ。

「殺されたとしたら、誰が殺したんや」

芳江の言葉は、まるで六造の言葉を肯定しているようであった。律子が突然パイを崩して、芳江を睨んだ。

「まるで、うちが殺したようないい方やね」

律子の言葉も突飛《とつぴ》であったが、更に奇妙であったのは、誰もなんの反応も示さなかったことである。確かに考えてみれば、律子は浪江を殺していい動機を持っていた。娼婦になる時に自分に科した掟《おきて》を破り、有池の子を生もうとした律子であった。有池を奪った浪江をどんなに憎悪していたか、勝気な女だけに、はかりしれないものがあった。皆が律子の言葉に反応を示さなかったのは、律子なら、やりかねない、と考えていたからであろう。すると律子は鉄にいったのだ。

「もし浪江さんを殺した者がいるとしたら、それはあんたよ、あんたは浪江さんにいい寄ってふられた、はじめさんにそのことが知られたら、どんな仕返し受けるか分らないから殺したんだ」

律子の言葉で、一座は異様な混乱に落ち入った。それは皆が、律子の言葉でショックを受けたからであった。鉄が浪江の部屋に入ったことは芳江も認めていた。でも、浪江を犯そうとしたかどうかは、誰も知らないのだ。律子の言葉には、非常な危険があった。それは、もし律子の言葉を有池が信じたなら、ただ事では済まないという危険であった。部屋のざわめきは、敏感にそれを反応したようであった。

「わしは、はじめさんの奥さんを盗んだりはしねえ」

と鉄は唸るようにいった。芳江がそれに同調した。律子は今度は芳江に喰いついた。

「あんただって怪しいもんよ、鉄さんがのぼせている女がいては邪魔だからね」

二人が、また組み合おうとしたのを、鉄が停めた。鉄は考え深そうにいった。

「わしは、浪江さんが、男と駈け落ちしたと思とる、しかし、わしらの中に、浪江さんが殺されたと思てる者がいることは事実や、このことは、一応、はじめさんの耳に入れといた方がいいなあ」

仙子の話は以上のようなものであった。

有池は仙子の話を聞きながら、帰って来た夜、ふと部屋の中で浪江が死んでいるような気がしたことを思い出した。なぜそう思ったのか、あの時は分らなかった。でも、今、有池は、やっと分ったような気がしたのだ。

それは、浪江が、飛田ホテルで、全く一人ぼっちだった、ということであった。得体の知れない夜の虫たちの中で、浪江は一人で有池を待っていたのだ。それは非常な危険なことであったのだ。

大人しく眼の前に坐っている仙子でさえ、有池は信じられない気がした。今この女のところに客が来れば、仙子は媚態を示し、衣服を脱《ぬ》ぎ、金次第では、恥部を客の眼の前に、露出してはばからないのであった。黙って、有池のところに食事を運ばせた仙子は、彼が理解出来、安心出来る女であった。仙子は自分の商売を有池の前で恥じていた。でも客と寝ている時、仙子に、その恥かしさはない。

有池が理解出来ないのは、仙子のそんな翳の部分であった。

「君は、鉄と浪江が関係あったと思うか？」

「いいえ、あれは鉄さんのいう通りよ、確かに鉄さんは、浪江さんの世話をやいていたわ、何処からか、良い生地や靴を安く買って来てあげたりしたわ、でも鉄さんが浪江さんをなにかしたなんて、考えられないわ、律子のいいがかりよ」

仙子は律子に好感は持っていなかった。その限り、仙子の言葉は信用出来なかった。

豪雨は夕方嘘のように止んだ。神を恐れていた人々は、その瞬間から神を忘れた。彼等は神という言葉さえ知っていないようであった。律子や仙子たちは毒々しく化粧し、六造も芳江も、客を求めて、いそいそと雨上りの冴えた灯の中に出て行った。

その夜、有池一は、帰って以来初めて、飛田ホテルを出た。彼は仙子の話を聞いて、あの日ドアの前で彼を襲った予感が、正しかったことを信じた。浪江は死んだのだ、と有池は思った。彼は四日間浪江を待った。一年以上刑務所にいた有池にとって、娑婆《しゃば》に出て、一部屋で四日間うずくまっていた、ということは、浪江以外に考えることが、なかったから出来たのだった。そして、彼が次の行動を起すには、浪江が死んだ、と思うより仕方なかった。そう思うことによって、彼は浪江と接触しようとしたのかもしれなかった。

その接触とは、浪江を殺害した犯人を探し出すことであった。

六造は、何時も、ポケットに手を突っ込み、俯き加減に歩いた。彼は飛田ホテルの三人の女と契約していた。手数料は二割であった。ぽん引としては安い方であった。でも彼の場合、一人の女に何人もぽん引がしがみついているのではないから、充分それでやっていけた。彼は上眼使いに通行人の顔を見ながら、かもを物色していった。でも彼が物色出来る場合は、飛田の商店街まであった。

かもだと思うと、六造は猫のようにすり寄り、こういった。「旦那はん、今晩のお遊びは思い切ってわしにまかしてくれまへんか、わしは女学生やとか、うぶやとか、そんなことはいいまへん、せやけど一つだけいうことをありまんね」これを一気にいうのだ。が、けっして早口には聞えなかった。六造の言葉には、ねっとりしたものがあった。「なんや」と客が聞き返したらしめたものである。六造は背伸びするようにして、客の耳に囁くのだった。「へっへっ、それが好きだんね、好きで好きで、たまらんのや、ひっひっ」

もし、ぽん引コンクールというものがあったら、六造は先ず優勝していたであろう。彼は生れながらに、人を自分の口に乗せる手腕に、長《た》けているようだった。

六造が飛田駅を見通せる暗がりで、電車から下りる客を鼠を見る猫のように眺めていると、有池が肩を叩いた。六造は飛び上る程驚いたようであった。彼は髭をそり、さっぱりした顔をしていた。

「六さん、飲みに行こう」と有池はいった。昔こうして有池に誘われた時、六造は断わったことがなかった。二人は大門通りのすし屋に入った。六造はなんとなくおどおどしているようであった。

「昨日、仙子から聞いたよ」と有池は、盃を口に放り込むようにして飲んだ。

「僕が帰って来た時、六さんは、女は男を待てるもんじゃない、といった、でも、昨日は、浪江は殺されたのかもしれない、といったね、浪江は誰に殺されたのかな」

「雨が降っていてなあ、気がおかしいなったんや、浪江さんは、はじめさんには悪いけど、やっぱり男と逃げたんやで、わしは、その男を見たことがある、若い男やった、浪江さんが、いなくなる、一と月ぐらい前から、その男は、ホテルの前や、部屋の前で、うろうろしとったよ」

「浪江の荷物は、なに一つ無くなっていない、なにも持たずに男と逃げるということは、考えられないよ、それに、六さんが、本気にそう思っていたら、雨のせいでも、浪江が殺された、なんていう筈がない、なあ六さん、知っていることはいってくれないか」

有池は喋りながら、六造が何故隠すのだろうか、と思った。六造は律子以外に、二人の女と契約を結んでいる。彼にとってこの三人の女は、生命の糧《かて》であった。その六造が女たちにとって、不利益になるようなことはいう筈がなかった。たとえ六造が有池に好意を感じていても喋らない筈だ。六造はそんな点で女たちの信頼を得ていた。でも六造は、昨日浪江が殺されたのではないか、といった。部屋には律子もいた。もし律子が怪しいと思っておれば、六造はそんなことを口にはしないであろう。そうだったか、と思って、有池は六造を見た。六造はせわしげに盃を口に運んでいた。六造はおそらく、あの部屋にいた以外の者に、浪江が殺害された、と思ったに違いなかった。律子はなにかやましいことがあって、勘違いしたに違いなかった。

では六造は何故、有池に隠すのか、有池は眼やにが溜り、よどんだ皺だらけの六造の顔に佗しげな視線を当てた。答は一つしかなかった。六造は金を摑まされたのだ。その重みと有池への好意に、六造は板ばさみになっているようだった。有池は、千円札を三枚、六造の掌に握らせた。六造は、電気にかかったように身体を慄わし、すまん、はじめさん、といった。六造の告白は次のようなものであった。

浪江の部屋をドアの外から窺っている若い男を見たのは、一と月前であった。丁度昼間だが、浪江は留守であった。一見してこの辺りの者でないことが、六造にも分かった。

「浪江さんに用事か?」と六造はいった。

若者は、くどくど浪江の様子を尋ねた。何時からホテルに来ている、とか、一人でいるか、とか、また何処に勤めているか、など、ねばっこい口調で尋ねた。浪江の過去に因縁のある男であることは、六造にもぴんと来た。

「浪江さんは人の奥さんだ、いらんことをせん方が良い」と六造はいった。若者は、主人はどうしているのか、と尋ねた。六造は有池が刑務所に入っていることを、告げた。そうして間もなく帰って来る、といった。そういえば、この男は、浪江の周りをうろうろしなくなるだろう、と思ったからだ。案の定若者は慌てて、帰って行った。

六造は、買物から帰って来た浪江に、その若者のことを喋った。浪江は、真っ蒼になり、もしその男が来ても、何処に勤めていることなど、絶対にいわないでくれ、と六造に懇願した。

「金を摑まされて喋ったわけだな」

と有池は呟いた。六造は盃を落し、両手を合せて有池を拝んだ。六造の眼からは涙が溢れていた。店内の客は、不思議そうに二人の方を見たが、有池の顔を見て、慌てて視線をそらせた。

「はじめさん、許してくれ、わしはかすや、人間のくずや、擲《なぐ》るなと、どうなとしてくれ」

と六造は嗄《しやが》れた声でいった。六造の菜っ葉服の股間が、小水で濡れているのを見た時、有池は握り締めた拳を開いた。有池は無意識に首を振り、一人でそのすし屋を出た。

飛田ホテルは、今夜も薄い夜霧の中に滲《にじ》んでいた。彼は刑務所から出て、初めてその灯を見た時、それは霧の中に咲いた、オオエビネの花のようだと思った。でも、今彼の眼にうつった灯は、敗残の人間の中に宿る、魂を失った醜い欲望の輝きであった。

五

訪れた男は、毎月一万円送ったという、香本に違いなかった。浪江はいなくなる前、管理人の細君に鍵を預けているから、一応火炎に顔を出したに違いなかった。浪江が消えたのはそれ以後である。帰る途中、香本に連れ去られ、殺害されたのではないか。

有池はその日、火炎を訪れた。火炎は難波新地にある二流のアルサロだった。女は三百人程いる。殆どが十八から二十三、四までの若さで、無知な顔をしたものや、ずべ公タイプの者が多かった。浪江は殆ど友達はいなかったが、一人親しくしていた、光子がいた。有池は光子を指名した。光子は勿論、有池の顔を知らない。光子は浪江と違って、丸顔の、ぽっちゃりした、愛嬌の良い女であった。一見して気持の優しい女であることが分った。浪江の友達であるというだけで、有池は心がはずむのを覚えた。自分を指名した男が、全然見知らぬ顔なので、光子はとまどった様子であった。

「浪江がお世話になったなあ」と有池はいった。光子はきょとんとした顔でいった。

「あんた、浪江さんのお友達？」「もっと親しいよ」「まあ、じゃ……」といいかけて光子は小首をかしげた。「恋人じゃないでしょ、浪江さんには恋人はいない筈だわ」

どうやら、浪江は有池と一緒になっていることを喋っていないようだった。このことが一寸有池の心を暗くした。彼は浪江の夫であることをいいそびれた。有池はやけにビールを飲んだ。

「浪江さん一体どうしているのかしら？」「それを聞きに来たんだよ、浪江が最後にここに来たのは、確か二月二十八日だったね」

「そうよ、月末だったわ、途中で電話がかかって、帰ったのよ、あんなこと今まで一度もなかったのに……」そこまでいって、光子は吃驚したように尋ねた。

「あんた誰、浪江さんのなんなの？」

「浪江は君にもいってなかったんだなあ、そりゃそうだろ」亭主が刑務所に入っているなんて、どうして友達にいえようか。それに光子はまだ余りすれていないような女だった。

「僕は浪江の兄だよ、先日久し振りにアパートに行ったら、浪江がいない、近所で聞くと二月二十八日に、ここに来たきり、帰っていないんだ、部屋には浪江の持物は全部ある、君のことは浪江から聞いていた、だから、一体どうしたんだろう、と思って聞きに来たんだ」

「まあ、浪江さん、アパートに帰っていないの、私また病気かと思って心配していたのよ、でも、アパートを知らないし、行けなかったの、一体どうしたんでしょ」と光子は心配そうにいった。嘘ではなさそうだった。光子はなにも知らないようであった。他に友達はないか、と尋ねても、光子は、ないと答えた。

「そういえば、いなくなる数日前から、浪江さん、なにか憂鬱そうな顔してたわ、私が、どうしたの、と聞いても、なにもいってくれなかったわ」

「な、なにか思いあたるようなことはないだろうか、どんなことでも良い、放っておけば浪江は大変なことになりそうなんだ」

光子は、丸い顔をかかえ込むようにして考え込んだ。

「そういえば、一度こんなことがあったわ、そう、浪江さんが途中で帰った前の日だったわ、リストの順番が遅いので、二階のセットで待っていたの、浪江、煙草ばかり吸って、私がなにをいっても、返事をしないの、私がしつこく、どうしたの、と聞くと、こういったわ」

「なんだって」と有池はいった。

「大変なとこ、見つかったの、もうお終いだわ、っていったの」

有池は、浪江がいったという言葉を、繰り返してみた。想像通りであった。浪江は、香本に発見されたことを、いったに違いなかった。でも、もうお終いだわ、とはなにが終いなのか。突然有池は、胸が締めつけられるような苦しさを覚えた。もうお終いだわ、その自分の呟きを、彼は今、眼の前で浪江がいったように感じたのだった。あなたとの幸せも、もうお終いだわ、と浪江はいったに違いなかった。その時浪江は、刑務所にいる有池を、世界の果てにでもいるように考えたのではなかったろうか。でも、香本に発見されたのが、どうしてお終いなのか。浪江はこの前のように、香本を振り切ることが出来なかったのか。

浪江は死んでいないかもしれない、と有池が思ったのはこの時であった。やはり浪江は香本を避けて、一時姿を隠したのではないか。そのような考えが、侘しい望みであることを、有池は直ぐ気がついた。それならば、何等かの方法で光子に連絡し、洋服や日常品を隠れ家へ運ばすことが出来る筈であった。

「電話がかかって来たのは何時ごろ？」

「そうね、九時頃だったわ」

「男か女か分らないかなあ」

「それはいわなかったわ、ええと、あの時の電話当番のボーイさんは確か、池山さんだったわ、一度聞いてみましょうか？」

光子も浪江の失踪に、非常な不安を覚えているようだった。丸い愛嬌のある顔が、青白く強《こわ》ばっていた。戻って来た光子は黙って首を振った。

「浪江の男関係はどうだったの？」

と有池は尋ねた。でも彼は光子の返事に不安を予想しなかった。彼は浪江に熱を上げている男のことを尋ねたのだ。

「浪江さんは、男のことは喋らないのよ、でも熱心に通って来る客は二、三人いたようよ」

光子の言葉に、何処かひっかかりがあったようだ。それは有池のことを喋っていない浪江の性格についてであった。普通あれ程の恋愛をし、一緒になったのであれば、友達に喋りたくなるのが人情であった。浪江は女には珍しく強い性格であったのか。

「男に追いかけられて困っていると、いわなかった？」

「きかなかったわ」と光子は答えた。

火炎を訪れたことは、無駄のようで、無駄ではなかった。電話で帰ったことを、知ったことだけではない。有池と離れている浪江の話を聞くことで、彼は消えた浪江と、細い一本の線でつながっているような気がしたのであった。

香本をどのようにして訪れるかどうかで、有池は、かなり考えた。まともにぶつかって行けば、会うかどうか分らなかった。会ってもかんじんなことを話す筈はなかった。

有池は浪江の失踪を警察に訴えることを真剣に考えてみた。でも、その結果は明らかであった。売春ホテルとして警察に睨まれているアパートからアルサロに通っている女。亭主は刑務所から出たばかりの男。

「逃げたのだよ、君」おそらく警察は薄笑いを浮べて有池にいうに違いなかった。「それ程不安だったら、一応失踪届を出すかね」

よく推理小説には、人間の悲しみを理解する刑事が描かれている。でも現実にそんな刑事を、有池は見たことがなかった。

取ろうと思えば一つの手段があった。香本を誘拐《ゆうかい》し、監禁して喋らすことであった。

有池のために、手足となって働く男は、まだ二、三人はいる筈であった。

でもそれは最後の手段だった。有池は一応香本にあたってみることにした。堺と聞いていたので、電話帳で探してみた。職業別電話帳に金物商香本義孝というのがあった。堺市大小路町、おそらくこれに違いなかった。

香本の店は、路面電車道に面した、間口五間程の、予想以上に大きい店であった。店先に並べられているぎらぎらした登山ナイフや切出しを見た時、有池は決定的な絶望感を覚えた。やはり浪江を殺害したのは香本であった。冷やかな鋭い刃物の煌きには、人間の理性を麻痺させる奇妙な匂いがあった。このような匂いの中で過しておれば、人を殺すのが平気になるようであった。

店の中に入った有池は、直ぐ香本を見つけることが出来た。彼は浪江がいったように、細い眼と鈍重な顔を持っていた。香本は店の上り框《かまち》で仕入れ屋らしい男と話をしていた。有池は昔から香本のような顔の男が、最も苦手であった。それは突いても擲っても傷のつかない、青銅の牛のようであった。そのくせこんな顔の男は、一つものをねらうと、絶対離さないしぶとさを持っているのだ。

有池は、香本と話すのをあきらめて、飛田ホテルに戻った。彼は色々考えた末、香本に手紙を書くことにした。手紙の文面は次のようなものであった。

二月二十八日の夜、浪江の勤めているアルサロ火炎に電話して、浪江を呼び出した男がいる。その男が誰であるか知っているのは、私と貴方だけだ。そして浪江の消息を知っているのも、私と貴方だけである。

手紙の内容は右のようなものであった。有池はそれを速達で出した。二、三日間を置いてまた出す積りであった。幾ら鈍重な男だといっても、身にやましい点があるなら、必ず不安に落ち入る筈だった。まして脅迫状ではない。香本が、手紙の差出人が、どの程度のことまで知っているか、摑んでいない以上、警察に知らせる筈はないだろう。何回も出しているうち、香本はきっとやって来る、と有池は思った。もし来なければ、その時こそ最後の手段を取れば良い、と決心した。

律子や、鉄や、仙子に対しては、彼はさり気ない態度で接した。浪江のことは忘れたように触れなかった。彼等たちが、浪江の失踪に無関係だ、と思ったからではない。ただ有池は、先に香本に当ろう、と思っただけだ。

有池の態度が、最も敏感に反応したのは、鉄と律子であった。刑事がすりの挙動を確認するように、二人は有池の変化に気づいた。

鉄が先ず、有池を招待したい、といった。出所した祝いに、一杯おごろう、と思っていたのだ、といった。怪しまれないために、彼はその招待に応じた。鉄は午後十一時に有池を誘いに来た。鉄の顔はどす黝《ぐろ》く、その面様は鼠に似ていた。五尺二寸足らずであった。この男が十六貫もある芳江と出来ているというのは、滑稽でないこともなかった。が、肉体的な条件はとも角、二人はこずるさ、陰険さ、という点で共通していたようだ。

鉄が案内したのは、旧飛田遊廓内にある飲屋街であった。縄暖簾の飲屋や提燈を提げた小店が狭い露地のような道の両側に並んでいた。仲居兼業の娼婦たちが道ばたに坐って、客を待っていた。洋服の女は膝頭、太腿をさらけ出し、和服の者はだらしなく裾をたくしあげていた。その姿は何れも、道ばたにずらりと並び、小用をたしているようだ。鉄はその一軒の、二階に有池を案内した。部屋には、鉄の仲間たちと芳江がいた。仲間たちはみな鉄よりずっと若かった。眼つきをみて、有池は、彼等がてき屋上りであることを悟った。

彼等の中に、一人若い女がいた。細面の薄くそばかすのある女であったが、絶えず、おどおどと怖がっていた。唇と肌は、まだこの辺りの垢に汚れていなかった。こんな女が、何故この席にいるのだろう、と不思議に思ったが、酒盛りが始るうち、直ぐ分った。家出して、大阪駅にいたところを、それ専門の愚連隊に引っかかり、鉄が買ったに違いなかった。でも飛田ホテル界隈には、暴力売春団はいないのに、どうする気かと思っていると、鉄の眼くばせで、芳江が有池にいった。

「はじめさん、ええ女やろ、まだうぶや、よかったら、はじめさんの専用にしていな」

「おれのすけにしろ、というわけか」

「あんたかて、淋しいやろ」

「浪江の代りか」と有池はいった。彼は注意深く、鉄たちの意図を探ろうとした。有池は笑いながらいった。

「鉄さんもなかなかすいやな」

「へっへっ、わしは昔から、いきなことが好きでな、悪いことや、こわいことは出来ん男や」

と鉄はいった。

鉄は手品師上りだった。彼は昔、有名な奇術団にいた。彼の話によれば、彼が奇術団を追い出されたのは、女団長と出来たことが、ばれたためであった。女団長の夫は有名なボスであった。

鉄と芳江が、女を有池に世話しようとしたことは、鉄たちに対する、彼の疑惑を深めた。

もし、鉄たちが、浪江をどうかしたのなら、彼等の有池に対する安全弁は、女を世話することではないか。ごみ溜めばかりあさっている、夜の虫たちの考えそうなことであった。

有池は、女を見た。女は身をすくめ、かわいた唇をなめた。年は二十一、二か。

「この女が、俺をずっと世話してくれるというわけか」

「気に入った時だけ、可愛がってやってくれたらええんや」

と鉄はいった。

「はじめさんが嫌なら、この女には客取らせへんで」

と芳江が口をはさんだ。

「金がうんといったろう、その玉を俺にただでくれるというわけか」

有池はあきれたようにいった。絶対あり得ないことであった。たとえ、有池が鉄の兄貴分であっても、あり得なかった。

「一寸した因縁筋から廻して貰ったから、金はかかってへんねん、これはわしと芳江が、心からはじめさんに同情したから、それだけや、どう思てるかもしらんけど、わしは粋《すい》人《じん》やで、風流人や、昔はれっきとした奇術師やったんやよってなあ」

といって、鉄は嬉しそうに笑った。有池はそれ以上のことは追及しなかった。変に追及すれば、かえって警戒される怖れがあった。

有池はその晩、女を連れて帰り、こんこんといましめ、金を渡して逃してやった。女の家は、津山の農家であった。

「逃げたぞ、鉄さん」と翌日有池はいった。

「えっ、そら惜しいことした」と鉄は残念そうにいった。が、どうやら鉄は有池が逃したことを見抜いているようであった。

鉄と芳江は、一体何故そんな祝宴を彼のために張ったのか。

六

香本が有池の部屋に現われたのは、速達を出した翌日であった。

「浪江さん、浪江さん」と香本はドアの外から呼んだ。それが香本であることを知らなかった。有池は、撥ね起きるとドアを開けた。立っていたのが、香本であったのを知った時、有池は本能的に、二、三歩下った。香本が刃物を持って、躍りかかって来るような気がしたからであった。

香本は、有池の動作に驚いた様子もなく、部屋の中に首を入れ、眺め廻した。浪江が何処かに隠れてでもいるような、ねばっこい視線であった。

香本の動作を眺めながら有池は、もしこれが芝居なら、この男はたいした演技者だ、と思った。

「浪江はいませんよ」と有池はいった。

「どうしたのです、浪江さんに、なにかあったのですか？」

「何故そんなことを聞くのです？」

「あなたでしょ、この手紙をよこしたのは」

と香本はいって、背広の内ポケットからもそそと手紙を摑み出した。香本の勘の素早さよりも、有池は何故香本が分かったか、気になった。まだ二十四、五ぐらいにも拘らず、香本は、有池たちの言葉でいう、良いきもったまを持っているようだった。

「まあ、お入りなさい」と有池はいった。

「あなたは、その手紙を出したのが、どうして僕だと分ったのです」

「この間、店にお見えになってたじゃありませんか」と香本は答えながら横坐りに坐った。なにか、女のような坐り方であった。

さっきから、有池は、後手、後手と廻っているようであった。彼は歯を嚙みしめながら、浪江を執念深く追い廻している、年下の若者を睨みつけた。たった一度だけだったが、浪江はこの男に抱かれたのだ。

「あなたですね、浪江さんの今の御主人は」

香本の言葉は、一つ一つ有池を苛立たせた。まるで、前の主人は自分だ、というようない い方であった。香本は有池の眼の前で手紙を拡げた。そして声をたてて読んだ。今度有池を見た香本の眼は、有池をかっとさせた。それはまるで刑事が、被疑者を見るような眼であった。

「失礼ですが、僕はこの手紙を読んで、弁解に来たのじゃありません、浪江さんの消息が分らない、というのが事実かどうか、確めに来たのです」

「事実だよ、浪江はいない」

「そのことを知っているのは、私と貴方だけというわけですか、どういう意味ですそれは？　私は浪江さんが現在どうしているか知りません、貴方は知っているんですか？」

香本のいい廻し方には、酷《ひど》く有池を疲れさせるものがあった。彼はこんな会話には慣れていなかった。彼は眼の前の男を、殺してしまいたい程の憎悪を覚えた。それを押えるには、彼は余りにも長い間、浪江を思い続けたようだ。有池はがらっと態度を変えた。

「しらばくれてもだめだぜ、俺は、お前が浪江を何処かに連れて行って殺害した、と思っている、お前は昔から浪江を追いかけ廻した、浪江が嫌い抜いているのにな、浪江は逃げ廻った、ところがお前は、執念深く探し廻し、到頭、このアパートにいるのを見つけた、でも浪江は、俺と結婚し、俺の帰りを待っていた、お前はあきらめ切れず、浪江を殺したのだ」

有池はドアを背にして坐った。喋ってしまった以上、最早、このまま香本を帰せなかった。香本は首を振った。

「だめですよ、僕は番頭を連れて来てるんです、一時間たって、僕がここから出なければ、番頭は警察に行きますよ」

「くそっ！」

といって有池は香本の顎に拳を叩きつけた。その言葉によって怒りを爆発させたのではなかった。おそらく、浪江がそれがために嫌い抜いていたに違いない、香本の中の粘液に対して、拳を叩きつけたのだった。

「あっ」と叫んで香本はひっくり返った。が次の瞬間、顎を押えて起き上ると、

「くそ、擲りたいのは僕の方だ、僕が浪江を見つけ、僕が世話をしたのだ、くそっ、この与太者め、横から出て来て、浪江をさらいやがって、くそっ」

憎悪に燃えた眼で、有池を睨みつけていた香本は、突然両手をあげると、子供が喧嘩するような恰好で襲いかかって来た。そして女が引っ掻くように爪を有池の頬に立てた。彼は素早く顔をそらせ、香本の腕を払い除けたが、ふと思いがけないことを感じた。それは、おそらく、この男は一度も喧嘩したことのない男であり、この怒りは本気である、ということであった。

この時有池はふと、香本が、浪江を殺害したという判断は、間違いであったかもしれない、と感じたのだ。

「静かに話そう」と有池はいった。

「お前は、女たらしの与太者だ」と香本は息をはずませながらいった。やくざ、というより、与太者などと、古い言葉を使うところに、香本らしさがあった。

「僕は浪江を愛したのだ、たらしたのではない」

「僕も浪江を愛していた、僕の方が先だ」

「先に愛したからといって、女が愛さない以上仕方ないじゃないか」

と有池は吐き出すようにいった。香本は唇をなめた。この時、香本の鈍重な顔の何処かに、陰湿な薄笑いが浮んだようであった。

それは、今いった有池の言葉に対する反応のようであった。香本の薄笑いは、怒りよりも深い不安を呼んだ。

「浪江はどうしていなくなったのだ、君が殺したのでなければ、君から逃げたのか、知っていることをいってくれ」

と有池は声を絞《しぼ》りながらいった。

「知らんといってるのに、僕はあんたの手紙で、浪江がいなくなったことを知って、やって来たのだ」

「香本さん、嘘をいってはいけない、浪江がいなくなったのは二月二十八日だ、でも君はその一と月程前から、浪江の部屋のあたりをうろついていたじゃないか、僕はぽん引の六造に、君が、浪江の勤め先を聞いているのを知っている、さあ、いってくれ、君は一体浪江をどうしたんだ、何処に連れていったのだ？」

有池はいざり寄ると、香本の肩を揺《ゆ》すった。でも香本は、張り子の虎のように、揺られるままであった。が、突然、香本は有池の手を振り放った。

「僕は浪江がどうなったかは、本当に知らないんだ、でも僕は想像出来る、浪江の落ちて行く先を、そうだ、僕が今日こうしてやって来たのは、僕の手から浪江を奪ったあんたに復讐するためにやって来たんだ」

「復讐……」と有池は眉を寄せた。香本は憑かれたような視線を有池に向けた。そして、香本はまるで神がかりにでもかかったように、高いうわずった声で喋り始めた。

「そうだ、僕が浪江を知ったのは、もう四年前だった、僕は阿倍野の安バーで、あの女を知ったのだ」

香本は、喋りながら、この陽の当らない部屋に、先日まで住んでいた浪江の匂いを嗅ぐように、深く息をした。

「僕は真面目な大学生だった、自慢にもならないが、それまで女遊びなど一度もしたことのない男だった、思春期に入ってから、僕は何故か、自分は女には縁のない人間だと考えるようになった、そのためか、自分自身で、女に興味を持つのを、押えていたようだ、僕は学校を出ると、親父のあとをついで、店を経営する積りだった、そんな僕が、浪江を一目見た時、何故あんなに浪江にひきつけられたのだろう、なにか、斜線が顔を横切っているように感じられる翳りのある顔のせいか、いやそうではない、何処か掠れたもの憂い声か、いやそれでもない、そうだ、それは刃物の魅力だ、僕は子供の頃から、店にならべられている鈍く冷たく煌く、鋼《はがね》の刃に、しびれるような、欲情を感じたものだ、そして、そんな時僕は、その冷やかな刃が、僕の欲情を、良く切り裂き、きざんでくれるような昂奮に落ち入ったものだ、あの最初の夜、僕は友達に連れられ、仕方なくあのガルソンというバーに入った、友達は女給たちに卑猥《ひわい》な冗談をいい、抱きついたりしていたが、僕は一人だまって飲んでいた、その時、誰か女が僕の首に抱きついた、僕が驚いて振り放そうとすると、女はげらげら笑いながら、僕の顔を覗き込んだ、浪江だった、浪江は笑いをとめると、真剣な顔で僕を見詰め出した、突然浪江はその僕の耳に口を寄せると、こっそりといった、勿論誰にも聞えなかったが、僕はどきっとして浪江を見た、その時僕は、浪江の中に刃物を見たのだ、軽蔑するような冷やかな眼、薄い唇に浮べた冷酷な微笑、あの最初の日、もし浪江がもっと暖い雰囲気でサービスしてくれたら、僕はこれ程浪江に夢中になることはなかっただろう、そうだ、あの日以来、僕はあの女に夢中になったのだ、浪江が逃げれば逃げる程夢中になった、僕は浪江と結婚する積りだった。あの刃物のような表情を鋼に満ちた店内に立たせたら、どんなに素晴らしいだろう、僕はそんな空想ばかり抱いていた、一度だけ浪江を抱いたことがある、そうだ浪江を抱いたのは、お前だけではないのだ、冷たい肌だった、あの女は僕に抱かれるのを嫌がった、でも妙な女だ、あれ程僕を嫌っているのに、あの女は燃えた」

「良い加減なことをいうな、浪江が毛虫のように嫌っているお前に抱かれて、燃える筈はない」

有池も、香本の異常な告白に、酔っていたのか、その声は酷く調子が外れていた。すると香本は、ただ一度の浪江との情事を思い浮べたように、にっとして有池を見た。

「あんただけが浪江の身体を燃やしたと思ったら大間違いだよ、浪江は冷やかな肌の中に欲情の業火を秘めている女だよ」有池はぎくっとした。冬の山を歩いていて、何処かで雪崩《なだれ》に似た音を聞いたように、有池は息を呑んだのであった。そういえば、初めて、金を取って関係した夜から、浪江は濡れ、しとどの汗を流して悶えた。でも浪江は、あれ程、香本を避けて逃げ廻っていたではないか。毎月一万円送っている香本を、嫌いだということだけで、浪江は逃げたのだ。香本は、有池を苦しめるために、嘘をいっているようであった。彼はそう思うより仕方なかった。

香本はまた渇いた唇を舌でなめると、続け始めた。

「浪江が姿を隠したのは去年の春だった、それから僕は必死になって浪江の行方を求めたのだ、でも浪江は、自分の行先を誰にも知らしていなかった、僕は暇を見つけると、あっちこっちのアルサロや安バーを探して歩いた、浪江は上等なバーやキャバレーに勤めるような女ではない、あの女は先天的にそういうところは不向きなのだ、でも見つからなかった、僕は浪江はきっと一人でいると思っていた、浪江は一人の人間を愛することが出来ない女と思っていたから、僕は逃げられても執念深く浪江を追いかけたのかもしれない、そして到頭二年ぶりで、僕は新世界の人混みを歩いている浪江を見つけた、浪江は映画館から出たところだった、僕は狂喜した、でも今話しかければ浪江は逃げるに違いない、僕は浪江のあとをつけ、浪江がこの部屋に住んでいることを知った、一人で刑務所に行っているあんたを待っていることを知った、ああ、その時の僕の絶望がどんなものであるか、あんたには分らないだろう、あれ程親切をつくしてやったのに、僕から逃げた浪江が、戦地に行った夫を待つように、刑務所に入った与太者を待っているとは、僕はその男の爪の垢程の値打もないのか」

香本は言葉を切って、有池を見た。蛙を見詰める猫のような残酷な歓喜が、香本の小さな眼に宿った。

「僕はあのぽん引に浪江が勤めているアルサロの名を聞いた、でも僕は浪江に会いに行ったのではない、そうだ、一年間死物狂いに浪江の行方を探してやっと見つけたのに、僕は浪江に会わなかった」

寒気が有池の脇腹から背筋にかけ、不快な鳥肌をたてながらしみ込んで来た。彼は唾を飛ばしねばっこく喋る香本が、奇態な爬虫類《はちゆうるい》のように思えて来た。

「じゃ何故勤め先を調べたりしたのだ?」

と有池は嗄れた声で尋ねた。

「僕は浪江の行動を探ろうと思ったのだよ、浪江が男と関係せず、あんた一人を待っているなんて、僕には絶対考えられなかった、浪江は阿倍野のバーにいた時から男関係はでたらめだった、浪江は必ず男と関係していると思った、その現場を押えることが、僕の目的になったのだ、それが浪江の心を奪った、あんたに対する僕の復讐だった、ほら顔が青くなったな、でもあんたは、僕の言葉に耳をふさぐことは出来ない、そうだ僕は、火炎の通用門の入口に立って浪江が出てくるのを待った。僕は毎晩浪江の後をつけた、浪江は真直ぐこのアパートに帰った、一週間たった、僕は絶望しかけた、だが僕の予感ははずれなかった、僕は予感以上のところを見てしまったのだ」有池は額の脂汗をぬぐった。でも彼は香本の言葉をとめることは出来なかった。

「浪江はね、御堂筋で客を引っ張ったのだ、浪江はパン助と同じことをしたのだ」

「でたらめいうな」と有池は叫んだ。

「でたらめじゃない、これは浪江をつけている間気づいたのだが、浪江をつけていたのは、僕だけじゃない、今一人別な男がつけていた、その男も、浪江が客を引っ張っている現場を見ていた筈だ、その男はおそらく僕がつけていたのを知らないだろう、何故なら僕の方が早く見つけたのだからな、嘘でないという証拠をいってやろう、その男がこのアパートにいるのを、僕は見たことがある、鼠のような顔をした小柄な中年男だ」

「鉄……」と有池は呻いた。

「僕は浪江が客を引っ張っているのを知った時、あんたに対する復讐は出来たと思った、と同時に、浪江に対する僕の執念は、つき物が落ちたように取られてしまった、僕の浪江に対する執念は、浪江が男を切る刃物だと思った時に起きたようだ、だから浪江が男のおもちゃであることを知った時、落ちたのだ、落ちたといっても、愛着はあるよ、僕の青春のすべてを奪った女だからね、ただ、それ以後、僕は浪江のところを訪れていない、会わないでも、やっていけるような気持になったからだ、でも、あんたから手紙を貰った時、僕は真相を告げねばならないと思った、一時なにもかもなげうって愛した浪江のためにも、あんたに対する復讐のためにもね……、浪江がどうして姿を隠したか、僕は知らない、いや想像出来るじゃないか」

「出て行ってくれ」と有池はいった。

「出て行きますよ、もう二度と会うことはないでしょうな、結局僕もあんたも、浪江という女郎蜘蛛が張った巣にかかった哀れな虫ですよ」

七

飛田ホテルに夜が更けた。管理人の細君がなくなっていた廊下の電球をつけた。そして汚れた壁に紙をはった。紙には、電球を盗んだ人は、アパートを出ていただきます、と下手な字が書いてあった。有池は廊下に立って、じっと名札を見た。有池浪江、やはりその名札は、有池に叫びかけている、浪江の悲痛な言葉のようであった。名札を信ずべきか、香本の言葉を信ずべきか。それにしても、浪江はどうなっているのか、鉄の部屋は一階の突き当りであった。大勢集っているようであった。芳江の声もした。

有池はドアを開けた。狭い四畳半は煙草の煙で息が詰りそうであった。集っている男たちは、先夜の連中であった。何時もなら花札か麻雀をやっている筈なのに、なにもなかった。彼等は何事かを相談しているようであった。

芳江はだらしなく寝そべっていた。最近とみに太った芳江は、坐ることが大儀になっていた。有池は、飢えたけもののような眼を一斉に受けた。が、彼は入口に立ったまま、無表情に部屋の中を見廻した。彼の顔には、その一つ一つの視線を撥ね返す石のような非情さがあった。

「よう、ええとこへ来た」と鉄が最初に声をかけた。一人の若者が、黙って座を開けた。

「鉄さん、はじめさんにいうたらどう、やっぱりはじめさんにやって貰うのが一番やで」と芳江がいった。

そうやなといって鉄は窺うように有池を見た。そして大形《おおぎよう》に頭を下げた。

「はじめさん、実はな、飛田ホテルを根城に組をつくろうと思うんや、丁度このあたりでここだけ、よその組が入ってへん、つくるんやったら今のうちやで、それでこの間から、みんな集って話しとったんや、どうや、はじめさん、組長になってくれへんか、あんたがなってくれたら、若いやつも、もっと集るぜ」

「暴力売春団をつくろうというわけか」

と有池は呟いた。鉄は顔をしかめて首を振った。

「暴力やなんて、そんな、ただ組をつくっとくと、よそから荒される心配もあらへんし、女の子も安全や」

「律子や、仙子は知っているのか」

「あかんあかん、出来てからいうんや」

飛田ホテルの女たちは、暴力売春組織に入れられることを極力怖れていた。そのため安全地帯であるこのホテルに集ったのだ。仲間のように思っていた、鉄や芳江が、こんなたくらみを企てていることを知った時の、女たちの絶望と怒りが、有池には眼に見えるようであった。気儘だけを、ただ一つの生甲斐だと思っている律子。こつこつと金を溜め、何時かまともな社会に出る日を夢みている仙子。でも、組が出来れば、女たちは一瞬にして、絶望的な奴隷に落ちる筈であった。

「この前、俺に女をあてがったのはそのためだな」と有池はいった。

「そんなに深く考えんでもええがな」と鉄は慌てたようにいった。有池の言葉は、的《まと》を射ていたようだ。

「分った」といって有池は立ち上った。

「相談に乗ろう、その件について鉄さんだけ話があるんだ、後から俺の部屋に来てくれないか」

有池は外で話をしようといって、鉄を連れ出した。月はホテルの真上にあった。道に佇んでいる娼婦たちの影は、おかしい程短かった。有池はもう電車の通らないH線の通りを阿倍野墓地の方に歩いていった。

「どこに行くんや」と鉄が尋ねた。

「一寸会わせたい人がいるんだ」

「そっちへ行ったら墓場やないか」

「墓場の中にいるんだ」

「げえ」と鉄は踏み潰された蛙のような声を出して逃げようとした。有池はその手首を摑んだ。小柄な鉄は、もがきながら墓場の中に連れ込まれた。鉄の恐怖は余りにも異様であった。鉄は有池の気持を知ったのか。

鉄は墓石に突き飛ばされ、悲鳴をあげてうずくまった。鉄がうずくまった時は、相手の股間《こかん》をけって、逃げ出す時であった。警官に摑ると、鉄は何時もこの手を使った。有池は二、三歩離れて鉄を見守った。鉄は動けなかった。

「お前は、どうして浪江のあとをつけたんだ?」と有池はいった。鉄はあんぐり口を開け、眼だけの顔になった。有池はそのあと無言だった。それは感情のない墓石のようだった。長い沈黙のあと、鉄はそれを感じた。感じた時は、鉄は殺されると思ったようだ。

「仙子に頼まれたんや、嘘やない、仙子に浪江さんの行動を探ってくれと、頼まれたんや」といって鉄は墓地に跪《ひざまず》いた。鉄の告白は次のようなものであった。

有池が戻る二た月前、鉄は仙子から浪江の行動を探ってくれ、と頼まれた。理由はいわなかった。浪江がアルサロから出るのは十一時二十分頃であった。鉄は一回五百円で引き受けた。仙子はその金を営々と貯めた貯金から出したようだ。鉄にとっては仙子の気持や浪江の行動など、どうでもよかった。ただ五百円が魅力だったのだ。

勿論そのことは二人の間で秘密であった。浪江が真直ぐアパートに帰る夜は、鉄は浪江に知られず、迎えに行っているようだった。鉄は勿論、香本もつけていたことを知らない。鉄は到頭、浪江が客を引っ張っている現場を見た。鉄にとっては、信じられないような出来事だった。彼はそれを仙子に告げた。が一方不届きな欲望を覚えた。鉄はそれまで浪江に同情し色々世話はしたが、そんなことを考えたこともなかった。そこが鉄の人間の浅間しさだった。彼は浪江の秘密を知ったことを、そのまま捨て去るのが惜しい、と思ったものだった。彼はそれをたねに、浪江に関係を迫ったのであった。もし有池が帰って来たら、浪江の秘密をばらす、と脅迫した。夜遅く浪江の部屋を訪れたのは、その目的のためであった。

「はじめさん、これは本当や、わしがなんぼ迫っても、浪江さんは許さなんだ、わしも不思議でたまらねん、街に立って男を引っ張ったりしたような浪江さんが、あんなに固いとは、分らん、わしには浪江さんの気持が分らん」

「浪江は、今、どうなっているんだ」

と有池は低い声でいった。

「知らん、知らん、わしは知らん、仙子が知っとる筈や、仙子が」と鉄は身体を慄わしながらいった。鉄はなにかを知っているようであった。でも、より深いことを知っているのは、仙子に違いなかった。虫にも色々あって、腐ったところだけに棲息《せいそく》する虫がいた。それを蛆《うじ》という。今、墓地の湿った土の上に坐っているのは、一匹の蛆であった。有池は力一杯、鉄の顔をけった。鉄は大形《おおぎょう》な悲鳴をあげると、墓地の上に仰向けに倒れた。が、彼は起きようとしなかった。一寸でも身体を動かすことが、有池の殺意に火をつけることを、鉄は本能的に感じていたようであった。

「良いか、今、お前は飛田ホテルから消えるんだ、二度と俺の前に顔を見せるな、もし、明日お前が、まだうろうろしていたら……」「消える、直ぐ荷物をまとめてアパートを出る」と鉄は答えた。

鉄は横っ飛びに起きて走り去った後、有池は一人で墓地に立っていた。広大な阿倍野墓地は夜の静寂の中に沈んでいた。幾千という墓石が或るものは黒く、また或るものは青く翳っていた。生きている間には分らなかった、人間の孤独を、数千の墓石が今、静かに反芻《はんすう》しているようであった。

有池は、何故か仙子に対決するのが大儀にさえ思えた。人間の翳の部分は、なんと歪んだそして侘しいものであるか。が有池は生きていた。生きている限り浪江がいなくなった原因を探らねばならなかった。

それは、また有池浪江という名札への責任でもあった。

仙子はみよしで客を拾った。五十年輩の客であった。客はしつこかった。三月であるが今夜は服を着ていてさえ寒かった。でも仙子は客の要求に応え素肌で蒲団の上に横たわっていた。氷るような寒気が、客にもてあそばれていることを忘れさせた。自虐の行為が、客にはサービスの良い女として映るようであった。仙子の稼ぎ高が律子と共に、この辺りで最高なのは、こんなところから来ているのか。

仙子の部屋の窓から居酒屋の二階が見えた。半年程前、親父が亡くなり、若夫婦があとをついだ。夫婦は午前二時頃になると、店を閉め、その部屋で寝るのだった。寝る前、この若夫婦は何時も、その日の売り上げを勘定した。夫が帳面を読み、妻が算盤をはじいた。夫婦は商売に熱中しているようだった。そのことだけで、この夫婦は楽しそうだった。

「立つんや」と客がいった。仙子は黙って立った。その夜も夫婦は計算に熱中していた。仙子は窓のカーテンを閉めた。昔、仙子の夫だった船乗りは、船から下りると仙子の身体にだけ興味を持った。仙子が、夫の留守中、他の男と関係したのは、その男が仙子を愛してくれたと思ったからである。悲しい錯覚であった。仙子は夫と別れる時、もし自分が夫を愛していたら、たとえ何年別れても、操《みさお》を守ることができたろうに、と思った。そのことは娼婦になって、客を抱くのとは関係ない。仙子は客に対して、ただの一度も燃えたことがなかった。多勢の娼婦の中で、仙子程、商売意識に徹している女はいない筈だった。

部屋の前に人が立った。客は驚愕してドアを見た。鍵はかけていない。この飛田ホテルでは、女が男と部屋に入れば、絶対ドアを開ける者はなかった。

「大丈夫よ」と仙子はうろたえている客にいった。仙子は素肌なのに、この客は自分を寒さから守るために、下着をつけたままだった。あり得ないことが起った。ドアが開き、有池が部屋に入って来たのだ。「誰や、お前は」と客が虚勢を張った。有池が客の衣服に視線を投げ、顎でドアを指すと、客は衣服をかかえて部屋を飛び出た。

仙子は脱ぎ捨てたスリップを摑むと、前を蔽《おお》った。でも、この時仙子はその必要がないのを知ったようだ。有池は仙子の身体ではなく、仙子の眼だけをじっと見ていた。

「鉄から、なにもかも聞いたぜ」と有池はいってドアを閉めた。仙子の手からスリップが落ちた。

仙子は白い塑像のように有池の前に立っていた。仙子は首を振った。

「殺したんじゃない、浪江さんは自殺したの」

と仙子は静かにいった。

「何時だったか、去年の十二月頃だったわ、私は飛田駅の前に立って客を待っていた、そうもう十二時を過ぎていたわ、その夜は面白い程客がついた、私は四人か五人めの客を待っていたの、浪江さんが電車を下りて来た、だいぶ酔っているようで、足元も危なかったわ、大丈夫？　と私は声をかけてしまったの、浪江さんはじろじろ私を見たわ、そして、大丈夫よ、私には有池がいるんだもの、といった、何故その時、殺してしまいたい程、浪江さんを憎んだのか、あの時の気持、今でも私には分らない、女の最後の悲しみを、土足で踏まれたように感じたのかもしれないわ、私はあなたが好きだったけど、浪江さんだけは幸せになって欲しいと思っていた、でもその時から、私は浪江さんの敵になったの、私は浪江さんの浮気の現場を摑えて、浪江さんの面を叩き破ってやろうと決心したのよ、それから後は、あなたが、鉄から聞いたとおりだと思うわ、浪江さんは、私と同じことをしていたじゃないの、そう、あれは二月二十八日だった、私は火炎に電話して、浪江さんを呼び出した、鉄がそのことをたねに、浪江さんに、関係しよう、と したことを私は知っていたの、私は浪江さんに対する復讐の方法を発見したわ、私は、私の前で浪江さんが鉄と関係したら、浪江さんが男を引っ張ったことをあなたに黙って いよう、といったの、浪江さんは許してくれ、といってあやまったわ、でも私は許さなかった、私はその時いったの、もし私があなただったら、私は飢え死にしても、操を守るって、……そう、なにが愛なの、なにが有池浪江なの、あなたはパン助じゃないか、って、そのあとは、私がなにをいっても、あの人は口を開かなかった、ただ俯いて石のように黙っていたわ。

そして別れる時にあの人はいった、一時間後に阿倍野墓地の門に入ったところに来てくれ、とね、返事をするというの、私は用心して鉄を連れて行った、殺されそうな気がしたからよ、行ってみると、浪江さんは墓石にもたれて死んでいたわ、毒を飲んだのね、口から微かに血が流れていた、私と鉄は、浪江さんを、無縁仏の傍の土を掘って埋めた、そうするよりほかに仕方がなかったの、そう浪江さんは手帳をしっかり握っていた、鉛筆で遺書が書いてある手帳をね、私今でも持っているわ、到頭あんたに渡す時が来たようね」

八

その遺書は古びた小さな手帳に書かれていた。その手帳は、その日の収入や、売り上げが細かくつけられていた。水商売の女が良く持っているあの手帳であった。

浪江の遺書。

はじめさん、あんたを待たないで、浪江は死にます。あんたが帰る日を、まいにち、待って、待って、待っていたけど、待てなかった。かんにんしてね、浪江はわるい女やったけど、あんた以上に、すきになった男はいません。浪江はあんたがかえるまで、みさおをたてるつもりでした。でも小さな時から、たくさんの男と遊んだばつを今になって受けたんです。あんたがすきで、あんたを待っているのに、半年ほど前から、……からだが……でも私はアルサロに来るお客さんとは、どんなにさそわれても寝なかった。それで浪江はね、ぜんぜん知らん男と、一回きりの遊びをしてやろうと思って、ひっかけたの。お金はもらいませんでした。浪江はあんたの奥さんで、パン助とちがうもんね、こんど生れかわったら、しょじょで、あんたの奥さんになりたい、そう思ったら、死ぬのんこわくなくなった。

鉛筆で、たどたどしい字で、手紙にはそう書かれていた。

「ここか」と有池は仙子にいって、無縁仏の横の墓地を見た。そこは墓と墓との間の小さな空地だった。訪れる人のない墓地を哀れんだように、風だけが、周囲の墓石と墓石の間から、吹き込んでいた。寒い夜だと思ったら、三月には珍しく雪が降り始めた。大きな白い雪であった。流れ込んで来る風は、その墓地の上で小さな渦《うず》を巻いて、またたく間に、雪を墓地の上に集め始めた。有池はしゃがんで、その雪をすくった。雪は有池の背広に、髪に白い化粧をほどこしたが、すくった分だけは、不思議に解けて水になった。それは雪の下で、夫が来たのを知って、流している妻の涙のようであった。

※アルバイトサロンの略。主婦や学生がアルバイトでホステスをするキャバレー。

口なしの女たち

一

港町神戸に、唖の売春婦たちが集る、或る中華飯店があった。

そのあたりは、密輸や麻薬の巣であり、毛唐や黒人マドロス※が夜明けまでうろうろしていた。

勿論札つきの不良外人や、愚連隊、ちんぴらなどが、蛆《うじ》のように、身体を伸ばしたり縮めたりしている。

最近、関西の諸新聞は、密輸の中国人ボスが逮捕されたことを、でかでかと書きたてたことがある。それは単に密輸事件だけではなく、一昨年の、現職警官溺死事件に関係があったからだ。

それは、密輸捜査の現職警官が、メリケン波止場の海中から引き上げられたことであった。ところがその警官は、腹に密輸時計を数十個巻いていた。

その事件は当時、その警官が密輸団に近づき過ぎたか、または密輸の仲間入りをして、殺害されたのだろう、と推測された。勿論、それは推測で事件の真相は分らずじまいであった。

ところがこのたびの、中国人ボスの逮捕の際、驚くべきことが判明したのだ。というのは、一昨年溺死した警官の死体が上ると、その細君が行方不明になっていたのが、最近逮捕された中国人ボスの情婦の経営するバーUに居たことが発見されたからであった。その情婦のバーも、唖の女たちが集る中国飯店の直ぐ傍にあった。いわばそのあたりは、日本の警察力もなかなか真相を摑み得ない、国際犯罪がとぐろを巻く暗黒地帯であった。

唖の女たちが集る中国飯店は、看板は中国飯店であるが、料理は日本のものであれ、印度のものであれ、なんでも喰べられた。

日本酒も出るし、ビールもあるし、勿論洋酒だってある。狐饂飩鍋も喰べられれば、ふかのひれのスープだってすすれる。

営業時間は、二十四時間だった。でも厳密にいえば、午前十時から翌日の午前八時ぐらいだろう。二時間の間に店内の掃除をするのだ。勿論、客が我慢さえすれば、掃除をしている間だって、食にありつくことは出来る。

最も賑かな時は午後九時前後から、午前五時頃まであった。

経営者は、中国人であるともいわれているし、日本人ともいわれている。

が、ここに集る人々は、経営者が誰であろうと文句はない。

店の一隅には安っぽい板づくりのステージがあり、小さなバンドが演奏していた。歌謡曲でもモダン・ジャズでもなんでもやる。

ステージにはマイクがあり、客たちは、酔っ払うと勝手にステージに上って歌う。勿論だみ声を得意気にはり上げるのは、その、腐った声には似ない、マンボズボンの若者たちであった。

時には、黒人マドロスが歌うことがあるが、そんな時だけ店内はしーんとした。

古多木が、この店に姿を現わすようになってから、丁度二週間たった。といっても、毎晩やって来たのではなく、ほぼ一日置きの割合であった。

たいてい、午後の十一時頃から午前三時頃まで、一人で来て、ビールを飲むのであった。

古多木は四十八歳になる。三月前までは、保険の外交員をやっていた。外交員生活に入ってから十年たつ。それまでは一流会社に居たのだが、或る事件に巻きこまれ、やめねばならなくなったのだ。

妻と子供一人が居た。古多木は家庭を愛していた。自分はどんな苦労をしても、妻子にだけは、衣食住を心配させたくなかった。

古多木は躊躇《ちゅうちょ》することなく、生命保険の外交員になったのである。

働くことが、地獄のような毎日であった。暑い日中、汗を流しながら、重い足を引きずることよりも、凍《い》てつく風に身をかがめて歩くことよりも、彼には訪問先の侮辱に耐えることの方が辛かった。

が、彼は妻と子供のために耐えた。その妻は、彼が外交員になって五年めに、交通事故で亡くなった。

古多木は、妻の亡骸《なきがら》の前で、子供が大学を出るまで、外交員生活を続けることを誓った。

一人息子は、良男といった。古多木がとくに良男を愛したのは、良男が子供の時、木登りから落ち、膝関節を折り、びっこだったからであった。骨がつながらない先に、肉が骨と骨との間を巻いてしまったので、二度、三度と手術をし、その結果、足を引きずらねば歩けなくなった。

でも、頭が良かったので、神戸の一流大学に昨年入った。古多木は、良男を岡本に下宿させた。悪い足で、大阪から通学させるのは、あわれであった。それより、疲労のため、勉学に支障を来たすことを怖れたのであった。

ところが、古多木の十年間の辛酸《しんさん》が、一挙に崩れる日がやって来た。

良男が死んだのである。それも殺害されたのであった。しかも殺害された場所というのが、この中国飯店の横の路地奥であった。

後頭部を鉄の鈍器のようなもので一撃され、それだけで死んでいた。

古多木には、なにがなにやら、さっぱり分らなかった。どう考えても、悪い夢のような気がして仕方ない。

が、夢でないことが、はっきりしたのは、良男を焼いて、その骨を手にした時であった。

「大人でこんなもろい骨を見たことがありません」

とおんぼうはいった。確かに良男は、色が白く、ひ弱い男であった。

警察では、ただちに捜査を開始したが、犯人をあげることは勿論、どうして殺害されたか、ということも分らなかった。

毎日やって来る古多木に対し、初めは同情気味に応対していた捜査本部の主任警部も、最近は不機嫌になった。

皆目《かいもく》、手掛りがなかったためであるが、いそがしい最中、何時間もねばる古多木が、邪魔でもあり、眼ざわりでもあったのだ。

警部にしてみれば、犯人が挙らない以上、なにか責められているような気もするし、当然の心理かもしれない。

結局、事件は迷宮《めいきゅう》入りになったのだが、捜査本部を解散する前、主任警部は、今まで捜査した結果を、古多木に話した。

「とにかくあの辺りは、最も捜査し難《にく》い場所なんです、あの辺りの住民は警察には絶対協力しないし、また息子さんが倒れていた場所が、路地が迷路のように入りくんだ場所でして、目撃者も、息子さんの悲鳴を聞いた者も出ない、捜査は初めから困難を予想されていたんですが……」

といって、主任警部は、げっそりとやつれた古多木を気の毒そうに見た。迷宮入りで、捜査本部を解散せねばならないことになったので、流石に警部も、古多木をあわれに思ったようであった。

「先ず、良男さんが、何故あんな場所に行ったたか、ということですが、この動機が分らないんです、ずっと真面目で、学校の成績も良いですし、ぶらぶら盛り場を歩いていて、知らず識らず、あんなところに行った、とも考えられないこともないんですが……いや、実をいうと吾々は、初めはそう考えて、計画的な殺人ではなく、強盗か、または酔っ払いが衝動的に、殺す積りではなく擲《なぐ》った、という見方をしていたんです、現に、酔った黒人が、理由もなく、日本人を擲り殺した、という事件があるんですよ」

古多木はなんとなく頷いた。古多木自身もそれ以外、考えられなかったからであった。

「ところが息子さんが、殺された日（九月二十七日午前二時見当）の前の日、二十五日の夜と、二十二、三日頃の夜と、二日程、殺害地点の傍の中国飯店に現われているんですよ、それがね、証人の証言というのがどうもはっきりしないし、来た日も、はっきりしなかったんですが、下宿の方を調べた結果、二十三日は午前四時に下宿に戻っていますし、二十五日は外泊されているんです、下宿屋の主人の話では、今までそんなことは一度もなかった、というから、先ず、その日あの店に行ったと見て間違いないでしょう」

そして、主任警部は古多木に、その中国飯店の性格を説明したのであった。

「えっ、唖の売春婦が居るんですか？」

と古多木は驚いたようにいった。警部は古多木の驚きを、世の中にそんな妙な連中が居ることへの驚きと取ったようだが、古多木は別な意味で驚愕したのであった。

「ええ、そんなものをいわない女と遊んで、なにが面白いのか、私等には、さっぱり分りませんがね、これも駐留軍の産物ですよ、あの店は、駐留軍が居た当時は、軍の指定の酒場だったんです、日本人オフ・リミットというやつですね、向うの連中というのは変態趣味の人間が多いんですなあ、経営者が集めたのか、売春ブローカーが集めて送りこんだのか、自然と唖同士が集ったのか、そこのところは良く分りませんがねえ」

「ちょっと、待って下さい、警部さん……」

と古多木は、しきりになにか、考えている様子だったが、

「息子は、その店で、その女たちの誰かと話していた、ということはないでしょうか？」

「そこが、はっきりしないんです、とにかく、かかりあいになるのを怖れて、証言してくれるやつが居ないんで、あそこの連中は、吾々を憎んでいますからね、勿論売春婦は、かたっぱしから調べたんですがね、筆談だし、全く要領を得ない、息子さんが、店に来たようだ、と証言してくれた向うの女店員も、そのことになると、確答しない……」

と警部は言葉を切ったが、

「結論として、吾々の意見はこうなんです、つまり、息子さんは、街を歩いていて、偶然あの店の前を通りかかった、表構えは安っぽい中華料理の店なので、丁度腹がすいて

いて、支那そばでも喰べる積りで、中に入った、ところが得体の知れない雰囲気でしょう、楽団は南洋の土人の音楽みたいなやつをやっている、息子さんは真面目な方だ、今まで、きっとバーやキャバレーなどには、行かれたことがないでしょう、ぼうっとなったんですね、が、そこで麻薬にかかったんです」

「えっ、麻薬……」

「いやいや、麻薬的な雰囲気のとりこになった、という意味です、これはね、私たちの経験からいえる言葉なんです、余りにも真面目過ぎる人間は、刺激に弱い、免疫性がないからですよ、息子さんが二十五日も、殺された日も、行かれた、というのは、そのとりこになったからだ、と思います、ところが、息子さんは、どうみても、良家の息子さんに見えます……」

「警部さん、私は保険外交員です」

「いやいや、息子さんは貴族のような顔をしておられますよ、だから、たんまり金を持っている、とあの店の誰かにねらわれたんですね、だから、息子さんが店を出たのを見て、誰か、毛唐かもしれないし、黒人かもしれない、また日本のちんぴらかも分らない、そいつが、金を盗る目的で後頭部を一撃した、おそらく、殺す意志はなかった、これが吾々の意見です、つまり、最初の推定とほぼ一致しています、捜査本部は解散しましたが、これからは地味な捜査が続けられます、けっして、手を引いたのではありませんから……」

主任警部の意見には、長年の経験と勘による重みがあった。それに論理が通っていた。古多木も、もしその店に唖の売春婦が居るということさえ聞かなければ、警部の意見に納得しただろう。

でも、古多木は、自分の考えていることを喋らなかった。

「警部さん、警察で良男らしい人物の顔を見た、と証言した女店員の名を教えていただけないでしょうか？」

警部は一瞬けわしい顔になった。

「絶対名前をいわない、という約束で吾々は情報を受けたんですから、それはちょっと、お教え出来ません。それより、女店員の名を聞いて、どうなされる積りですか？」

「多分不可能だとは思うんですが、私も犯人を探してみたい、と思うんです」

といって古多木は、良男を一人前にする、その目的のためにだけ、辛い保険外交員の仕事を続けて来たことを述べた。古多木の話は警部の胸を打ったようであった。

「警察として、あなたの行為を認めるわけには行きませんが、といって停める権利もないでしょう、分りました、じゃ、その女店員は鼻の横にほくろのある女です、ただし、警察で聞いた、ということは、いわないで下さいよ、それから、もしなにか危険なことがあったら、直ぐご連絡下さい」

と警部はいった。子供に対する親の愛情という、極めて素朴なものが、警察人種の泣き所を突いたようであった。

古多木が社をやめ、貯金を全部引きおろして、その中国飯店の直ぐ傍のアパートに移り住んだのは、それから一週間後であった。周旋屋の手を経たのである。

二

その夜も古多木は、十時頃から、その店に出かけた。店内は相変らず、ジャズと煙草の煙と、脂やにんにくの匂い、そして識別出来ない外国語や、女達の嬌声《きようせい》で満ち溢れていた。

古多木の前の席では、水色のシャツを着た大きな黒人が、二人の女と向いあっていた。一人の女は、赤い半袖のセーターを着た二十一、二の女であった。美貌である。眼は大きく顔の肌がなにか濡れたようで、ルージュの濃い真赤な唇が熟《う》れた果実のように、性的な魅力があった。黒眼勝の眼は哀しい程美しいが、ガラス玉のように、何処かうつろであった。

黒人はストレートのウイスキーをあおり、時々ジャズに合わして身体をゆすり、拳で卓を叩く。女はそのたびに、痴呆的な笑いを浮べてビールを飲んだ。なな子と呼ばれている、唖の売春婦の一人であった。

隣の女は小柄で痩せており、何処か暗い感じであった。毒々しく化粧しているが、これは美人ではない。椅子の背にもたれ、煙草を咥え、時々店内を見廻し、同じ仲間と視線が合うと、口と手を激しく動かし、顔を振りながら話をする。

古多木の後ろの席では、真赤なシャツを着た二十ぐらいの毛唐が、女を膝の上に乗せ、甲高い笑い声をたてては、ふざけていた。

日本の若者たちは、情婦らしいアルサロ娘と身体を寄せあい、盛んに飲み喰いしながら、ジャズに陶酔していた。

古多木が驚いたことには、唖の女達の殆どが、美貌であることであった。ここに集る彼女達は十人以上は居た。警察が売春婦として取締りが出来ないのは、彼女達がこの店とは関係がなく、店の客として来ていることであった。自由恋愛の形式を取っているのだ。

それに今一つ意外なのは、最も頽廃的《たいはいてき》な雰囲気の中で、身体をひさいで生きているにも拘《かか》わらず、女達の半分以上が崩れた顔をしていないことであった。一流のバーのホステスとしても充分通る女も居たし、良家のお嬢さん、といっても、おかしくない女が居た。

古多木は間もなく、なな子のように、美貌でありながら崩れた感じの女と、そうでない女との違いを知った。それは、その女達が、毛唐や黒人と、遊ぶか遊ばないかの、違いのようであった。

不思議なことに、毛唐を寄せつけない女達は、みな明るく、暗い翳《かげ》がないのだ。

この違いは一体何処から来るのか。理由は分らなかったが、その区別を知った時、古多木は、もし唖の女達の誰かが、良男の死に関係あるとすると、それは毛唐を寄せつけない女の一人だ、と思った。

古多木が、良男の死に、この女達の誰かが関係しているかも分らない、と思ったのは、何時だったか良男が、

「お父さん、もし僕が将来結婚する時は、身体障害者の女を嫁にしたいな」

と洩らしたことが、あったからであった。

「馬鹿なことをいうな、お前ぐらいの、足の悪い男は世の中にざらに居る、いや、身体の不自由な人々の殆どはお前より悪いし、その人達の殆どが、健康な女を嫁に貰っている」

と古多木は強くいった。これは単なる想像ではない。保険外交員という職業上、古多木は十年間に何万という家庭を訪問していた。

彼は自分の見聞からいったのだ。が、その時良男は、暗い微笑を浮べ、古多木に珍しく反撥した。

「お父さん、僕は自分の妻に、少しでもコンプレックスを感じるのは嫌なのです」

古多木は自分でも分らない程激怒した。

「良男、お父さんはな、十年間……」

が、古多木はそれ以上はいわなかった。コンプレックスは自分一人で充分なのだ。息子にそれを味わわせないため、彼は自分を機械にしたのであった。自分の忍耐心を思った時、足の悪いぐらいなんだ、と古多木は怒鳴ろうとしたのであった。

が、彼が口を閉じたのは、感じ易い、良男の心を、これ以上、傷つけたくなかったか

らであった。

古多木の席の三列めの席に、一人の女が黙って坐っていた。ベージュ色に水玉模様のワンピースを着、髪を長くたらした、二十一、二の女であった。薄化粧で理知的な顔をしていた。肌の色が驚く程白い女は時々、何気ないように古多木を見、何気ないように視線を外《はず》し、静かにビールを飲んでいた。

毛唐や脂のねばっこい匂いも、やかましいジャズの旋律《せんりつ》も、その女の傍に来ると、身を翻してさけるようであった。確かに、その女の廻りにだけは、この店の雰囲気に似合わない、澄んだ空間があった。

初めて見る女である。古多木が、その女もやはり、唖の一人だと知ったのは、女が店の壁際に居た和服の、おそらく彼女達の中では最も美貌と思われる女と、数秒間、合図するように話しあったからであった。

古多木は、鼻の傍にほくろのある女店員が傍を通りかかるのを待って手招いた。

古多木は今まで、その女店員にだけ、注文するようにしていた。彼は帰る時、少額のチップをその女店員に握らすのを忘れなかった。

「なににいたしますか？」

と女店員は、はきはきした言葉でいった。

「あそこに、髪を長く垂らした若い女が一人で坐ってるだろう、ここへ呼んでくれないかな」

と古多木は三百円を女店員のもりもりした掌に握らせながらいった。

「あの人、唖なんですよ」

と女店員は教えるようにいった。客達が、唖の女達と遊ぼうとする場合、女店員に呼ばせるのを、古多木は見覚えていた。そして、不思議に、女店員が、そのような返事をすることも。

「ああ知っているよ、ここで一緒になにか喰べよう、といって下さい」

女店員は頷くと、その女の傍により、エプロンのポケットからメモ帳と鉛筆を取り出すと、古多木の方を眼で指しながら、なにか書き始めた。古多木が呼んでいる、と書いているのだろう。古多木は良い洋服を着ていた。顔も整っている方であった。外交をしていた時、アパート住いの女給から、もちかけられたことも、一度や二度ではない。でも彼は応じなかった。応じた途端、生活の総てが崩れてしまいそうな気がしたからである。絶えざる忍耐の、抑圧された生活は、ちょっとしたきっかけで、崩壊してしまう怖れがあったからだ。

彼は、性欲の処理は、月に一度、コールガールと遊ぶことだけであった。

女店員が離れると、その女は古多木を見て微笑し、立ち上った。

女が古多木の方に歩いて来た時、彼は素早く店内に視線を走らせた。その女と古多木を見較べた顔が二つあった。さっき手で話しあった壁際の女と、中程の席で男同士で喋りあっていた二十七、八の男とであった。その男は青い顔をした、鋭い眼の男であった。

少くとも、この二人は、自分の傍に来る女に何等かの関心がある人間に違いない、と古多木は思った。

職業上古多木は、人間の心理を、その表情によって読み取る技術を身につけていたのであった。

その女は、一重瞼であったが、切れ長の眼で、ねばっこい光りがあった。胸のふくらみは大きいという程ではなかったが、良く締っているようであった。女は小首をかしげ、顔を傾けるようにして、古多木を見た。

古多木が、その店で、初めて唖の女を呼んだのは、その女に、他の連中にない何処か知的なものがあったからだ。

古多木は用意していたメモを取り出し、ペンで話し始めた。

――さっきから、あなたが余り美しいので、驚いていました、なんでも好きなものを注文して下さい、それから、あなたのお名前を教えて下さい。

女は顔を俯けて読むと、にっこり笑った。白い歯が美しい、それに爪も良く磨《みが》かれ淡紅色の肉が透けて見えるようであった。女は、古多木の紙の裏に次のように書いた。

――有難うございます、ここのお店で好きなものはありません、ですから、おビールをいただきます、私の名前は弘子です。

古多木は弘子が、自分の質問の順番通り答えたのに、注意をひいた。これは筆談という形式のためか。それとも弘子の性格なのか。

古多木が読んでいると、弘子は中指で、とんとんと卓を叩いて、古多木の注意を引き、ハンドバッグから、紙を取り出して書き始めた。

――あなたのお仕事は、どんなお仕事ですか？

――画家です、東京から神戸に絵を描きに来ました。

弘子はちょっと首を突き出して頷いた。

――私の父は画商でした、私が十六の年に亡くなりました、あなたは芸術家のような顔をしています。

古多木は不思議だった。弘子が裕福な家庭の生れであることは、その理知的な容貌や、この店のもので、好きなものはない、と答えたところから分るが、それならば、こんな場所で身体を売っているのに、どうして崩れた感じがないのか。いや、それより、この女は、実際、身体を売るのだろうか。

二週間、店に来ていて、そのような現場を見ているにも拘らず、古多木は納得出来ない思いであった。

その時、例の黒人が、なな子ともう一人の女と共に席を立った。すると、丁度店に入って来た、明らかにマドロスと分る若いひしゃげた顔の毛唐が、大声で喚きながら、なな子の腕を摑んで自分の傍に引き寄せた。弘子がそれを見て、中指で激しく卓を叩き、古多木にむかって、拳を拍手するように激しく打ち合せた。喧嘩が始る、という意味らしかった。

なな子は、毛唐のごつい手で、顔が歪む程、脇の下に抱きかかえられながら、けっけっけっ、と奇妙な声さえ立てた。濡れたような、なな子の顔が、猿が怒って歯をむいたように変った。

「シャラップ！」

と白人の毛唐がまた喚いた。一時静まりかえったバンドが、前よりもやかましく演奏し始め、マイクの前の若者が、変な手付で腰を振りながら踊り出した。黒人は犬のように口を開き突っ立っていた。

古多木は大急ぎで、紙に書いた。

――白人の外国人にかかえられている女は、何故怒っているのですか、あの女の人は、白人より、黒人の方が好きなのですか？

読むと、弘子は激しく首を振り急いで書いた。

――怒っているのでは、ありません、笑っているのです。

その時、古多木は、背に寒いものを感じた。どんな理由かもしれないが、良男のような繊細な学生が、こんな雰囲気の中で、なにを感じたか、古多木には分るような気がしたからだ。

突然、古多木の傍の席の、赤いシャツの毛唐たちが、口々に叫び始めた。黒人は振り返って、その連中を見ると、急に、残った今一人の女を、こわれもののようにかかえた。そして、ふうっと唸るとその女を連れて店を出て行った。離された女たちは、短く手で話しあった。

――あの二人は、今、なにを喋ったのですか？

――明日の朝、会おうといったのです。

入れ代り、立ち代り、色々な人間が来ては出て行った。他の女店員が来て、紙を弘子に渡した。弘子は頷き、振り返った。古多木がその視線の方を見ると、さっきの眼付の鋭い男の姿はなく、太った中年の男が、頷いた。その男も、古多木のように、まともな背広を着ていた。

――私のお友達が呼んでいます、でも、あなたがそのお積りなら、私はここに居ます、あなたのご予算をお知らせ下さい。

と弘子は書いて、古多木を見た。弘子は、遊ぶかどうかはっきりしてくれ、そして幾ら金をくれるか、知らしてくれ、といっているのだ。普通なら、女の方から切り出されると、幾らその積りでも、少しは気分が白けるものである。が、古多木は不思議にそんな気にならなかった。紙に書かれた言葉というものは、現実離れのした柔かい感じであった。そのふんわりした柔かさの魔力が、肉体取引の交渉の中にもあった。

古多木は、初めて唖の女と遊んでみる気になった。良男がこの店に何故三回もやって来たかを知るためには、彼女達と親しくなる必要があった。古多木は、用心して、ほくろのある女店員にも、良男のことは、なにも尋ねていない。でも、もし、良男の死がこの店と関係があるならば、外面からぼんやり眺めているだけで、真相が分る筈がなかったのだ。

――あなたは幾ら欲しいですか、遠慮せずに書いて下さい、私は、明日の朝十一時まで、あなたと一緒に居たいのです。

――分りました、五千円いただけるでしょうか？

そんなに高い値段ではない、と古多木は思った。まして、口がきけない、ということは彼女たちの場合、ハンディキャップではなく、売りものであった。

――お金を渡したら、今直ぐここを出られますか？

――はい、行けます。でもお金はよその人に分らないように下さいね。

弘子はこのような問答の最中、古多木を見ては笑った。

その笑いは、口辺よりも眼のあたりに浮んだ。古多木が卓の下から渡した金を、弘子は手で受け取り、ハンドバッグにしまった。視線を金にやらなかったところを見ると、指で勘定したに違いなかった。

三

先に出てくれ、というので、古多木は店の外の電柱のかげで待った。時刻は十二時前であった。商店の灯もバーの灯も殆ど消えていた。バーの前には、女たちがうずくまったり立ったりしていた。通る男たちは大半酔っ払っていた。いや、女も同じである。酔っていないのは、夜の女だけであった。

弘子が出て来たのは、五分程、たってからである。弘子は古多木に腕を絡ませた。古多木が本通りに出ようとすると、弘子は、ううと口を慄わせ、腕を引っ張った。どうやら、行きつけのホテルがあるらしい。

危険を感じないこともなかったが、それを怖れていては、なんの手掛りも得られない。弘子は中国飯店の横の道を曲った。古多木は、はっと思った。この道の奥で、良男は殺されていたのである。

暗い道であった。左側は中国飯店の壁であり、右側は、明りの消えたバラックのような家がつまっていた。麻薬の密売でも行われていそうな家であった。古多木は歩いていて、良男のように、後ろから一撃されるのではないか、と思わずにはおれなかった。彼は何度も振り返った。そのたびに弘子は、古多木の腕を引っ張った。

この時彼は、理知的な顔をしたこの売春婦が、得体の知れない魔女のようにさえ覚えた。

そのホテルは、道の突き当りを右に曲った突き当りにあった。一見して安ものの、ホテルであることが分る。

出て来た女中は、弘子の顔を見ると頷き、古多木に、いらっしゃいませ、といった。古多木は弘子が、ハンドバッグの中から、さっき彼が渡した五千円を、素早く渡すのを見逃さなかった。おそらく、ここは弘子達に取っては、なじみのホテルであり、客から貰った金を預けたに違いなかった。

女中が、茶と菓子を置き、引き下ろうとした時、古多木は、自分でも思いがけなく、ううう、と唖のように唸り、手を叩いて女中を呼び停めていた。女中が、あきれたように、見返したにも拘らず、古多木は、手まねと表情で、煙草を持って来てくれ、と命じた。

「お客さんは、お話し出来るんでしょ」

と女中が笑いながら尋ねた。古多木は二、三度首を振った。女中は肩をすくめると、部屋を出て行った。

この時、古多木は、少し練習すれば、案外た易く、手真似で話すことが出来るようになるに違いない、と思った。

ひょっとすると、この女たちの中には、口がきけるにも拘らず、唖の真似をしている者があるのではないか。

二人切りになり、部屋に鍵をかけてしまうと、古多木は、妙な空しさを覚えた。不思議にそれは、到底取れないと思っていた相手を、足繁く通い、保険をかけさすことに成功した時の空しさに似ていた。

彼の同僚の外交員たちは、そんな時一番喜びを感じる、というが、古多木は同僚たちのような喜びをいまだ味わったことがなかった。

その時古多木は、窓際に立った弘子が唇を咬みしめ、古多木を睨んでるのに気づいた。川波に映えたネオンが揺れるように、窓に映じたホテルのネオンが、強くなったり弱くなったりした。

古多木は、あっと気づいた。さっきの手真似が、弘子の感情を害したに違いなかった。

「悪気があってやったことじゃないんだよ、許してくれ」

と古多木は思わず、声に出していった。が、通じないと思い、慌ててメモ帳を出すと、弘子は首を振り、壁際の小テーブルに向って書き始めた。弘子が突き出した紙を、古多木は急いで取った。

――あなたがお話しすることは、私には大抵分ります、私は聾唖《ろうあ》学校で口話法の教育を受けましたから、手真似など使いません、私の前で、あのような真似をすることは、私を侮辱したことになります。

古多木は愕然とした。この売春婦にも、それなりの誇りがあったのか。

「さっきあの店で筆談ばかりしていたので、僕の言葉が分らないかと、思ったんです、許して下さい」

と古多木は、筆談のような調子でいった。

――お店は人が多く、気が散りますので、筆談の方が分りやすいのです、でも、この部屋では、私とあなたは、二人っきりです。だからゆっくり話してくだされば、大体のことは理解出来ますの。

「良く分りました、僕の不注意でした、でも、さっき、黒ん坊と一緒にいた女の人は、手真似で話していましたね？」

——あの人たちは、聾唖学校の教育を受けていません、だから、外国の人と平気で遊ぶのです、教育を受けた人たちは、遊びません、それに私は、好意の持てた人でなければ、ホテルには来ませんの……

「僕は、あなたの気に入ったのですか？」

すると、弘子は小首をかしげ、えうえう、と奇妙な声を出した。口話法をならい、相手の口元の表情で理解出来る、といったが、やはり、完全には分らないようであった。古多木は、もう一度いった。弘子が理解しようと苦悩している有様が、彼には良く分った。

「筆談して良いですか？」

と古多木は尋ねた。弘子は、ぱっと明るい顔になった。古多木はそれを紙に書いた。

——あなたは芸術家で、私の父は画商です、私はあなたに好意を持ちました。

古多木が読み終ると、弘子は静かに、古多木の両肩に手をかけた。抱いてくれ、というのであろう。古多木は弘子の身体を抱きしめた。腕の中の女の身体は、思ったより、か細かった。

弘子は眼を閉じると、唇を突き出した。売春婦と接吻する、ということに、ちょっとためらいを感じたが、古多木は、機械的に自分の心のしこりを殺した。彼はどんな嫌なことでも、それを押し殺す修練を積んでいた。

古多木が唇を接すると、弘子は舌を蛇の舌のように動かした。

古多木は、結婚してからは、余り女遊びはしていないが、やはり青春の一時期には、それ相応に遊んだことがある。でも、この女のような接吻は初めてであった。それはまるで微妙な一個の生きもののように、接するかと思うと、離れ、また細い肉棒のように、古多木の舌の上を這った。

唇を離した時、弘子は左の中指で濡れた唇を拭いた。この時、古多木は、一瞬良男のことを忘れ、弘子に激しい欲情を覚えた。

弘子はバスルームに入ると、湯の栓《せん》を閉めた。湯は溢れかけていた。

「風呂に入ろう」

と古多木はいった。弘子は首を振ると、直ぐ古多木の背広に手をかけて、服を脱がした。

「良いよ、自分で脱ぐから」

と、古多木は断わったが、弘子はきかなかった。彼は弘子によって素裸にされた。弘子はしゃがむと、古多木の股間のものを、しげしげと眺めた。そして立ち上ると、古多木の顔をうかがいながら、指で勃起した状態を真似るのだった。

驚いたことに、弘子の顔は、無邪気な喜びに溢れていた。手真似で話す教育のない仲間たちを、軽蔑した表情でののしるプライドに満ちた、さっきの女と、これが同一人物だとは、到底思えなかった。

やがて弘子は、自分も裸になると、先にバスにつかっている古多木の傍に入って来た。

外見から想像した通り、乳房は小さかったが、引き縮っていた。肉付は余り良くないが、肌は、白蠟のように艶やかであった。

弘子は自分の身体を隠そうとはしなかった。それどころか、湯から出ると、湯気の立つ身体を明りの下に、惜し気もなくさらし、壁際に、古多木の方を向いて、立ったのであった。

弘子は筆を持つ恰好をして、空中に絵を描き、自分を指した。

「あなたの身体を、絵でかいて欲しい、というのですか?」

弘子は頷き、嬉しそうに笑った。

「今日は絵をかく道具を持って来ていないので、だめです」

弘子は小首を傾《かし》げて、眉を寄せた。また喋った意味が分らないらしい。古多木は湯から上り、弘子を抱いた。彼はバスタオルで弘子を包むと、抱きあげ、ベッドに運んだ。

ベッドの上の弘子は、まるでそうすることを教えられたように、両手、両足を大の字に伸ばして仰向けになった。弘子は明らかに、古多木が、能動的な態度を取ることを要求していた。

古多木は、唖の女と遊ぶことに興味を持ったのではない。でも弘子のこのような、あけっぱなしの態度は、彼を少しとまどわせた。

岩の下の隠花植物のような、いんびな、そして暗く湿った雰囲気を、彼は予想しなかったとはいえない。

古多木は、急に寒々しい気持になり、弘子の肌に手をかけた。古多木がゆっくり愛撫すると、弘子は大の字になった手足を、細かく慄わせた。思う存分、身体を伸ばしたまま、弘子は、総ての雑念を去り、性感に身をまかしているようであった。やがて、弘子の白い肌が薄い汗で濡れ始めると、弘子は、いえーんと、地の底を這うような、人間のものとは思えないような呻き声をあげ、大の字になった手足を、蛇のようにくねらし、呻き声に合せて、徐々に縮めてくるのであった。

金で身体を売った、という意識が、弘子にはないようであった。それは、南方のぎらぎらした陽光のもとで行われる土人の交合のように激しく、身内にうずく性感の燃焼を求めて、徐々に縮めて来た手足を、突然、獲物に飛びつくように、古多木に絡ました。激しい肉の律動につれて、その呻きは細い声のまま、ますます奇怪に、まるで見えない黒い蛇が、喉から絶えず生臭い息を吐くようであった。

突然、弘子は、げえっげえっ、と獣が嘔吐《おうと》するような、しゃがれた声を絞り出した。

それが、弘子の終りであった。

長い間、弘子は古多木を抱いたまま、じっとしていた。古多木は、自分はまだ終らないのに、疲れ果てたような気になった。

それは古多木の年のせいであったかもしれないし、性に対する異常趣味が、なかったためかもしれない。

古多木は、紙を取って来ると、筆談を始めた。

――あなたはどうして、あの店を知ったのですか?

――お友達に教えて貰ったのです。

――お友達というと、学校時代のお友達ですか?

――そうです。

――毎日の生活は楽しいですか?

――家の中で、じっとしているより、楽しいですわ、私たちは、普通の人のような結婚は出来ません、そうだからといって、楽しんではいけないということは不公平です、あなたは、私がお金を取ることを、非難されますか?

――いいえ、生きるためなら、仕方ないと思います。

と書いて、古多木は、今自分が書いたことは嘘ではない、と思った。彼女たちにも、旨いものを喰べ、良い服を着る権利はあるのだ。両親が裕福であれば問題はない。が、もし父親がなく、見てやる兄弟もないとすると、どうして生きて行くことが出来るのか。

すると弘子は、激しく首を振った。

――生きるためだけではありません、男の人で、私のような口のきけない女を、本気に思う人は居ません、お金を払わないで、私たちにいいよる男は、みんな、私たちを馬鹿にして、一時のなぐさみものにする積りです、私は、なぐさみものにはなりたくありません、だからお金でも貰わないと、自分がみじめなのです、お金を貰っても、みじめなのですが、そう思うと、唖でいる限り、死ななくてはなりませんので、何時もは、そんな気持を捨てているのです、私は、あの店で、毎日を楽しんでいるのですよ。

古多木は、それを読んで、弘子の原始人のような、性に対する行動が理解出来たような気がした。

おそらく、弘子達は、性が恥かしいものである、という教育は余り受けなかったのであろう。彼女は眼やその他の感覚によって、本能的に、現代風俗の、性の解放を嗅《か》ぎ取っていたに違いない。自分も普通の女と同じように、性を享受する権利がある、と考えたのであろう。

そして、金で身体を売買することに、普通人程の嫌悪感や、劣等感、罪の意識を抱かなかったに違いなかった。

みじめだ、と書いているから、幾分かは分っていたが、それがモラルの教育を受けた、健康な人々程、強いものでないことは、明らかである。

古多木は、疑問に思っていた点、すなわち、弘子達に、崩れた翳がない理由を、理解出来た思いであった。

四

古多木が、良男が下宿していた、岡本を訪れたのは、日曜の午後であった。その下宿は素人下宿で、そこの女主人は、未亡人で、古多木と同じ保険外交員であった。

その関係で、古多木は良男を下宿させたのであった。彼は良男が殺されてから、良男のことを、色々聞いたが、今日は別な観点から聞き出そうと思ったのだ。

警察も種々な面から調査した、といったが、金を目的に、ちんぴらか、外人に殺された、と判断している以上、良男の私生活について、深い調査を行なっていないことは、明らかであった。

六甲山の緑は秋の陽に美しく映えていた。赤、青、黄、など豪華な家々の屋根が、白い壁と対照的にあでやかだった。

未亡人の夫は神戸の市役所に勤めていたが、四十前なのに胃癌で死んだのだ。未亡人が外交員になったのは、三年程前であった。

古多木は最初、指導したことがある。

「おやめになったんですってねえ……」

といって未亡人はお茶をすすめたが、直ぐ何処何処の地区は、まだ勧誘の余地があるようだとか、今月の成績はどうだとか、こんなことをして、一生過すのだと思うと、情けないなど、職業にまつわることばかりを話し始めた。

古多木は侘しい眼で未亡人を見た。外交員が二人寄れば、話すことといえば、今この未亡人が喋ったことだ。それ以外にはない。それは病院内の患者同士が、お互い、自分の病気のことばかりを喋り合うように、喋らなければ不安なのであった。

古多木は、頷きながら薄いお茶をすすった。岡本といっても、この未亡人宅は、駅の傍のこの辺りでは、最もぱっとしない場所にある。

ただ二階の窓から見える山々だけが美しい。

「幾度もお尋ねして恐縮なんですが、実は良男のことで、またちょっとおうかがいに……」

「本当にお気の毒でしたわ、でも、お力は落してはいけませんわ、勿論そりゃ一人息子さんなんだし、ご無理はありませんけど」

「この前のお話では、良男に友達はなかった、良男のところに訪ねて来た人はなかった、ということでしたが、本当に一人もなかったのでしょうか？」

「ええ、私が働きに出ている昼間は、どうか知りませんよ、でも、夜と日曜日のことなら間違いありません」

「この前のお話だと、日曜日は、良く、何処かに出かけていた、ということですね」

「ええ、でも何処に行かれるかは、存じませんのよ、良男さんはあの通り無口な方でしょう、自分のことを、めったにお話しなさるということもありませんし、そりゃ、私も初めは一人で淋しいだろうと、色々、こちらから話しかけるようにしたんですけどね、でも、どうやら良男さんはかまわれるより、お一人でもの静かに考えていらっしゃる方が、お好きなようなので……」

良男は昔から、余り喋らない方だ。この女に、かまわれたら、さぞ苦痛だったろう、と古多木は思った。下宿先を誤ったか。

今まで、古多木が調べたところによると、良男は学校では、殆ど友人というものがなかった。学校から帰ると、お夕飯を喰べ、二、三時間、近くを散歩し、あとは部屋に、こもりっ切り、というのであった。

ただ、日曜日だけは、昼頃から夕方まで、必ず、何処かに出かけた、というのであった。

「何処に行った、ということは、全くいいませんでしたか？」

「おっしゃいませんのよ、時々、誰か良い人が出来たんじゃない？　って冗談をいったこともありましたけど……」

「良い人……」

古多木はなんとなく腕を組んだ。良男はかなり足を引きずり、小柄でひ弱いが、顔は男には珍しく美しかった。母親そっくりなのだ。

妻が亡くなった後、古多木の良男に対する愛情の中には、良男のそんな点が、かなりの地位を占めていない、とはいえない。

それはとにかく、良男のような男は、或る種の女からは、溺愛《できあい》されるのではないか。

良男と女のことを考えなかったのは、かなりうかつであった、と古多木は思った。でも良男の遺品は徹底的に調べたが、それを証拠だてるようなものは、なにもなかった。

「良男が、初めて、午前四時頃、帰って来たという日、九月二十二、三日頃、なにか変ったことはなかったでしょうか、どんなことでも結構なのですが？」

「それがねえ、全然、分りませんのよ、さっきもお話ししたように、私が幾ら喋っても、話しかけても、良男さんは余り返事なさらず、ただ、じーっと私の顔や口元を見るだけでしょ、若い学生さんにしては、非常に無口な方でしょ……」

古多木が、はっとしてあることに気づき、組んでいた腕を解いたのは、やはり彼が、中国飯店で唖の女たちを見、弘子と一夜を過したためであった。

「あなたの顔や、口元を、じーっと見た、というのですか?」

古多木は、せき込むように尋ねた。彼は良男が単に無口だけのために、このおしゃべりな未亡人の口元や顔を見詰めていたとは、思えなかったのだ。

良男の遺品を整理した時、彼はなにか日記類はないか、と思って調べたがなかった。古多木はアパートに戻ると、もう一度、そのことを考えてみた。

もしかりに、古多木の推察通り、良男が未亡人の口元を見詰めたのを、唖に関係あるとするならば、良男は未亡人の口の動きを、研究したのではなかったか。

すなわち、口の動かしかたによって、相手がなにを喋っているかを知るために。この推理は、古多木の気持を昂奮させた。それは、良男が口話法を勉強していたことになる。

良男は聾唖学校の教師にでもなる積りだったのか。良男の専攻学科は経済であった。教師の件は、とにかく、良男と、中国飯店のあの女達と、いや女の誰かと、何等かのつながりがあった、という古多木の見方は、今はもう間違いないようであった。

でも、良男が、九月二十二日より以前に、あの場所に行ったとは、考えられない。下宿の未亡人の話からも、警察での調査からも、それは明らかであった。

もし、良男が、古多木の推察通り、唖の女たちに会うため、中国飯店に行ったとするならば、それには何等かの意味がなければならない。

研究のためか、それとも何等かの目的があったのか。

翌日から古多木は、良男の大学で、友人ではないが、少なくとも良男が話をしたことのある学生を、一人一人あたった。

「古多木君が、聾唖問題に興味を持っていた、ということは、聞いたことがありませんよ」

古多木が尋ねた総ての学生は、古多木が期待する返事をくれなかった。

が、古多木は失望しなかった。侮蔑され、怒られ、断られても、古多木は、保険契約を得るため喰いついていったのだ。

学生をあきらめた古多木が次に訪れたのは聾唖学校であった。彼は良男の写真を持ち、教師の一人一人に、このような学生を見かけなかったか、と尋ねて歩いた。

そして、古多木の苦労は、遂にむくわれたのであった。その教師は三十七、八の眼鏡をかけた女教師であった。

良男の写真を見た途端、女教師は吃驚して呟いたのだ。

「まあ、良男さん……どうかされたんですか？」

学校では詳しい事情を聞き難いので、古多木は、放課後、少しお時間を拝借したい、といった。それに、この女教師は、良男のことに関しては、あたりを気にしている様子だった。

その日、古多木は、三宮の喫茶店で、その女教師と待ち合せた。女教師の名は、宮井幸子といった。

宮井幸子は地味なスーツを着ていた。如何にも聾啞学校の女教師といったタイプで、女性的な色気は全然なかった。

幸子は良男が死んだことは知らなかった。神戸の暗黒街で殺された、というと元来薄い色の唇が、青くなった程驚いた。

「一体、良男さんのように、大人しい学生さんが、どうして、そんなところで……」

「それは、あとからお話し致しますが、良男について、知っていることを話して、いただけないでしょうか?」

「私が良男さんと知りあったのは、電車の中なのです、といいましても、誤解下さいませんように……私の隣に坐っていらしたのが良男さんなのです。片足を伸ばすようにして、坐っておられたので、足の悪い方なのだ、と思いました、職業柄身体障害者の方には敏感なのです、私は丁度聾啞教育の本を読んでいました、すると、良男さんが、突然話しかけられたのです」

古多木は頷いて紅茶を飲んだ。宮井幸子は伏眼勝ちに静かに話した。が、語調は、はっきりしていた。

「失礼ですが、聾啞学校の先生ですか、とおっしゃるのです、私が、ええ、と答えますと、話の出来る者でも、相手の口の動かしかたを見て、喋っていることが理解出来るようになれるでしょうか、と尋ねられましたの、勿論ですとも、私は口のきけない生徒を教えているのです、と答えました、すると良男さんは、それを勉強したいんですが、個人的に教えていただけないでしょうか、といわれたんです」

「成程……」

と古多木は呻くようにいった。

「私も吃驚しましたわ、電車の中で、突然でしょう、でも純真そうな学生さんですし、それに、おみ足もお悪いようですし、私は、聾啞教育に進まれるお積りですか、と尋ねたんです」

「良男はなんといいました？」

と古多木は急いで尋ねた。宮井幸子は、古多木の気持を察したように首を振った。

「私も、良男さんが、その積りで尋ねられたと思ったんです、聾啞教育に生涯を捧げる人は、非常に少ないんです、根気と熱情が要ります、私も内心、このような学生さんが、私達の仲間になって下さったら、喜ばしいことだ、と思いました、ところが、良男さんは、私の問いには答えず、うなだれました、暫くして、突然顔をあげられると、今のところ、聾啞教育に進む気持はないんです、でも、どうしても習いたいんです、といわれましたの、真剣な表情でした」

といって、宮井幸子は、声を落した。

「お恥かしいお話ですけど、私たちは薄給です、私は母と二人で生活していますの、普通の教師なら給料以外に収入の道は幾らでもあります、でも私たちには、ありませんの」

「分りました、良男を教えようと思われたわけですね」

古多木は、良男にかなりの小遣いを渡していた。良男の性格から、ぐれるということは考えられなかったので、出来るだけ、のびやかな学生生活を過させようと、思ったからである。

「勿論、私は即答いたしませんでした、でも学校の電話番号はお知らせしましたの、翌日、良男さんから電話が、かかって来ました、是非、勉強したい、というのです、それで私は、学校の、他の先生方には内緒で、良男さんに、個人教授を致しましたの、知られても別に、悪いことではないのですけど、いえないような雰囲気が、先生の間にはあるんです」

「日曜日に、教えられたわけですね」

「はい、授業料は……」

「それは、おっしゃっていただかなくっても結構です、で、良男は、なんの目的で、口話法を勉強する、ということはいわなかったのでしょうか？」

「ええ、私も、良男さんが、余りにも熱心なので、風雨の日だって休まれたことが、御座いません、それで、時々不思議に思って、お聞きしたんですけど、おっしゃいませんでした、半年程の間に、良男さんは驚く程、上達されました、良男さんが、暫く休みたい、とおっしゃったのは、三月程前です、それ以来私も気にかかってはいたんですけど、こっちから連絡するのは、なにか、催促がましいので、遠慮していましたの、まさか、お亡くなりになったとは……」

と宮井幸子はいって、深い溜息をついた。中性的な外観に似ず、宮井幸子は、奥ゆかしく、しっかりした女性のようであった。

「なんのために、そんなに熱心に勉強したのでしょうか？」

と古多木は、ぼんやり呟いた。その謎さえ分れば、良男が中国飯店に行った理由も分りそうであった。

すると、宮井幸子は、思い切ったように顔をあげた。

「その目的が分れば、良男さんを殺した犯人が分るのでしょうか？」

「いいえ、それは分りません、ただ、良男があんな暗黒街、先生にはご想像もつかないでしょうけど、酷い場所なんです、そんなところへ行った謎が摑めるような気がするのです」

といって、古多木は、ふと宮井幸子は、なにかを知っているのではないか、と思った。

「先生、どんなことでも良いのです、なにかお気づきのことはないでしょうか？」

宮井幸子は冷えたレモンティを飲んだ。この時、古多木は、幸子の青い顔に、微《かす》かな血が映えたような気がした。が、それは、古多木の思い違いだったかもしれない。幸子の顔はあい変らず青かったから。

「何時だったか、良男さんが勉強用のノートを忘れて行かれたことがありました、帰られたあと、何気なく、めくっていますと、紙切れが、はさんでありました、手紙を破ったような紙です、その紙に詩が書かれていました」

「ほう、どんな詩ですか？」

「私、持っています、余り美しかったので、帰りましたら、速達でお送りしますわ」

幸子が何故、それを良男に返さず持っていたか、古多木は、そこまで気を廻す余裕はなかった。

五

翌日、宮井幸子から速達が届いた。封筒の中に入っていたのは、良男が詩を書いた紙片だけであった。

その人は窓で、何時も山を見ている
山はなにもいわないので
きっとその人の友達なのだ
その人は山に
なにを話しているのだろう
黄昏の　六甲の庭に咲いた

淋しいくちなしの花の
かげり

いかにも、ひ弱い良男が書いた感傷的な詩であった。が、古多木は、何度も何度もそれを読んだ。

「黄昏の、六甲の庭に咲いた、淋しいくちなしの花の、かげり」

古多木は、眼の前が明るくなったような気がした。詩の意味は明瞭であった。この詩の中の、くちなしの花とは、唖の女のことに違いなかった。

良男は、下宿に戻ると、必ず夕方散歩したという。神戸の彼方に落ちた夕陽を浴び、片足を引きずりながら、六甲の山麓の道を歩いている良男の姿が眼に浮ぶようであった。

古多木は、昼間聾唖学校に電話して、宮井幸子を呼んだ。

「どうも有難う御座いました、良男が先生について、口話法を勉強した意味が分りました、良男はきっと、下宿の近くを散歩していて、唖の女を恋したのです、その人と話したいばかりに、勉強したのです」

宮井幸子は、直ぐには答えなかった。微かな吐息を、古多木は聞いたような気がした。そうだったのか、と古多木は思った。

独身の孤独な三十女は、良男に秘めた愛情を抱いていたのではなかろうか。詩を返さず、今まで持っていたのも、良男が恋した女を、自分に置きかえたのではないか。おそらく宮井幸子は、その詩を見た瞬間、良男の勉強の意味が分ったに違いなかった。

「先生、先生の学校の卒業生で、岡本から芦屋の家の方は居ないでしょうか？」

「はい、お尋ねになる、と思って、昨日調べました、二人居ます」

「住所は？」

「一人は、芦屋市大原町の石垣信子、もう一人は、東灘区本山町森の三枝《さえぐさ》りえ子です、二人とも二、三年前の卒業です」

「有難う御座いました」

と古多木は、心から礼をいった。

「良男さんの御冥福をお祈り致します」

といって宮井幸子は、電話を切った。

夕方古多木は、森にある三枝りえ子の家を訪れることにした。電話帳をくってみると、同じ住所に三枝雄一という名があった。番地も同じだし、父の名に違いなかった。会社重役、と書かれていた。

古多木が探しあてたのは、五時頃であった。高い生垣に囲まれた大きな家であった。家は山を背にし、海の方を向いていた。呼鈴を押そうとして、古多木は思い直して、裏の方に向った。

その人は窓で、何時も山を見ている、良男はそう書いていたのだ。山の見える窓は裏側であった。

生垣沿いの道は、かなりの坂道だった。何処からか金木犀《きんもくせい》が匂って来る、秋は深かった。

坂を半丁程上ると、二階の窓は、丁度古多木と同じ高さにあった。

古多木は息を呑んだ。良男の詩の通り、一人の若い女が、窓辺に居たのだ。女は古多木に気づいて、瞳をこらした。細面の色白のローランサンが描いたような女であった。

古多木は面会を申し込み、家人に拒絶されるのを怖れた。なんとか、三枝りえ子に会う方法はないだろうか。良男は、りえ子と、どの程度進んでいるのか。肉体的な関係があるとは思えなかったが、問題はお互いの意が通じあっているか、どうかだ。

りえ子が、古多木から視線を山の方に移そうとした時、彼は思い切って、良男の歩き方を真似た。

りえ子は、窓から乗り出すようにして、古多木を見詰めた。

驚愕の色がりえ子の顔に走った。古多木は手招いた。彼は紙を出し、字を書く真似をし、それを指さして、また手招いた。

りえ子の顔が窓から消えた。古多木は坂道を更に上り、草叢の傍に立って、りえ子を待った。

こげ茶のスカートに、白いカーディガンを着たりえ子は、大きな眼を見張り、じっと古多木に視線をあてたまま、坂道を上って来た。

口がきけない女とは、どうしても思えなかった。りえ子が傍に来た時、古多木はなんとなく、頭を下げた。

この女を、良男が妻にすることを求めたら、俺は喜んで承認するだろう、と古多木は思った。りえ子は、古多木の一間程手前で、立ち停った。

「私は、古多木良男の父親です」

と古多木は、ゆっくりいった。りえ子は今にも泣き出しそうな顔になって、彼の前に近寄った。古多木の言葉が通じたに違いない。

古多木が、紙と鉛筆を出すと、りえ子はカーディガンのポケットから、赤い万年筆と紙を取り出して、急いで書いて、古多木に渡した。

——良男さんは病気なのですか、どうしておられるのでしょうか、お会い出来ないので、りえ子は病気になりそうです。

古多木は喋るより、筆談で話し合おうと思った。

——お答えする前に、お尋ねしたいことがあるのです、良男とは、どうしてお知りあいになったのですか？

りえ子は振り返り、古多木をうながして、坂道を更に上った。松林のところに来ると、その中に入っていった。おそらく、良男とは、ここで会っていたに違いない。

——私が、窓から山を見ていますと、良男さんが良く散歩に来られました、或る日、良男さんが、この下のところで転んで、痛そうにしゃがんでおられたので、りえ子は心配になって、良男さんの傍に行ったのです、りえ子は良男さんを愛し、良男さんも、りえ子を愛して下さいました、良男さんはどうされたのですか、早くおっしゃって下さい。

——良男は死にました。

りえ子はそれを読むと、蒼白になった。りえ子の手から、その紙は静かに落ちた。

突然りえ子は、口を開け、ううう、と呻いた。なにかいおうとしたのだ。喋ることが出来ないのに、本能は、筆を取ることを忘れさせ、言葉で意を伝えようとしたのに、違いなかった。りえ子は、首を振り、直ぐ手を合わせて古多木を拝んだ。

古多木が嘘をいっていると思ったのか。あるいは、古多木が二人の仲を裂こうとしていると思ったに違いなかった。

古多木は、眼を閉じて、静かにいった。

「嘘ではありません、良男は死んだのです、私は今日、あなたにそれをお伝えに来たのです」

古多木の眼尻から、初めて涙が溢れた。それを見た時、りえ子は良男の死を理解したようであった。りえ子は気を失った。

古多木は驚いて、りえ子を助け起した。意識を取り戻したが、古多木の腕の中で、りえ子は死人のような顔をしていた。

道を人が通った。ラブ・シーンでも見るような眼付で、松林の中を覗き込んだ。

——良男は殺されたのです、殺された場所は、神戸の、非常に柄の悪いところです、その傍の中華料理の店には、やはり喋ることの出来ない、非常に品の悪い女の人が集っています、私は、良男を殺した犯人を探しているのです、りえ子さん、あなたは、良男は何故そんな場所に行ったか、ご存知ないでしょうか?

りえ子の気持が少し落ち着くのを待って、古多木は、その紙をりえ子に見せた。りえ子の眼は張り裂ける程見開かれ、痛々しい程の苦悶が、まるでおこりにかかったように慄える唇に、鳥肌だった顔に、空《うつ》ろな瞳に現われた。

そしてりえ子は、なにかいおうとして、古多木を見たが、神の前の罪人のようにうなだれ、歩き始めたのだ。この激しいりえ子の反応は、良男が中国飯店に行ったことに、りえ子が関係していることを、はっきり示していた。

でも、古多木は、りえ子の歩みを停めることは出来なかった。

その日から古多木は、昼は毎日、この坂道にりえ子を求めてやって来た。夜は、中国飯店の喧騒の中に居た。古多木は、ほくろのある女店員を、休日に連れ出すことに成功した。

女店員は、良男のことを、次のように古多木に話した。

「私が、あの学生さんを覚えていたのは、学生さんが、こんな場所に似合わない人だったからです、でもお店は、おじさんも知ってる通り、もの凄くいそがしいでしょ、私たちはお客さんのことを、一々、注意している暇はありませんの、それに、うちの店はこの頃有名になって、色々な人が、唖の女を目当てにやって来るんですよ、だから、変った人が来ても、そんなに気を取られないんです、だって、お店自体、変ってるんですから、時には貴婦人みたいな人が一人で来て、何時間も、ぼんやり坐ってることもありますし、有名な俳優さんだって来ることがあります、勿論、俳優さんは、色眼鏡をかけて、眼を隠してますけど、うちの店の女に、凄く敏感な人が居て、あれは、誰や、いうて、見破ってしまいますの、でも、注文に追われて、走り廻らんなりませんし、一人に注意してるなんて、到底出来ません」

女店員の言葉は嘘ではないようであった。客ならば、いったん席につけば、店内を観察出来るが、女店員たちは、きりきり舞いである。それに、柄の悪い客が多いので、少し注文の品が遅いと大声で怒鳴る。おそらく神経を休める暇がないに違いなかった。

「良男が、唖の女の誰かと、話していたのは間違いないんですね、弘子ではないかな」

「弘子さんねえ、分りません、ああ、この学生さんもやっぱり、唖の女があてなんだな、と思ったことは覚えているんですけど……」

「あの女達を呼ぶ場合は、あんた達を通して呼ぶんでしょ」

「いいえ、色々です、私に呼んでくれ、という人も居ますし、自分で合図する人も居ますし、マネージャに頼む方も居ますわ」

唖の女たちが、どうしてこの店に集るようになったか、店とどんな関係があるのか、ということに触れると、女店員は、全然知らない、といった。警戒しているのか、本当に知らないのか、古多木には、見当がつき兼ねた。

結局女店員の話からは、得るところがなかったようだ。

問題はなんといってもりえ子である。あの日以来、古多木が窓の見える坂道に立っても、りえ子は顔を見せなかったが、二週間めに、古多木の労は、むくわれた。

その日も、重い足を引きずって、坂道にさしかかると、りえ子が坂道の上に立っていたのである。

古多木は息を呑んだ。りえ子は驚く程やつれていた。病み上りのように顔は青ざめ、眼は窪《くぼ》み、あの日の大きなショックが、どんなに深いものであるか、端的に現わしていた。

りえ子は、古多木をこの間の松林に連れて行った。下草を分けながら、りえ子は奥へ奥へと入り、松林の外れに来た。そこは崖の上であった。小さな谷をへだて、色づいた秋の樹林が西陽に映《は》えている。

足下の枯れ草が踏みならされ、坐れるようになっている。良男と語り合った場所に違いなかった。

りえ子は便箋に書いた手紙を、古多木に渡した。

――あの日からりえ子は寝たっ切りでした。殆どなにもたべられず、ばーやが心配してお医者さんを呼びました、母は四年前に亡くなり、父が会社に行くと、ばーやと弟だけです、弟も学校に行くので、りえ子は一人部屋にこもって苦しみました、良男さんが、怖ろしい所に行き、殺されたのは、総てりえ子に責任があります。

この間も、お話ししましたように、りえ子は、良男さんとお会いするうち、何時か、良男さんを愛するようになりましたの、愛などという言葉は、小説の上でしか味わえない、とあきらめていた、不具者のりえ子にとって、良男さんは生命よりも大切な人になりましたの、良男さんも、りえ子を愛する、とおっしゃって下さいました。

りえ子は怖ろしかった、余り幸せ過ぎて、怖ろしかったのです、良男さんは、学校を出たら、必ず結婚するから、とおっしゃいましたが、私は結婚出来ないでも良いと思いましたの、良男さんは、足がお悪いけど、りえ子から見れば、別な世界の人です、結婚すれば、きっとこの幸せは、なくなるに違いない、とそんな不安ばかりにかられて、私は現在の幸せを離すまい、と必死でしたわ、でも、本当はやはり結婚したかったのです、そのことを思うと、胸がいっぱいになる程嬉しくなったり、死にそうな程、苦しんだり、気持が落ちつかないのです。

りえ子は良男さんの愛を信じていましたけど、時々ふっと、そんなことは嘘だ、と思うことがありましたの。ひがみでしょうか、でも、りえ子の苦しみは、普通の人には、到底理解して、いただけない、と思います。

でも、そんな私の不安定な気持が、到頭良男さんを、死に追いやったのですわ。

突然、不幸がやって来ましたの、私の聾啞学校時代、一番親しくしていたお友達が、私を訪ねて来たのです、怖ろしいような、話でした、神戸に、私たちのような、聾啞者ばかり集っているお店があって、他の人に、なんの気兼ねをする必要もなく、自由に楽しく、暮している、というのです、私にも、こんな牢屋のような家を飛び出して、人生を楽しもう、とすすめますの、話のところどころで、それが、考えただけでも、ぞっとするような生活だ、ということが分りました、私は、家を出る積りはないことをはっきり申しましたわ、でも、その友達は、暫くして、また参りましたの、私は腹を立てて、うっかり良男さんのことを話してしまいましたの、なんという軽はずみなことをいってしまったのか、幾ら惜しんでも、取り返しがつきません。

その時のお友達の、氷のように冷たくなった顔色の意味を、もっと考えるべきだったのです、帰りしなその人は、嘲笑するように、良男さんは、旨いことをいって、私たちのような聾唖者をおもちゃにする有名な女たらしだ、といったのです、その人も、良男さんにだまされた、といいました、りえちゃん、その学生は、顔の綺麗な、足の悪い人でしょ、間違いないわ、とあわれむようにいったのです。

りえ子が、良男さんを疑ってしまったのも、私が聾唖者だからです、お父様、どうか、りえ子をののしって下さい、でも、もの心ついて以来、私たちは、この世の中に、深い猜疑を絶えず抱きながら、大きくなったのです。

りえ子は、暫く良男さんにお会いしませんでした、そして幾日かたってお会いした時、その友達が喋ったことを告げたのです、良男さんは怒り、そんな女の人には、会ったこともない、とおっしゃいました、私は良男さんの言葉を信じていいのか、友達の話を信じるべきか、悩みました。

すると、良男さんは、よしその女を連れて来て、嘘だ、ということを証言させる、といって、帰られたのです、良男さんは、それっ切り、りえ子のところに、来られませんでしたの。

古多木は読み終って、暫く色づいた山を見詰めていた。彼は、りえ子の気持も、良男の気持も、その女の心理も分るような気がした。

普通の人間の間にあっては、起り得ない悲劇であった。

——あなたの友達というのは、弘子という名前で、顔は……

と古多木は弘子の特徴を述べた。

——名前は違います、遠田八重さんといいますの、でも顔も、背の高さも、その通りです、どうしてご存知なのでしょうか。

とりえ子は、青ざめた顔に、凄愴《せいそう》な憎悪をたたえて、古多木を見た。

良男が、あの場所に行った原因は、これで分ったようだ。次は何故良男が殺されたか、ということであった。

六

その夜は生暖く小雨が降っていた。霧が中国飯店のあたり一体を蔽《おお》っていた。人々は影絵のように動き、男を呼ぶ女の声も力がなかった。

珍しく、中国飯店には、客が少なかった。客の殆どは毛唐と黒人であった。こんな、船の灯がにじむような霧の夜は、ノスタルジアにかられるのかもしれない。彼等の或る者は黙々と飲み、また別の者は、唖の女たちを抱きかかえ、ホテルに行かない先から、ホテルに居るように昂奮していた。

古多木は、何時か彼女達とはなじみになっていた。実際に遊んだのは弘子一人だが、椅子につくと、彼女達を傍に呼んで話しあったからだ。五百円ぐらいのチップを出すと、彼女達は喜んで話し相手になりに来た。

彼女達の殆どは、家を飛び出しアパート住いをしていた。二人で一部屋借りている者も居れば、一人で借りている者も居た。

古多木は良く、彼女達の似顔絵を、描いてやった。彼女達も店の者も、古多木が画家であることを信じたようであった。

女達は自分の顔を描いて貰うと、喰い入るように眺めた。喋れないことが、絵の何処かに現われていないか、と探しているようだった。そして、それがないと知った時、猿が喰べものを貰ったようにきゃっきゃっと喜んだ。

唖といっても、完全に声が出せない、という者は少なく、何等かの声は出るのだ。それに、残聴のある者は、二、三歳の幼児のような言葉が喋れた。

その日、古多木は弘子を手招いた。古多木は大きな画用紙を持って来ていた。

弘子が、古多木をただ一回限りの客としてしか感じていないか、それ以上の親しみを抱いているか、古多木には分らない。

古多木は注意深く、店内を見廻したが、今夜は、何時かの眼付の鋭い男は居なかった。

弘子はビールを飲んだ。弘子を見るたびに古多木は、心の中で首を振らずには居れない。

どう見ても、知的なお嬢さん、といった感じなのだ。怖ろしい嘘をついて、りえ子と良男の間を裂いた程、嫉妬深い女とは見えない。

こんな店に来て、身体を売っているとも思われない。人から聞いただけなら、古多木は信用出来なかったであろうが、彼は実際にこの女を抱き、弘子は、げえっ、と獣が嘔吐するような声を出しているのだ。

——今夜はお暇でしょうか。

——霧の夜はお客さんが少ないのです。

——今から、明日の朝まで、時間があいていますか。

弘子は腕時計を見て、

——もう少ししたら、お友達が参りますの、その人にお話がありますから、終ったら、あなたとご一緒出来ます。

友達というのは、弘子を監視しているような、あの男ではないか、と思ったが、古多木の予感は外れた。弘子と親しい、派手な顔の、彼女達の中では、最も美貌の光江であった。

光江の姿を見ると、弘子は立ち上って、手招き、古多木の席へ呼んだ。

光江は何時も和服を着ている。絶えず口元に謎のような微笑を浮べているが、それは意識してではなく、性格のためのようであった。

弘子に較べて、単純な女なのかもしれない、と古多木は思った。

古多木の前で、弘子と光江は話し始めた。主に、口と表情で話すが、時々手も使う。相手の言葉に頷く時は、激しく首を動かす。

だから表情や動作が、普通人より、ずっとオーバーだ。それだけ不気味でないこともなかった。

なにを喋っているのか、古多木には、さっぱり分らない。

二人の会話を見ていて、古多木はふと疑問に襲われた。良男はこの女達と、どんな方法で喋ったのか、ということであった。

ふと視線をあげると、例の女店員が、古多木を見て、会釈した。

古多木は、大急ぎで女店員の傍に寄ると、ちょっと話がある、といって、強引に店外に連れ出した。

「これだけは、思い出してくれないか、良男が唖の女と一緒に居た時、筆談してただろうか……」

すると意外にも、女店員は、直ぐ答えたのであった。

「ええ、筆談されてました、私が、注文の品を持って行った時、筆談されていたので、ああ、この学生さんも唖の女になんか、興味があるんかしら、と思ったのを覚えていますから……」

古多木は、難しい顔で席に戻った。少なくとも良男は、口の動きを見て、なにを喋っているか分る程、口話法に熟達している筈だった。良男はそれを使わず、どうして筆談したのか。

古多木を見ると、光江は礼をして席を離れた。弘子はペンを持った。

――お話は終りました、何時でも出られます。

――今夜は、私が知っているホテルへ行きましょう、私は今夜、あなたの身体を絵に描いてあげます、あのホテルは汚いので、感じが出ません。

――分りました、でも別なところに行くと、あなたのご予算が高くなりますわ。

――構いません、幾らですか。

――七千円、いただけますでしょうか。

――良いですよ。

――それでは、すみませんけど、今、下さいね。

古多木が渡すと、弘子は、レジのところに持っていった。なる程、用心のために預けたのだな、と古多木は思った。別なホテルに行くと高くなるのは、この店とホテルと契約しているのであろう。

彼女達に、客を拾う場を提供しているので、何等かの利益を、彼女たちから得ているに違いなかった。

二人は霧の街に出た。何処に預けていたのかシルバーグレイのスプリング・コートを着ていた。古多木と並んで歩くと、二人は渋い外国映画の主役のようであった。弘子は眼を細め、時々霧に濡れた髪を重そうにゆすった。一体この女は、今なにを考えているのか、この女が、古多木の胸に燃える復讐の炎に全く気づいていないと同じように、弘子の中には想像も出来ない殺意が燃えているのかもしれなかった。この間の夜の話から察しても、弘子は感受性の強い女であった。弘子は金で身体を売ることで、健康人と同じような生への権利を主張しているのだ。

それは、痴呆的な顔で黒人に抱かれているなな子などの生への感覚とは、全く別なものであった。

古多木はタクシーを停め、弘子を先に乗せた。彼は弘子を六甲山の中腹にあるLホテルに連れて行った。予約しておいたのだ。

テラスのある、広い最上の部屋であった。弘子は喜びに瞳を輝かせ、テラスに出た。ボーイは、弘子が啞であることも、売春婦であることも、全く気づいていなかった。

弘子はテラスの鉄の柵にもたれ、憑《つ》かれたように、眼下の夜景を見下ろした。この辺りには霧はなかった。芦屋、岡本、御影の灯が両掌で摑み取ってしまいたい程、美しかった。明日はこの辺りは雨かもしれない。

――風邪をひきますよ、部屋に戻りましょう。

と古多木は紙に書いた。

――この下の方に、私の友達の家があります、私の家は、もっと下の浜辺の近くでした、学校時代を思い出しますわ。

古多木はかかえるようにして、弘子を部屋の中に入れた。ドアの掛金を下ろした。

俺がこの女にどんな拷問《ごうもん》を加えても、この女は助けを呼ぶことは出来ないのだ。その思いは侘しい風となって、古多木の復讐の炎を小さく青白く変えた。古多木はバスの栓を捻ると、なにかぼんやりしたような、弘子の服を脱がせた。

弘子を裸体で壁際に立たせ、古多木は画用紙に鉛筆を走らせた。彼は弘子のくびれた胴を、小さな締った乳をそのまま描いた。が、乳から上は奇怪なものであった。弘子は両腕を上に伸ばし、鉄棒を握り、自分の頭を打ち砕こうとしていた。弘子の身体の上に乗っている顔は、良男の顔であった。

彼は長い間、どのような訊問が最も強力な衝撃を弘子に与えるか、考え抜いた末、この方法を取ったのであった。筆談はこの場合、最もまずい方法であった。良男と書いても、殺された男、と書いても、弘子に対する衝撃の効力は弱い。まざまざと視覚に訴えるのが一番だ、と思ったのだ。

書き終えると、古多木は用意していたピンで壁に張った。その間、弘子を後ろに向かせていた。

弘子はその絵を見た時、一個の塑像となった。まるで生きていることを忘れたように直立していた。が、真白く艶やかな弘子の肌が醜く鳥肌たち、金色の液体が、それだけ別個な生き物のように、太腿に流れたのを見た時、古多木は、彼の苦労がむくわれたのを知った。
やがて弘子は古多木を見、一歩後ろに下ろうとして、その場に崩れ落ちた。以上は弘子が書いた告白である。

私の父は画商でしたが、私が十六歳の時亡くなりました、失敗して自殺したのです。それ以来、家は貧しくなりました、私は聾唖学校に行っている時、或る大学生と恋愛しました、電車の中で何時も一緒になり、私の顔を見ていたので、私は良く知っていました。或る日、電車を下りる時、その人が手紙をくれたのです、私は誰よりも美しく、ずっと前から好きだった、と書いてあったのです、私は夢中になりました、でも私は結局、その人のおもちゃになっていたのを、知らねばなりませんでした、私は自殺しようと、苦しみました、その時、私のお友達の光江さん（私が親しくしている美しい人です）が、あのお店のことを話しに来たのです。私が、聾唖者だって、普通の人と同じように、誰に遠慮することなく生きても良い、と思ったのは、私の苦しみが、余りにも大きかったからでしょう、いいえ、苦しみ過ぎて、なにも考えることが、出来なくなった、ためかもしれません、でも、私に取って、あのお店の生活は、けっして苦しいものではありませんでした、他の人達に遠慮して、家の中に隠れ、おどおどして暮すより、どんなに楽しかったことでしょうか。あのお店に居る限り、私たちは女王様です、私は私の親友であったりえ子も仲間に入れようと思いました、そして或る日、りえ子の家に出かけて行きました、そして、りえ子と学生さんが、肩をならべて歩いているのを見たのです、私は本能的に隠れました、でも、私の眼は二人の後ろ姿を追っていました、ああ、りえ子は私のように、だまされている、と思ったのです、いいえ、それは嘘です、私はその学生さんの横顔を見た時、学生さんが、りえ子を本当に愛しているのを知ったのです、何故なら、その学生さんの顔は、私をおもちゃにした男にはなかった、なんともいえない優しさが、あふれていたからでしょう、私は嫉妬し、嫉妬の鬼になりました、そして、別な日、りえ子に会った時、なに喰わぬ顔で、その学生さんは、私を捨てた男だ、と嘘をいったのです、りえ子は私に見られたことは知りません、だから、その学生さんは足が悪いでしょう、というと、りえ子は、真青になりました、りえ子は、あのお店に来ることは承知しませんでしたが、私は痛快な気持で帰りました。

ところが或る日、その学生さんが、あのお店にやって来たのです、私は学生さんが、口の動きを見て、喋ることが分るとは、知らなかったのです、学生さんが、どうしてそれを知らさなかったか、私には理由は分りません。

私達は筆談しました、学生さんは、私が嘘をいった、と怒り、りえ子に嘘だということを証言してくれ、というのです、私は、また嫉妬しました、毎日の生活が楽しい筈なのに、何故あんなにりえ子に嫉妬したか、あの時の感情は自分でも分らない程でした。

私は悪い女です、学生さんを誘惑しよう、と思ったのです、でも学生さんは、また来る、とおっしゃって帰られました、二、三日たって学生さんはまた来られました、お願いだから、嘘だということをいってくれ、というのです、私はますます嫉妬し、どうしても誘惑しなければならない、と思いました、私は客にも誰にもいったことのない、私のアパートを教え、ゆっくり話しあいましょう、といいました、そして学生さんに、先にアパートに行って貰いました。私は胸をはずませて後から帰りました、私とあなたが泊ったホテルの、直ぐ裏のアパートです、私達は朝まで話しあいました、でも学生さんは、どうしても、私の誘惑には、乗らないのです、私はりえ子がねたましく、嫉妬で気が狂いそうになりました。

そして、学生さんが次に見えられた夜、あの不幸が起ったのです。

私はお話ししない積りでしたが、ひょっとしたら、という気も起って、学生さんの傍に行きました。そこへ、光江が来たのです、私も光江も、学生さんが、私達の話を理解出来るということは知りませんし、光江は薬（麻薬）の取引のことを話したのです、光江には男が居て、その男は薬を売ったり買ったりしている悪い男ですが、私も光江も時々、その男に頼まれて、外国の船員から薬を受け取る手助けをしていたのです。光江が席を離れた時、学生さんが、そんなことをしてはいけない、といいました。私はびっくりして、あなたは私達の話が分るのか、それならどうして、最初から、口話法で話さなかったのか、と尋ねました。すると、学生さんは、りえ子のために勉強したのだから、りえ子との時だけしか使わないのだ、とおっしゃったのです、その時の怒りや憎しみは、私は一生忘れないでしょう、私は、学生さんを殺さなければならない、と思いました。丁度、光江の男がお店に来ていたので、私は学生さんに、薬の取引のことを知られた、といったのです。

学生さんを殺したのは、その男ですが、殺すようにいったのは、私です。あなたが、学生さんのお父さんなら、私はどんな罰でも受けます、殺されてもかまいません、短い八重の人生でしたが、八重は八重なりに一生懸命に生きました。今は早く、八重を可愛がって下さった、お父さんのお傍に行きたい気持で一杯です。

古多木は今まで調べたことと、八重の告白書を、警察に提出した。国際麻薬団が検挙されたのは、それから間もなくだが、あの店がどうなっているのかは、古多木は知らない。

そして八重のその後も。

古多木は、もとの職場に戻り、ぐっとふけ、相変らず重い足を引きずりながら、保険の勧誘に廻っている。ただ、屋台店などで酔った時、古多木は、一人で、良男のつくった詩を呟くことがある。

黄昏の、六甲の庭に咲いた、淋しいくちなしの花のかげり……

そして、この老残の男のひびわれた唇から洩れる、この句は、酔客の酒のさかなになることだけに、意味があるようであった。

※水夫、船員のこと。

隠花の露

今日も母の清美のところに旦那の佐村がやって来た。佐村は四十九歳、タクシーの運転手で週二回は必ずやって来る。佐村の顔を見ると清美は嬉しそうに蒲団を敷いた。その傍にあぐらをかき、佐村はウイスキーを飲みながら、客の話をする。タクシーの中で、客がどんな風に女を口説き痴態を繰り拡げるか、ということを得意になって話す。佐村はそれ以外の話題を持たない。清美は眼を光らせ、ほうほう、と声を出して聞き惚れた。佐村の話によると、車の中で客が女を口説く場合、口説く時間が遅くなればなるほど成功率が少ない、という。つまり、女と一緒に車に乗り込んだ途端、口説き始めた方が途中で始めるよりも、口説き落しやすいらしい。

一年ぐらい前まで、縁子は佐村の顔を見ると部屋を出た。その後は、佐村と清美が床に入る前頃出るようになった。が、今は違う。次の間に移るだけであった。初め清美はなぜ出ていかないんだ、と怒ったが、縁子が怖い顔をして睨み返すと、気の弱そうな表情を浮べ、佐村がいなかったら、生活出来ない旨を、くどくど弁解した。

縁子は隣の部屋に頑張っている理由を説明しなかった。縁子はどもりである。口を開くのが、めんど臭いのである。佐村は縁子が、いようといまいと、気に掛けない。いや、隣に縁子がいる方が、かえって嬉しいようであった。

縁子が隣の部屋に頑張るようになったのは、彼女なりに理由があった。清美の声が大きいので、付近の部屋の連中が、それを聞こうと廊下に出、縁子の部屋の前に集るのを防ぐためであった。縁子は時々、ドアを開けて廊下を覗いた。

縁子は清美の声が聞えると、トランジスタラジオを掛けボリュームを大きくする。縁子がジャズを覚えたのは、そのためだった。

縁子は色が青く眼が細い。鼻が低く唇が薄い。縁子は昔から青瓢箪《あおびようたん》と呼ばれて来た。縁子は工場に勤めたり、飲屋に勤めたり、喫茶店のウェイトレスになったりしたが、長続きしたことがない。身体が弱いことも関係しているが、その理由の一つは、縁子たちが住んでいるアパートの経営者である種村のためでもあった。

種村はアパート経営以外、コールガール商売もやっている。縁子が今度こそ真面目になろうと、勤めても、結局種村の口説き落しに引っ掛り、客を取ってしまうのだ。

種村は決して頭ごなしにものをいったりしなかった。

「なあ縁子、どう考えても馬鹿らしいやないか、汗水たらして働いても、月に一万五千円貰えたらええ、せやけど、わしの方は一晩ホテルに行ったら、縁子の手取りは三千円や、つまり、五日働いたらええわけや、一月を五日で暮すええ女、さあ、つまらんこと考えんと、行って行って、今日のお客さんはな、大人しい品の良いお方や……」

　そのような口説き落しにも縁子が応じないと、種村は手を合せて拝み始める。大抵の女は、これで種村のいうままになった。

　縁子の姉の恵美子も、例外でない。だが恵美子は、種村の紹介で客を取るようになると、あっさりアパートを出てしまった。

　今は阿倍野のアパートに一人で部屋を借り、自由気儘に暮している。縁子は客と床に入るのが、まだ苦痛だが、恵美子はそんなことはないようであった。恵美子は縁子と違って、非常に男が好きなのである。

　縁子が母の清美と住んでいるアパートは、天王寺区にあった。縁子がいるところは、最もごみごみした柄の悪い省線電車のガード下近辺である。アパートの名は、小梅荘といった。朝から午後八時頃まで、市電、バス、タクシー、そして省線電車の音でやかましかった。ガラス戸は絶えず振動し、小さな声では話も出来ない。午後八時を過ぎると、急に静かになる。縁子は佐村が、昼、来てくれたら良いと思うが、早番の勤務を終えてやって来るので、どうしても八時過ぎになる。縁子の部屋は二間だが、家賃は五千五百円であった。とにかく、安いアパートであった。

　縁子は父を知らない、二歳年上の恵美子は微かに記憶があるようだが、清美は父について話したことがなかった。縁子がもの心ついて以来、清美は仲居や、やとなをしながら二人の娘を育てた。いろいろな男たちが清美と一緒になったが、どんな場合でも清美は、縁子と恵美子を離さなかった。

勝手気儘な恵美子が、清美の傍を逃げ出しても、一、二年すると戻って来るのは、母の血を引いているのだろうか。少女の日の記憶のせいだろうか。恵美子は、中学を出ると飛田のやくざと一緒になり、十五の年に家を飛び出している。男が出来ると、清美と縁子たちの生活から抜け出るのであった。

別れると、戻って来る。

その点、恵美子が一人で別なアパートに住んでいる、というのは珍しいことだった。

種村の紹介で客と遊び始めてから、恵美子は、一人の男に惚れ込むのは馬鹿らしい、と思い始めたようである。恵美子は二十三歳、縁子は二十一歳であった。

種村は、一人の客には同じ女を三度以上紹介するということは、絶対なかった。女が客と直接取引するのを防ぐためである。そのため、どうしても、女の数が足らなくなり、恵美子に紹介した客を、縁子にも紹介したりする。もちろん、二人は姉妹であることなど絶対喋らないが、縁子はなじみ客の口から、恵美子の噂話を聞くことがある。つまり客の中には、種村から紹介された女のことを、あれやこれや寝物語りに噂して喜ぶ者が案外多いのだ。縁子は種村に属する女だが、同じ仲間たちが何人いるか知らない。顔見知りの女たちは近辺の者で、五、六人であった。

種村は客から電話を受けると、リストにある女たちのアパートに電話する。電話のない者には、スクーターに乗って知らせに行く。

客と女たちが待ち合せる場所は、阿倍野の喫茶店であったり、省線のガード下であったりした。そのリストは、種村の宝で、彼はいつも腹巻の中に大事にしまっている。

だから、どんな女が種村と関係しているか縁子は知らないのだが、客は仲間どうしだから知っているように思うらしい。

「君は種村の親父のところに出入りしている女で、恵美子という女、知っとるか？」

「し、知らんで……」

「知らんか、俺も女遊びが好きで、数え切れんぐらい遊んだが、あれほど道具のええ女は初めてや、顔はぱっとせんけど、サービスはええし、気立てはええし……」

縁子は客のそんな言葉を聞くたびに、なんともいえないほど変な気がする。恵美子は子供の時分から母のいうことを聞いたことがなかったし、縁子もよく苛《いじ》められたものである。そんな恵美子が、気立てが優しいというのだから、男にだけは、縁子の全く知らない面を見せるのだろう。それに身体のあの部分が良い、というのも、妹である縁子には嫌な感じであった。

縁子はあまり、客の注文通りの行為はしない。ことに恵美子の噂をした客には、まるで人形のように感情を殺してしまう。

「なんや、そんなに恥かしがらんでええやないか、面白ないなあ」

「う、うちはなあ、パ、パン助と違うんやで」

縁子はよく客にそういった。客が縁子のどもりを真似しようものなら、関係せずに部屋を飛び出した。そんな時、種村は、しようがないなあ、といいながらもあまり怒らない。だが金はくれなかった。

客の噂話によれば、種村の女で、顔が一番良いのは、欽子という女で、身体が良いのは恵美子ということだ。

清美は、佐村から月々一万五千円貰っていた。もちろん足りないので、縁子が一万円ほど入れている。縁子が種村の電話を受けて、客を取るのは、どんなに多くても月のうち十回である。工場に勤めている時は、二回か三回であった。だから、一万円入れるのは、縁子にとっては痛かった。季節季節の服を買い、時たま映画に行くのがやっとである。

もっと客を取れば稼げるのだが、縁子はその気にはなれなかった。

「あ、頭が痛いねん」

戸口から顔を突っ込んだ種村は、寝転んで雑誌を読んでいる縁子に、

「今のうちやで金溜めるのは、恵美ちゃんみい、恵美ちゃん、良う稼ぐで」

「……う、うちはなあ、か、母ちゃん養うてるんや、……恵美子に、か、金持って来い、いうてん」

縁子が人を睨むと、眼の玉が飛び出たようになり、何処か狂人じみた顔になる。種村は舌打ちしてドアを閉める。そんな時、居合せても清美は黙っている。佐村の来ない間、清美は、せっせと二間の部屋を片づけたり、洗濯や、食事の仕度をしたりして、こまめ

に働いている。清美は身体を動かしているのが性分にあっていた。

縁子は、恵美子が自分勝手なことをし、清美のめんどうを見ないのが、時々癪にさわるが、思い出したように恵美子のところに遊びに行った。縁子にとって、いろいろなことを打ちあけられるのは、恵美子しかないのであった。不思議な姉妹といえばいえよう。

縁子は時たま、まともな結婚をしたいと思う。したくって、したくって、たまらなくなる時がある。そんな時縁子は種村と縁を切って、工場に働きに行きたい、と思うのだ。女子作業員として真面目に働き、油にまみれた、たくましい若者と結婚したい、と思う。そう思う時だけ、縁子は胸がうずくのであった。恵美子は、縁子のそんな考えを、子供の夢だ、といって相手にしない。

事実その通りであった。工場に勤め、理想の男だと思って交際すると、結局、ただで身体を提供したのと同じ結果になる。

若い工員たちは、縁子の身体だけを求め、飽きると捨てた。そして、そんな時期を見計らったように、種村が誘惑に現われるわけである。それでも縁子は、真面目な結婚に対する夢は捨てていない。それを思う時しか、胸がうずかないからである。

九月になった或る日、恵美子が種村の電話に応じなくなった。いつ掛けても留守だ、と断られる。種村が口説きに行くと、実際留守の時もあるし、居留守の場合もあるようだった。種村が恵美子のアパートを訪れても、会わないのである。こんな場合の恵美子は実にはっきりしていた。この恵美子の性格は、縁子にも形を変えて存在しているようだ。恵美子は種村のドル箱だった。種村は困惑して、縁子のところにやって来た。どうしているか、様子を見て来てくれ、と頼んだ。

「まさか、よそに鞍変えしよったんと違うやろな」

そんなことは絶対ない、と縁子は思った。恵美子は、種村のことを、がめつい親父やが、どの業者よりも客種はええし、信用出来る男だ、といっていた。

男や、と縁子は思った。男が出来たに違いないのである。恵美子は、縁子と違って、不思議なほど男の気をひく魅力を持っている。たんに身体だけではない。しゃがれたような声も、少し斜視の大きな眼も、黒いがきめの細やかな肌も、男心をそそるようである。

縁子の場合、結婚しようと男に熱をあげても、縁子の一人ずもうに終るが、恵美子の場合は、相手の男も熱をあげた。つまり恋が成立するわけである。それに恵美子は男に惚れっぽい性質だし、アパートで一人暮しが出来たのが不思議であった。

種村の話を聞き終えた時、縁子は微かな嫉妬を覚えた。そして、縁子は、恵美子が自分と同じように、種村を通じ客を取っていることに、安心感を覚えていたのを知ったようである。

縁子は一と月ぶりに恵美子のアパートを訪れた。省線で天王寺に出、阿倍野交叉点を阿倍野斎場の方に向う。市電通りで両側は商店街であった。一丁ほど行き右に折れる。しもた家やひっそりした旅館がある。恵美子のアパートはそんな雰囲気の街にあった。阿倍野の繁華街が、直ぐ傍にあると思えないほど静かであった。縁子は羨しく思った。

十時頃訪れたのだが、恵美子は留守であった。縁子は仕方なく、飛田に通じる旭町に出て、パチンコをした。一人で玉をはじいていると、時々、ちんぴらや工員崩れらしい若者が声を掛ける。縁子は相手にしない。

閉店までねばったが、結局五百円ばかり負けてしまった。十一時半頃、もう一度行ってみた。恵美子は帰っていた。

「お母ちゃん元気か、佐村のおっさん、相変らず通《かよ》とるか……」

「一週間に二回、必ず来よる」

「まあ、しようがないな、あれがお母ちゃんの楽しみやよってな」

恵美子と話していると、縁子は時たましかどもらない。気が張らないせいであろう。

恵美子の部屋にはテレビがあった。電気冷蔵庫もある。この間来た時はなかったから、最近買ったのだろう。縁子は開けて見た。ビールやら缶詰が入っている。

「月賦で買うたんや」

風呂から帰って来たところだとみえて、恵美子は頭に手拭いを巻いていた。蒲団は相変らず敷きっ放しらしく、枕元は落した煙草の灰で汚れていた。縁子が、冷蔵庫の戸を開けたり閉めたりしていると、恵美子は蒲団の上に坐り、あぐらをかいた。ネグリジェの上にはおっていたトッパーを取った。恵美子の身体は贅肉がない。むしろ痩せ気味であろう。乳房もそんなに大きくはない。

「ビール持っておいでえな」

と恵美子がいった。

縁子はそんなに酒は好きな方ではない。恵美子はじろじろ、縁子の顔を見た。

「なんやその化粧、口紅も塗ってへんやないか、もっと自分を美しくしようという気い起さな、病人臭いよ、ええ運も向いて来えへんで、ほんまに陰気臭いな」

二人が会うと、喋るのは恵美子の方である。だが恵美子はめったに、母のことは口にしない。触れれば生活の問題にもなるし、自分に撥《は》ね返ってくるからである。恵美子は佐村が大嫌いなはずなのに、佐村の悪口もいわない。縁子は、恵美子が、種村の客を取らなくなった理由を聞きに来たのだが、恵美子はなかなか喋らない。

縁子は部屋の中をじろじろ見回した。男の匂いはないようである。縁子は身体をゆすった。恵美子のことだ、そのうち自分の方から切り出すに違いない。昔から恵美子は秘め事の出来ない女である。縁子が身体をゆすって苛々させると、癇《かん》にさわったように告白する。縁子が暫く身体をゆすっていると、案の定、

「種村の親父、なんかいうとったやろ」

縁子は頷《うなず》いた。恵美子は煙草の煙を威勢良く吐き出したが、ネグリジェの胸から脇の下に手を入れ、ごしごし掻いた後、自分の鼻に指を持っていった。

「この頃、身体が熱うてしようがない、よう汗かく」

「おえみ、男と寝て来たんと違うのかいな」

縁子が眼を光らすと、

「ああそうや」

とあっさり答えた。

「だ、誰や、またやくざやろ」

「阿呆らしい、そんなんとうに卒業した、うちな、これ真面目な話や、結婚するね、それでもう、種村のところへ行けへんね」

「結婚……」

縁子は眼を丸くした。次におかしそうに笑い出した。結婚という言葉が、どう考えても恵美子には似合わないからである。

「ああ、結婚や、正式の結婚や、うちかて来年は二十四やし、この辺りが潮時や思てな」

「あ、相手は？」

「はっきりいわれへんけどな、真面目な男や、パチンコしとって、知り合いになってな、それでうち、この間からスタンドバーに勤めてんねん、ちゃんとした職持っとかな、相手に気の毒やよってな」

縁子は呆然とした。言葉が出ない。恵美子は今まで働いたことのない女である。やくざの女になったのを手始めに、男関係で放埒《ほうらつ》をきわめたが、別れるまではみな、男の方が恵美子を食べさせている。やっと一人になったと思ったら、コールガール商売である。縁子と違って、働くのが性に合わない女なのだ。そんな恵美子が、まともな結婚が出来、自分が取り残されるなんて……

「せ、せやけど、今までの商売知られたら」

「阿呆、コールガールやってた？　誰が知らせるもんか、結婚する時には、種村の親父にちゃんと話をつける、あの親父は、あれで案外理解がええね、ごてやがったら、こっちかて、警察《サツ》にたれ込んだるがな……」

縁子は口をもぐもぐさせていたが、

「その男、おえみの身体に惚れたんやで、客がいうとったわ」

縁子の言葉をどう取ったのか、恵美子はにっと笑うと、

「馬鹿やな、この女《こ》は、それより、縁子も、種村と縁切った方がええで……」

「うちは、月に二、三回ぐらいしか行ってへんわ、うちかて、また勤めんね、こ、この頃は、人手不足やよって、一万五千円ぐらいくれる工場あるんや」

恵美子は答えなかった。急に寒そうに肩をすくめると、蒲団にもぐり込んだ。金の話になると恵美子は黙り込む。心の中で思っていても、種村に叫ぶことがあっても、縁子は直接恵美子に、金をくれ、といったことがないのに……

縁子はまた新聞広告を見て、あっちこっちの会社を訪れた。人手不足だといっても、

初任給一万五千円出す会社はなかなかなかった。縁子がやっと見つけたのは、森の宮の製菓会社だった。そこが、最高で一万三千円である。その代り、朝、八時までに会社に入らねばならない。縁子は呼吸気管が弱いのか、満員電車に詰め込まれると、直ぐ息が苦しくなる。電車から吐き出されると、ほっとした。

顔面蒼白で、額に脂汗が浮いている。そんな状態だから、毎日の勤めは、縁子にとって大変だった。

縁子は、歯を喰いしばっても、耐える決心をしていた。恵美子でさえ、種村と縁を切ったのである。

帰って来ると、欲も得もなく、横になりたかった。縁子はみるみる痩せ始めた。

種村はそんな縁子をじっと眺めている。時期が来るのを待っている様子だった。

間もなく、飲屋か喫茶店に移るに違いない。泥沼に一度落ちた女は、よほどのことがない限り這い上れない。

結婚するという恵美子に対しても、種村はこれで縁が切れたものとは、思っていなかった。

恵美子が、結婚する相手である加藤守を、清美と縁子に紹介する、といって来たのは、縁子が、製菓会社に勤め出してから、一か月たった頃である。

それも、恵美子は電話で伝えて来たのだ。しかし、その日を待ちこがれ、一人昂奮していたのは、縁子であった。

「お母ちゃん、お姉ちゃんはな、今度は真面目な結婚するんやよって、会った時でも、ちゃんと挨拶せなあかんで、うちはな、知らん人に会うと、どもるさかいな……」

「お前にいわれんでも、分ってるがな、せやけど、恵美子、そんなええ結婚出来るやろか、わて、なんか心配になって来たわ」

恵美子が、やくざと一緒になって家を出て以来、清美は恵美子について、心配するという言葉を忘れていたようであった。

不思議なのは縁子である。恵美子から、結婚すると聞かされた時は、運命の不公平を恨んだが、その後は忘れたように、恵美子が本当に結婚することを望んでいた。生れて以来、普通の社会の普通の家庭というものを知らない縁子は、姉の結婚にそれを期待したのだろうか。自分の身近に初めて生れた真面目なものへの憧れとして……

日曜日がやって来た。

縁子は朝早くから起き、いろいろと服を柳行李から取り出し畳に拡げた。あまりぱっとしたものはない。その中から、なんとか茶色のツーピースを選び出した。

縁子はその服を窓際の陽の当るところに掛けると、鏡に向って化粧し始めた。縁子はおでこで眼が細い。なんとか眼を大きくしようと、墨など塗ってみたが、それも止め、白粉だけの薄化粧に唇を赤く塗った。

縁子が鏡の前で、こんなに長時間坐ったのは初めてである。

「まるで、縁子が、お見合に行くようやないの……」

珍しく浮き浮きしている縁子に、清美もつられ気味であった。

「あの人も連れて行こか、な、かめへんやろ」

あの人とは、佐村のことである。

「阿呆らし、奥さんも、子供もあるんやで」

「せやけどなあ、あの人は、わてのことを本当のおかみさんみたいに、思てくれてはんのや、縁子が、なじんでくれへんのが、淋しいといつもいうてはる」

縁子は返答しない。縁子は自分の頭が良いとは思っていない。しかし、普通より、どこか、知能が落ちているように思える清美が、憐れでもあり、腹立たしい。でも、考えようによっては、ここ二年、そんな清美に飽きもせず通って来る佐村も変人といえばいえる。矢張り清美を愛してるのだろうか。

四十九歳の佐村は、額が禿げ上り、出っ歯で、何処から見ても良いご面相とはいえない。四十六歳になりながら、おとがいや首の辺りに色気を残している清美とは似合いかもしれなかった。薄化粧すると、恵美子が縁子に口ぐせのようにいう陰気臭さがなくなり、満更見捨てた顔でもなかった。

晩秋の陽はどこか薄赤かった。空気はさわやかであった。珍しく親娘そろって外出する縁子を、小犬を連れながら、どてら姿で煙草を吸っていた種村が、へえといった顔付で眺めている。

「縁子、何処へ行くんや」

「え、映画や」

恵美子は縁子にいったように、種村のところに、ちゃんと話をつけていたが、縁子は用心したのである。

「えらい綺麗やけど、もうちょっと太うならなあかんな、ええもん食べて」

「ええもん、食べさしてまっせ」

清美が種村にいった。縁子は清美の手を強く引っ張った。

恵美子と加藤は心斎橋の大丸百貨店の屋上で、縁子たちを待っている。恵美子が、加藤のことを、縁子に話したのは、種村にちゃんと話をつけた日であった。

パチンコ屋で会ったというのは本当でない。加藤は恵美子が住んでいるアパートに部屋を借りていたのだ。加藤は堺の研磨工場の熟練工であった。故郷は、兵庫の山奥の農家である。三十歳であった。加藤は週のうち二日夜勤なので、その日は午後四時頃、起きて洗面所で顔を洗う。恵美子とはそこでよく一緒になったのだ。加藤の楽しみは、パチンコと映画である。ところが、加藤はパチンコに溺れるということがなかった。休みの日にしか遊ばないが、資金は五百円と決め、勝っても負けても、五百円以上は使わなかった。

パチンコの好きな恵美子は、時々、加藤を誘った。そのうちに仲が良くなり、恵美子が加藤の部屋に遊びに行くうち、関係してしまったのである。

加藤は商売人以外の女を初めて知った、と恵美子にいったという。加藤が話した商売人とは、飛田のアルバイト料亭の女のことらしい。そのことを話しながら、恵美子は縁子に向って舌を出した。その時、縁子はなんとなく不快なものを覚えたのは事実である。

加藤が恵美子に結婚したい、といい出したのは、二人が肉体関係に入って間もなくである。

「うちかて、驚いたわ、身体中がこそばいような嬉しいような、好い気持やった、はっきりいって、うちはな、昔のように惚れた、というほどの気持ではないんや、なんというても工員やし、どこか野暮ったいわよ、せやけど頑丈な身体やし、真面目やし、うちにはもったいない男や、この間いうたように、ここらが潮時やからな」

そして恵美子は、縁子の耳に口を寄せたのである。

「加藤がうちに惚れたのは、うちの身体よりも、うちの優しさらしいで……ふふ」

縁子が、恵美子の将来の夫である加藤守という三十歳の工員に、本能的な好意を抱いたのは、この時からといって良いだろう。

縁子は大丸百貨店の屋上で、加藤と会った日のことを永久に忘れないであろう。

加藤と恵美子はベンチに坐っていた。恵美子は黒っぽい着物を着ていたようである。

しかし、屋上に出て加藤を見た途端、恵美子の存在は、縁子の視界から消えていた。

加藤は頑丈な首と四角い顎を持っており、百貨店の屋上で見ても、はっきり工員らしかった。色は浅黒くいかにも工場の油が皮膚にしみ込んでいるようである。眼は小さく額は狭い、鼻はごついが、唇は少年のように可愛かった。縁子は加藤を見た時、思わず眼を閉じた。そして眼を開けた時、縁子は加藤から視線を外さず、ベンチに近づいて行った。恵美子は少し崩れた恰好で坐り、屋上の柵の方を眺めていて、縁子たちに気づかなかったようである。恵美子の視線の先には、まぶしくなるほど華やかな服装の女が、外を眺めていた。

加藤は縁子に気づいたようである。恵美子の肩を叩いた。恵美子は驚いたように、ぽかんと口を開け、縁子たちを見つけて手を挙げた。この時縁子は、どんな場合でも自分は及ばないと思っていた姉を、ひどく田舎者に感じた。

「お母ちゃんや」

恵美子はぶっきら棒に加藤を清美に紹介した。清美は、周囲の若者たちが笑ったほど、深く頭を下げた。娘と自分が犯した罪をその深い礼の中で詫びていたのかもしれない。

不思議なことが起った。恵美子が、

「お母ちゃん、もうええがな、恰好悪い」

といって、縁子を紹介しようとした時、縁子は、

「私、妹の縁子です」なめらかな標準語で加藤に挨拶していたのである。

「いやあ、僕、加藤です、よろしく」

加藤は白い歯を見せていった。白カッターの胸がはち切れんばかりに盛り上っている。

「縁子、どうしたんや、どもれへんがな、もう一度、いうてみ」

恵美子は驚いたようにいった。今まで縁子がどもらなかったのは、姉と母だけで、他人と話す時は、必ず別人かと思うほど、どもったものである。縁子は、恵美子に口を開こうとした。再び妙なことが起った。今度は、今までどもらなかった恵美子に、一言も喋れないほど、どもるのである。

「う、ううううう……」

こめかみに青筋を立て、顔を真赤にして唇を慄わす縁子を、加藤は気の毒そうに眺めて、

「僕も子供の時分、少しどもったことがあります、縁子さん、無理に喋らない方がええよ」

とたんに縁子は普通の顔色になった。確かに妙なのだ。加藤と話そうとすると、今までになくなめらかな言葉が出そうな気がする。

恵美子は、微かに眉を寄せ、舌を歯と唇の間に入れて、縁子を見つめていた。

これは、恵美子が、ものを観察する時のくせである。恵美子は一体、縁子になにを見たのだろうか。

その日、四人は百貨店の大食堂で食事をし、心斎橋に面した喫茶店でお茶を飲み、道頓堀の映画館で時代ものを見、夕方、難波の駅でそれぞれの組に別れた。

恵美子は、どうやら加藤と一緒に暮しているようであった。縁子は百貨店の屋上で挨拶してから、ほとんど喋っていない。

自分のものとは思えない、なめらかな標準語、縁子は自分の口から、そんな宝石のような言葉が出るのが怖かったのである。

私は顔を赤くして、どもっていた方が良いのだ、縁子は人知れず、胸の中でそう呟いていた。

縁子が、姉夫婦の移転を知ったのは、新春になってからであった。借家人に年賀の挨拶をして回っていた種村が、縁子たちの部屋に入って来て、それを知らせてくれたのである。

「暮れに電話を掛けてみたが、とうに引っ越してはったわ、ほんまに目出度いことや……」

縁子はこたつに入り、雑誌を読んでいたが、眼を窓外に向けた。葉のない桐に百舌《もず》がとまっている。種村にお茶をいれていた清美が、縁子にいった。

「相変らずおかしな娘やな、引っ越したら、引っ越したと通知ぐらいしたらええのに、今度はまともな結婚してるんやさかい」

縁子は種村に尋ねた。

「な、なんでおえみに、で、電話……」

「古い仲やないか、どうしてるかと思て掛けるがな、うちの女《こ》がいうとったけど、恵美子また、どっか、バーに勤めてるらしいで、やっぱり家の中にはおさまり切れん女やなあ」

「ス、スタンドバーや、バーと違う」

縁子はかっとしたように弁解した。感情が激すると、こめかみに青筋が立ち、眼が飛び出る。種村は、清美の入れたお茶をすすりながら、今年から、もう五百円部屋代を値上げしたい、と話した。新春の挨拶に来て、平気で部屋代の値上げを話す男である。清美は、五百円は上げ過ぎや、と反対した。金銭問題になると清美も負けてはいない。結局、三百円値上げの五千八百円に落ち着いた。

帰る時、種村が縁子にいった。

「縁子の評判なかなかええで、すれてない、純情や、この頃どうしてんね、と尋ねるお客さん多いで、部屋代値上げしたけどな、あの方の金も値上げしたで……」

縁子は答えなかった。

縁子には、恵美子がまたバーに勤め始めたということが、どうも気になって仕方がない。金使いの荒い恵美子のことだから、夫の給料だけでは足らずに、共稼ぎのつもりで勤め始めたのだろうか。三日の新年休みは、またたくまに過ぎ、縁子はまた製菓会社に通い始めた。冬の工場勤めは、呼吸器の弱い縁子にはひどく辛かった。縁子の仕事は出来上ったキャラメルをケースに詰めるのだが、これは最もしんどい仕事であった。他の女工員たちに較べ、どうしても遅れ勝ちになる。それを取り返そうとすると全身から汗が吹き出て、息がぜいぜい鳴った。

二か月で縁子は一貫減ってしまった。もともと五尺一寸で十二貫しかなかった身体だから、この痩せ方はきつい。

清美も佐村も心配した。しかし、二人がなにをいっても、

「う、うるさいな」

と答えるだけで、縁子はきかなかった。口先だけの心配がどうなるというのだ。佐村が清美に渡す金をふやすというのなら話は別である。口先だけの心配は、種村のところにまた戻れ、といっているのと同じではないか。

表面的なおためごかしなど、縁子のような生活の女性には通じない。

疲れ切った縁子は、いつか、清美と佐村が蒲団に入っても、隣の部屋で眠りこけてしまうようになった。眠っている縁子の枕元で、小さなトランジスタラジオだけが、ジャズや歌謡曲を流していた。そんな時、縁子は工場で働いている夢を見ることがある。同僚たちに遅れまいと息を切らしてキャラメルをつめ込んでいると、作業主任が怖い顔で縁子の手もとを眺める。頭がくらくらし卒倒しそうになる。その時、菜葉服を着た男の工員が現われ、あっという間にキャラメルを詰めてくれる。詰め終ると工員は、明るい微笑で縁子の肩を叩く。その工員は加藤なのだ。

「すみません……」

縁子は夢の中で赤くなって礼をいう。作業終了を告げるベルが鳴る。はっと縁子は眼覚めるのだが、トランジスタラジオの音楽と共に、耳に入るのは清美の声であった。

三月の末、縁子は風邪を引いて熱を出し、工場を二日間休んでしまった。縁子は工場

に通うのが、ひどく億劫になった。

スタンドバーに勤めた方が、楽なような気がする。真面目な結婚をした恵美子だって勤めているのである。

恵美子からは相変らず音沙汰がない。種村は性こりもなく時々恵美子の近況を聞きに来るが、縁子の方が知りたいぐらいだった。

熱がとれた日、縁子はアパートを出た。矢張り種村のところにいた女で、恵美子や縁子と一緒に足を洗い、ミナミのアルサロに勤めている菊子が、ひょっとしたら恵美子の近況を知っているのではないか、と思ったからであった。

菊子は確か、本名で店に勤めているはずだった。縁子は電話を掛けるのが苦手《にがて》だが、新世界から掛けてみた。幸い菊子は出勤していて、縁子の声を聞くなり、「種村のおっさんとこ、繁盛してる？」

「う、うち全然、し、知らん、あんた恵美子の住所知ったるか？」

「うん、この間、ミナミのブンケで会うたよ、アルサロに勤めたいらしけど、親父が堅《かた》物《ぶつ》であかんらしい、恵美子もえらい変りよったわ、せやせや、今勤めている店の電話番号聞いた」

縁子は書きとめた。スタンドバーである。家には知らせないが、友だちには知らせるのは、恵美子の、持って生れたルーズさであろう。それにしても、ブンケというのは、柄の悪い深夜喫茶である。

恵美子はまた、どうしてそんな店に顔を出しているのか。

縁子は種村の紹介で、男に身体を売ったが、昔から柄の悪い場所は大嫌いだった。恵美子がちんぴらなどと遊んでいた頃も、縁子は姉の仲間と、言葉をかわしたこともない。恵美子がさがさした品のない男たちと遊ぶくらいなら、まだ種村の客の中の、上品な男と過している方がましであった。縁子はスタンドバーに電話した。恵美子はいた。

「久し振りやな、お母ちゃんどうしとる？」

そんなに気にするなら、一日ぐらい尋ねて来ても良いではないか。

「おえみの店に行ってええか？」

「かめへんで、十時頃お出《いで》、饅頭《まんじゆう》おごったるわ」

恵美子の勤めているスタンドバーは、新歌舞伎座の裏にあった。深夜喫茶ブンケの近くで、温泉マークや売春バーが軒を並べており、警察が暴力売春団狩りに際してマークしている場所である。しかし、スタンドバーというから、カウンターの中にいるのだろう。

その店は地下にあった。客は若い男ばかりである。ボックス席にはアベックもいるが、縁子が見ても品のない連中ばかりである。左側がカウンターになっており、その内側に四人の女性がいた。髪の毛を赤く染めたり、アイシャドーをおばけのように塗ったり、まるでパン助みたいや、と縁子は思った。

恵美子はボーイ風の若い男と、ダイスを転している。縁子の顔をみると、その男を隣の椅子に移らせ、隅の席を開けてくれた。

「待っといや、うちは十一時までやよってな」

恵美子は結婚前と同じく濃い化粧だったが、縁子には何処か疲れているように思えた。

「なに飲む？　ジンフィーズか」

「うん」

ボーイ風の客は、馴れ馴れしく縁子を覗き込んだが、興味がないような顔で、一人でダイスを転し始めた。暫くいると、煙草と人いきれで、縁子は頭が痛くなって来た。喉がからからになり咳が出て仕方ない、男や女たちの若いエネルギーを持てあました熱っぽい騒々しさは、縁子には全く無縁であった。

「ほんまに陰気臭いな、そこら辺り散歩して、十一時に店の前にお出《いで》……」

と恵美子が縁子にいった。隣の男が、けらけらと笑った。すると恵美子は、今まで楽しげに遊んでいたその男に、

「あんたが笑う必要はない、うちの妹や」

と睨みつけたのである。男は鼻白んで、

「えらそな口きくな」

と恵美子を睨み返した。縁子も立ち上り、

「な、なんやて……」

と叫ぶと、店の中が一瞬静まった。男は気勢をそがれたように、肩をしゃくり、やけ

のように水割りのコップを傾けた。

縁子は外に出、御堂筋の芽の出始めた銀杏の樹の下に立って、暫くぼんやり、ネオンを眺めていた。

恵美子は縁子を道頓堀川の傍にある終夜食堂に連れて行った。驚いたことに、恵美子は化粧を落している。縁子が顔を指すと、

「結婚してるからな、しょうがないわ」

と答えた。恵美子が家に帰るまでに化粧を落すなんて、考えられない変化である。狐饂飩は普通の一倍半はあった。縁子は、恵美子が、こんなところに勤めている理由を尋ねた。それによると、夫の加藤は週のうち二日夜勤があり、夜勤の夜は退屈で仕方ないので、勤めている、という。

「あの人、知ってはるんやろ」

「当り前やがな、れっきとした亭主やもん、せやけど、結婚生活いうのは、なかなか辛いわ、給料は割合あるんやけどな、将来、鉄工所やりたい、いうて溜めてるねん、下請け工場なんかつくっても仕方ないのにな」

工場に勤めたことのある縁子には、下請け工場の意味が分ったが、恵美子がこんなことを喋るなんて、これも大きな変化である。

しかし、縁子には恵美子が加藤の承諾を得て、勤めていることに、なんとなく安心した。恵美子は、加藤の夜勤の日を含めて、週三日、出勤しているらしい。

縁子が、製菓会社を止して、自分も、もっと楽なところに勤めようと思ったのは、恵美子に会ってからである。

「うちも、何処か、スタンドバーに勤めたいな、え、ええとこ、紹介してえな」

「縁子に勤まるかいな、あれでも、客相手のしんどい商売や」

恵美子は言下に否定した。

「製菓会社もしんどいねん」

「それやったら、阿倍野あたりの小料理屋の方が楽やで、それより、どうして化粧へんねん？」

「めんど臭い」

と縁子は答えた。

縁子が尋ねると、恵美子は自分の住所を教えた。住吉のアパートに移ったという。加藤の勤めに近くなるし、小綺麗な感じの良いアパートだと恵美子は説明した。

「そうや、うちのやつ一度、縁子に遊びに来い、いうとった、四月になったら、一度、桜でも見に行こか、お母ちゃんも一緒に来たらええわ」

と恵美子は思い出したようにいった。

恵美子は小料理屋に勤めたら良いといったが、縁子はどもるので、そんな店で、客相手に騒ぐことは出来ない。アルサロ勤めはもちろん無理だし、矢張り喫茶店しかないだろう。

三月の末、縁子は阿倍野の喫茶店に勤めることになった。商店街の真中にある大きな喫茶店で、凄くいそがしい。しかし、給料は一万七千円あった。だが、製菓会社を止した途端、縁子は張りつめていた気持が、がっくり崩れたようである。

客はアベックが多い。縁子の年頃の女たちは、みな明るく人生を楽しんでいるようである。しかし縁子には一人の男友だちもない。ウェイトレス仲間は、すべてボーイフレンドを持っており、店に電話が掛って来ると、嬉しそうに電話口に出て、べちゃくちゃ喋っている。電話が掛って来ないのは、縁子一人であった。

うちは、ちんぴらみたいな男、相手にせえへん。そう心の中でなぐさめるが、うつろなものは満たされない。喫茶店に勤めている男の中には、縁子を誘うものもいたが、一度でも一緒に映画を見ると、その後、必ず縁子の身体を求めた。縁子が拒絶すると、二度と縁子を誘わない。

「青成瓢箪みたいな顔してるくせに、えらいお高うとまっとるで……」

それが縁子の評判である。

ただ縁子にとって救いなのは、種村の客は、種村に似合わず筋が良く、ちんぴらや工員崩れなどいないので、顔を合せる危険のないことであった。種村は客から、一晩六千円以上取る。金のない客は種村の女を買えない。金のある商店主や、会社でいえば部長クラスである。万が一、縁子と顔を合せても、声を掛けるような客はいないはずである。

或る日縁子は、恵美子に葉書を出した。阿倍野の喫茶店に勤めるようになったから、という文面だった。加藤守様、恵美子様と書いた下手な字である。縁子は十枚ほど、葉書を破った。

いそがしい、といっても製菓会社の勤めに較べると楽である。縁子は少しずつ太り始めた。

そんな或る日、縁子が客にコーヒーを運んでいると、入って来た客がいた。何気なく入口を見た縁子は、もう少しでコーヒーを落すところであった。客は加藤だったのである。

加藤は突っ立ったまま店内をじろじろ見回している。縁子は視線を伏せて、調理場の窓口に戻った。心臓がどきどきしている。

「おい、五番テーブル、ぼやっとするな」

窓口から、コックが縁子に怒鳴った。はっと気がつくと、眼の前で、コーヒーが湯気をたてていた。

加藤は縁子を見つけると、手を挙げて、壁際の席に坐った。他のウェイトレスが注文を取りに行ったが、加藤は手を振り、縁子を指している。そのウェイトレスは、足を引きずりながらやって来ると、

「あのおっさん、あんたに来てくれ、いうてるよ」

縁子はウェイトレスを睨みつけた。おっさん、といわれたことが、ひどく腹が立った

のである。背の低いウェイトレスは変な顔になって、直ぐ傍を歩いていた仲間を呼び停め、耳打ちした。いやしい笑いが二人の顔に浮いた。縁子は息を吸い込みながら、加藤の傍に行った。いつかのように、旨く言葉が出るだろうか。そう思った途端、顔が赤くなる。

「元気にやってるな、葉書を見て、ちょと寄ってみたんや」

縁子には加藤が、かなり痩せたような気がした。相変らず頑丈な身体をしているが、頬が少しそげ、眼の辺りがなんとなく黒ずんでいる。胸の肉は盛り上っているが、初めて会った時ほどでもない。

縁子は黙って立っていた。

「コーヒー」

と加藤はいった。

ちょっと手持ち無沙汰な面持ちだった。縁子がコーヒーを持って行くと、

「やあ有難う、恵美子とこの間、会ったんやってな」

「はい」

素直に答えられた。しかし忙しい時刻である。客席で話しているわけにはいかない。

「私……ししし……」

仕事が……といい掛けたが、どもってしまった。顔が真赤になり、咳が出、銀盆が慄え、コーヒーを落してしまった。がちゃん、という大きな音がして、店の客が一斉にこ

ちらを見た。

縁子は慌ててしゃがむと、加藤もびっくりしたように、縁子と一緒に破片を拾い始めた。いいです、いおうとするが声が出ない。

縁子が拾い終り、二杯めのコーヒーを持って行くと、今度はウェイトレスが、一斉に縁子の方を眺めている。さっきのウェイトレスが、また別な女に耳打ちしている。

縁子は黙ってコーヒーを置くと、直ぐ加藤の席を離れた。加藤はコーヒーを飲み終ると縁子の方を眺めたが、縁子は視線を外《そ》らしているので、気がつかない。

縁子が見たのは、ドアを押して出て行く、加藤の後ろ姿であった。

縁子は、そっとあとを追い駆けて行きたい思いにかられたが、足が動かない。ウェイトレスの中には、彼氏が来た時、営業規則を破り、厚かましく外に出て、立ち話をする者もいる。行こうと思えば行けるのだ。だが、縁子は動かなかった。

加藤は恵美子の夫である。なんのためにそこまでする必要があるのだろう。それに、加藤は自分を憐んでいるに違いない。どもりながら、コーヒー茶碗を落した時の、ぶざまな態度、それを思うと縁子は、自分が消えてなくなれば良い、と感じるのであった。

その夜、縁子が、アパートに帰ると、縁子の部屋の前に、二人の男がいた。ドアから顔を出している女もいる。

「か、か、か、……」

と縁子は叫んだ。人々はきまり悪そうに部屋に戻り、名残り惜し気にドアが閉められた。佐村が来ているのである。

縁子は思い直して、アパートの外に出た。春の月は霞んでいる。微風はまだ冷んやりしていたが、安油の匂いがした。電車通りの焼ソバ屋から流れて来るのだろう。省線電車が屋根瓦の上にまとわりついている夜気をゆるがしながら走り去って行く。

縁子は夢中で市電通りに出た。今夜はアパートに帰りたくなかった。

寺田町の方に歩いて行くと、くすんだ喫茶店がある。かつて、種村と客を待ったことのある店であった。縁子は吸い込まれるようにドアを開けたが、本能的に閉めて走り出した。賑かな商店街を走り、横道に入って、ほっと一息入れた。だが、縁子が立ち停ったことは、間違っていたようである。

種村は、ずっと縁子を追って来ていたのであった。

「縁子、頼む、一生のお願いや、欽子のやつ待っとったんやが、もう三十分たつのに来やがれへんのや、アパートに電話掛けても、もう出た、ぬかしやがるし、客は苛々して、金返せ、ぬかしやがるし、なあ、今夜だけ、助けてくれ……」

「ほ、ほかの女《こ》に電話して……」

「それが、運が悪うて、みんな居れへんね、なあ、お願いや、欽子に渡す分だけ払うがな」

縁子と欽子とは、種村が客から取る金が違う。縁子が五千円なら、欽子は一万円である。取り分は四分六分であるから、三千円、六千円、ということになる。種村はまるで、土下座せんばかりの有様だった。おそらく、客から一万円、先取りしているのだろう。

「六千円、くれるか……」

縁子はどもらずにいった。種村は顔をこすり、鼻をこすった。この瞬間、種村は考えたのである。これを機会に縁子が働けば、つまり契約金と思えば安いものである。

客というのは、女が欲しい時は、どうしても欲しいものだ。一度、金を渡してしまった以上、たとえ女が少々不細工でも我慢する。こんな時、今夜は止しとくから金を返せ、という客はめったにいない。

「よっしゃ、六千、そのかわり化粧しておいでや、なあ、縁子かて化粧したなら、そらええもんや」

「こ、ここでするわ」

縁子はビニールのハンドバッグからパフを取り出し、顔を叩き始めた。暗い路地である。電柱の明りをたよりに、顔一面塗った。

「喫茶店に戻っとるからな、頼むで、ほんまに来てくれよ」

鏡を出して眺めると、唇の上まで白くなっている。唾で拭き取り口紅を塗った。赤く大きく塗った。ふと気がつくと、涙が出ている。眼を閉じて、もう一度白粉を叩いた。

客は初めから、ぶすっとしていた。黒眼鏡にじみな背広を着た四十前後の男である。欽子を指名して一万円種村に渡したのに、縁子をあてがわれたのだから、忿懣《ふんまん》やる方ない面持ちだった。

タクシーに乗り、客の傍に腰を下ろしたが、縁子は話し掛けなかった。いつもそうである。客は運転手に、阿倍野と命じた。縁子は首を振った。

「あ、阿倍野はあかん」

「どうして……」

「お店が、ある」

客は興味を持ったようである。何処かに勤めている女だと思うと、素人のように思い、興味を湧かせるのだ。客は行き先を上六に変更した。何処に勤めているんだ、と尋ねた。黙っていると、バーか、喫茶店か、小料理屋か、としつこい。どの客もそうなのだ。縁子は運転手の背中を指して、客を睨んだ。無神経な男である。金で身体は売るが、縁子はまだ、感情のある部分に、繊細なものを失っていない。車の中で、そんな話を平気でする男に、縁子は憎しみさえ覚える。

「分らないよ」

客はまた不興気にいった。その男の背広からは微かに薬の匂いがした。

こうして縁子は、阿倍野の喫茶店に勤めながら、また種村の電話に時々応じるようになった。昔と変らない。年だけ取って行くのだ。花見に行こう、と恵美子はあの夜いったが、四月を過ぎても誘いは来なかった。縁子は来ないと思っていた。理由もなにもない。

ことが、縁子の足をすくませるのである。

縁子は自分の方から恵美子のアパートに遊びに行かなかった。客を取るようになった縁子はいっそう無口になった。時々、元気のなかった加藤の顔が浮ぶ。そんな時、縁子は恵美子の身体が非常に良い、といった客の言葉を思い起す。

しかし、人間の運命というものは、いつか変化を起すものである。清美と縁子をおそった思いがけない出来事は、佐村が交通事故で死んだことであった。午後七時、堺の国道で、バスを追い抜こうとし、中央路線を越えた佐村のタクシーは、前方から来たダンプカーと正面衝突をしたのである。佐村は即死であった。新聞が読めないので清美は知らなかったが、縁子が記事を見たのである。

母に告げようか、どうしようか、縁子はかなり迷った。告げられないまま、二日たち三日たった。佐村が来るはずの夜、清美はそわそわし出した。九時になっても、十時になっても来ないからである。

小雨が降っている夜であった。絶えずなにかしら、身体を動かしていなければいられない清美は、蒲団を敷いたり畳んだり、卓袱台《ちゃぶだい》を拭いたりしていたが、十時を過ぎると、アパートの戸口まで下りて行った。十分ほどすると戻って来る。また下りる。

十時半、種村から電話が掛って来たが、縁子は断わった。清美が心配だったからである。縁子は、恵美子が勤めているスタンドバーに電話した。半月ほど前から、やめているという返事だった。住吉のアパートに掛けてみた。掛らない。アパートの電話の受付は十時までらしい。

縁子は、早く知らせるべきだった、と後悔した。その記事は切り抜いて、机の抽出しにしまっていた。十一時前、清美の着物の肩が雨でぐっしょり濡れているのを見た縁子は、たまりかねていった。

「お母ちゃん、坐りいな、佐村は死んだで」

「なにいうてんね、この女《こ》は……親をからこうて……」

「これ見てみい、ダンプにはねられて死んだんや、ちゃんと写真までのっとるわ」

清美は縁子の手からその切り抜きをひったくった。その写真は、あまりにも佐村の特徴をはっきり現わしていた。禿げた頭、出っ歯、窪んだ眼の辺りは印刷が悪くぼやけていたが、その顔は、佐村以外の何者でもなかった。

清美は歯をがたがたさせながら、その写真を睨んでいる。縁子は、生れて初めて、母の眼が、自分と同じように飛び出ているのに気がついた。

親娘なのだ、と縁子は思った。清美と縁子は親娘以外の何者でもない。

「母ちゃん……」

清美は返事をしない。不意に清美はその切り抜きを、卓袱台に置くと、手を合せて拝み始めた。清美は一時間ほど拝んでいた。

清美が家を出たのは、翌日である。

昔、どんな男が転り込んで来ても、二人の子供を離さなかった母は、佐村が死んで、初めて自由な身になったようである。

早番で、清美のもとを訪れた佐村は、時たま近くの銭湯に、清美と連れだって出かける時があった。そんな時、佐村はどてらを着て行くが、だらしなく巻いた紐のはしを清美の帯に結びつけ、懐手《ふところで》をして歩いていたことなど、今更のように縁子の脳裡によみがえった。佐村がおらなければ生活出来へん、と清美は縁子に哀願したが、どれほど、佐村と二人きりの生活がしたかっただろう。

清美はなにも持たず、ふらっとアパートを出、その夜十時になっても帰らなかった。

暢気《のんき》に電話を掛けて来た種村は、縁子から清美の家出を聞くと、飛んで来た。

「こりゃ大変や、縁子、落ち着かなあかんで、まだ家出と決ってへん、まさか、警察に訴える気はないやろな、警察に訴えたら、なにもかも調べよるで、明日の夕方まで待ってみ、明日の夕方まで、それより、早よ恵美子に知らせなあかん、恵美子何処に居んね、わしが知らしたろか……」

「ほ、放っといて、うちが知らせるわ、そ、それよりおっさん、佐村の家に、行ってみてくれへんか……」

「おう行ったるとも、今夜は商売放って行ったるわ、わしはな、どう思てるか知らんけど、母ちゃんや、縁子のことを、心から心配してるんやで」

種村の意図がなんであれ、縁子には、種村の言葉が嬉しかった。女たちを泥沼に引き込んで、いささかも良心の呵責《かしやく》を覚えない種村のような男にも、濁った水に棲む者同士の人間感情があったのか。たとえ、縁子が警察に駆け込むことを防ぐためとしても、種村よりもっと冷酷な人間はこの世に多いはずである。

がめつい親父や、と女たちが種村の悪口をいっても、種村が未だかつて警察に挙げられたことがないのは、種村のやり方の巧妙さと共に、女たちが種村を信頼していたからでもあった。縁子は佐村の住所を種村に教えた。十時過ぎていたので、恵美子のところに、電話が掛らない。縁子は隣の左官屋夫婦に、清美が帰って来たら、閉じ込めておいてくれるように頼んだ。五十近い酒好きの左官屋は、廊下に這い出ている罪を、返すのはこの時とばかり胸を叩いて引き受けた。

縁子は市電通りでタクシーを拾い、住所を頼りに恵美子のアパートを訪れた。

十八号室の前まで来た。ドアの隙間《すきま》から灯が洩れ男女の話し声がする。縁子はドアをノックした。話し声が止んだ。一向にドアが開かない。縁子はまたノックした。

「うちや、縁子や」

「なんや縁子かいな、吃驚するがな、今時分……」

微かな音がしていたが、一分近くたってドアが開いた。恵美子はスリップの上に、袖のないずんどうの服を着ている。妊婦が着るような服だった。肩の脇下がむき出しである。恵美子の部屋にいたのは加藤ではなく、若い男だった。いつかスタンドバーで、恵美子とダイスをやっていた生っ白いボーイ風の男である。ズボンと派手なセーター姿の男は、腰を浮して縁子の方を見たが、視線が合うと煙を吐きながら顔をそらした。縁子は鼻を動かした。部屋の中はこもっている。流し板の間付きの八畳だが、電機製品は全部揃っていた。

縁子は、恵美子を突きのけるようにして中に入った。縁子の剣幕に怖れたように、恵美子は身体をよけた。

「加藤さんは？」

「夜勤やがな、この男《こ》知ってるやろ、宗右衛門町の洋酒喫茶に居るねん、木村いう男《こ》や」

縁子は木村を睨みつけた。

「か、帰ってんか……」

と縁子は叫んだ。

「なんやて」

木村が眼を凄ませた。

「縁子、ここはうちの部屋やで、えらいけったいな因縁つけねんな」

恵美子は縁子の前に立ちはだかった。縁子は唇を慄わせた。

「うちはな、おえみと、重大な話、あんねん」

縁子はともすれば、どもりそうになるのでゆっくりいった。

「この男《こ》居ってもええがな、なんにもやましい関係やないからな」

木村は横を向いて冷笑した。

「おえみ、大変や、お母ちゃん、家出したで……」

「なんやて、母ちゃん家出、こりゃ大変や、あんた、済まんけど帰ってんか」

と恵美子は木村にいった。二人の話に木村も驚いたらしく、傍に置いてあった上衣を着ると部屋を出て行った。縁子は理由を説明した。

「うるさいことになりよったなあ」

恵美子は、ちぇっちぇっ、としきりに舌打ちしながら、部屋の中を歩き回ったが、テーブルにあったウイスキーをコップに注ぎ、喉を鳴らしながら飲んだ。恵美子の脇下は無毛である。手を挙げると、両わきのふくらみの間に、更に一本、くっきりと筋肉のふくらみが走る。普通の者なら窪むものだが、恵美子の腋窩《えきわ》には、余分な筋肉があるようであった。縁子はそれを見つめながら、

「自動車待たしてあんね、直ぐ来てんか……」

縁子は鼻を鳴らした、恵美子の身体に汗の匂いを嗅いだようである。

「しようがない、行こか、だいたい縁子がぼやっとしてるからや、佐村が死んだ時、なんでいうて来えへんねん、そのために住所を教えてあんのやないか、ほんまに、ぼやっとして、縁子の頭で処理出来る問題や、あれへんがな」

恵美子の方が、自分より頭が良く、俗事に関して世間知もあることは、縁子も認めている。しかし、恵美子の言葉には嘘があった。縁子に住所を知らせたのは、縁子が尋ねたからである。縁子はこれには反撥しなかった。昔から、姉には、あまり口答えしない。

「か、加藤さんに、電話せんでも……」

「うるさいな、加藤、加藤て、うちの亭主や……」

縁子は唇を咬んだ。恵美子は黒いダスターに素肌の腕を通すと、

「うっとしいことになりよったなあ……」

眉を寄せながら部屋を出た。縁子のアパートに向う車の中で、恵美子はたて続けに煙草を吸った。運転手が窓を開けると、

「寒い、閉めといて」と怒鳴った。

縁子は身体をゆすり始めた。

「おえみ、悪いことしてへんやろな」

「しつこい女《こ》やな、この女《こ》は、うちはな、今四か月やで、親父の子や」

恵美子がしつこいといったのは、縁子の心情を読み取っていたからだろう。縁子は息を呑むほど驚いた。なぜこんなに驚いたのか、自分でも分らない。怖いもののように恵美子の腹部を見た。まだ分らない。

「親父は生め、いいよるけど、うちはおろすつもりや、二十四ぐらいで、子供生んどったら、どうにもなれへん」

「せやけど、生まな、怒りはるやろ」

「怒ったってしようがない、うちにはうちの生き方があるからな」

勝手な女だ、と縁子は思った。恵美子の過去を加藤は知らない。つまり恵美子は加藤

をあざむいて結婚しているのである。それならもう少し、加藤のいうことを聞き、大事にしたらどうだろうか。加藤のような男は、今時いないはずである。縁子は、今まで勤めて来た工場の誰彼の顔を思い浮べたが、加藤の足元におよぶ者もいなかった。

加藤の留守にあんな男を連れ込むなんて、もってのほかであろう。

「き、木村て好かんやつや」

「ほんまにしつこいなあ、だいたい親父がいかんのや、妊娠したから勤め止め、いうて、無理に止めさせられたんや、木村なんか問題にしてへんけど、退屈で退屈でしようがないから、部屋に呼んだったんや、今夜、初めてやで……」

だが、最後の言葉を縁子は信用していない。姉妹なのである。どの辺で姉が嘘をつくか、縁子には良く分った。

アパートに戻ったのは、十二時前である。清美はまだ帰っていなかった。二階の連中が四、五人、廊下に集って喋っている。左官屋夫婦もいた。

「よう恵美ちゃん帰って来たか、お母ちゃん、えらいこっちゃたあ、まだ帰れへんで」

恵美子は皆に向って会釈した。

「どうもご心配掛けまして……」

挨拶はどうに入ったものである。縁子だと到底出来ない。姉のそんなところが、縁子には矢張り頼もしく思える。

種村が戻って来たのは、午前一時頃である。種村は恵美子と顔を合わすなり相好《そうごう》を崩した。恵美子は、眼元で僅かに笑ったようであった。種村の報告では、清美は佐村の家を訪れていない。種村は午前三時頃まで、恵美子を相手に酒を飲んだ。かつての恵美子のなじみ客が、どんなに恵美子を懐しがっているか、眼を細めて喋った。深夜になると、聞えるのは車の音だけである。住吉のアパートで飲んでいる上に、飲んだので、恵美子はかなり酔いが回ったようであった。すんなりした足を投げ出し、壁にもたれながら、昔のように、客の噂話を始めた。

「あの、ごんぼ、まだ通《かよ》とる？」

「ごんぼ、ああ……」種村は大形《おおぎょう》に首を振って、

「テレビ会社の部長さんかいな、来とる来とる、この頃は若い娘《こ》専門や……」

縁子は聞くに耐えなかった。母が失踪しているのだ。生死が不安なのである。

「お、おっさん、か、帰ってんか、い、嫌らしい」

種村は愉快そうに笑い、

「阿呆な話でもして、紛らわしたってんね……」

恵美子は縁子を流し眼に見て、

「縁子は子供やろ、いつまでたっても子供や、あーあ、馬鹿な母ちゃんや」

恵美子は、その夜、縁子と蒲団をならべて寝た。姉とこうして、二人きりで寝るのは、何年振りだろうか。昔、清美が、やとなをしていた頃は、よく抱き合って寝たものである。あの頃から、恵美子には、微かな体臭があったようである。かなり酔っているが、

寝つけないのか、恵美子は暗闇の中で煙草を吸った。火が赤くともると、恵美子の鼻梁《びりょう》がくっきり浮き出る。

「なあおえみ、お母ちゃん、大丈夫やろか」

「心配してもしようないが、なるようになる、それより縁子、お前また種村のところへ行ってんのと違うか……」

「い、行ってへんわ」

「それやったらええけど、せやけど、もう一人になったら、喫茶店だけで、食べられるか」

「うちが、お母ちゃんとこへ、お金入れとったんやで」

恵美子は返事をしなかった。煙草を灰皿で揉み消すと、

「もう夜が明けるで、早よ寝よ、明日は明日のこっちゃ」

清美が御堂筋の角にあるYタクシーの営業所近くで、車にはねられて死んだのは、縁子と恵美子が寝ついた、午前四時過ぎであった。佐村はYタクシーの運転手で、その営業所詰めであった。身元不明の中年婦人はねらる、という記事が載ったのは夕刊であった。縁子と恵美子が警察に行き、清美の遺体を確認した。縁子は幸い喫茶店に勤めており、恵美子はちゃんとした工員の人妻である。縁子は少しびくびくしていたが、恵美子は縁子が吃驚したほど、てきぱきと応対し、母の遺体を引き取った。

加藤も会社を休み、アパートの住人も集って、ささやかな告別式が行われた。種村も

参列し、なにかと世話をやいた。なじみの店子《たなこ》を野辺に送る大家の神妙さが、その狡猾《こうかつ》な顔を制していたのは不思議である。

その日、恵美子は、加藤を種村に紹介している。加藤は鄭重に挨拶をしていた。縁子が、加藤と会ったのは、阿倍野の喫茶店以来である。縁子はなんとなく、加藤の視線を避けていた。

大丸百貨店の屋上で、初めて加藤と会った日から、縁子の胸の中には、侘しい罪が芽ばえたようである。

恵美子にも、誰にもいえない罪であった。青瓢簞で、どもりの、金のない痩せこけたコールガール。路傍の石でさえもその存在に気がつかないような塵埃《じんあい》に似た縁子だが、その胸にあるのは、どんな美しく品のある女にも負けない、女の火種であった。

燃やせば炎になる。明るい華やかな炎を燃やせる女は、めぐまれた運命の女だろう。縁子が燃やせば、醜い炎になる。縁子はそれを知っている。だから燃やさないのだ。

縁子は種村に、部屋を変えて欲しいと頼んだ。小梅荘で、五千八百円は、高い部類に属する。一人部屋の三畳は、二千五百円である。四畳半で三千五百円だった。他のアパートに較べて三割方安い。縁子はどうしても、三千五百円の部屋に入りたかった。

縁子は小梅荘を出る意志がない。清美の告別式に、思いがけなく大勢の人々が集って来てくれて以来、このがたついたアパートに、わけもなく愛着を感じるのである。

経営者は縁子を、絶えず泥沼に引っ張り込もうとする種村なのだ。だが、住み慣れた部屋ともなれば、壁に入った醜いひび割れも気にならないように、縁子は種村の存在をあまり気にしなくなっていた。縁子は新しいアパートに移るのが、ひどく億劫である。その点、恵美子は正反対だった。

種村は居住人を口説いて回った。結局、一階の小使夫婦が移ることになった。小使夫婦がいた部屋は四畳半である。陽の当らない薄暗い部屋であった。

「縁子も、ほんまに変った女や、もうちょっと稼いで、ええ部屋に居った方が、どんなに気持がええか……」

もうちょっと稼いで、というのは、もっと客を取れ、ということだった。だが、縁子は、清美が亡くなってから、月のうち三日以上は、絶対客を取るまい、と決心していた。三日でも一万円になる。その分、縁子は貯金することにしたのである。

縁子の部屋には、清美の写真が飾られている。十何年前、清美の仲居時代のもので、母は三十歳であった。

縁子は朝起きると、清美の写真に頭を下げた。

六月になった。恵美子は、子供をおろしたのだろうか。なんともいって来ない。そんな或る日、縁子は店のマネージャーから使いを頼まれた。瀬木といって、色白のちょっとしたハンサムである。瀬木は勤務時間中、縁子をいろいろと私用に使うようになっていた。友だちもなく孤独な縁子なら、口も堅いし安心だと思ったのだろう。瀬木は出入りの商人と組んで、かなり儲けているようであった。そして瀬木は、飛田の商店街に小さな喫茶店を自分の女に経営させている。この秘密を知っているのは、縁子だけであった。

喫茶店でマネージャーである瀬木の権威は絶対的であった。ことに瀬木はやくざ上りなのか眼付に鋭いところがある。縁子が瀬木の私用で使い走りに歩くようになってから、ウェイトレスの縁子を見る眼も変り、縁子は勤めやすくなっていた。縁子は、飛田商店街の喫茶店に小さな風呂敷包みを届けた。

瀬木の女は、二十七、八歳の色白のほっそりした美人である。瀬木に頼まれて行くと、駄賃だといって二百円包んでくれる。縁子は風呂敷包みを渡して帰りかけたが、なんとなく婦人装身具店のショーウィンドーに額をつけて眺めた。さまざまなアクセサリーがきらびやかに輝いている。ことに縁子の眼を引いたのは大きな金色の蝶で、眼玉のところに美しい七色の光りを放つ宝石をはめ込んだアクセサリーであった。なんの石か、実に光る。千五百円である。このショーウィンドーの中では、安いものだった。

買おうかどうしようか迷いながら、今は金を持っていないのでとにかく帰ろうと、ショーウィンドーを離れた時、向うから来る男と、ばったり出会った。縁子はわが眼を疑った。加藤である。背広を着、ネクタイを締めている。

加藤も驚いたようだが、直ぐ白い歯を見せ、縁子の肩をごつい両手で押えた。縁子はふと赤くなった。

「どうした、さぼってるのか……」

「お使いです、加藤さんもお休みですか?」

実になめらかな言葉が出る。

「うん、今日は僕も工場長から使いに出されたんだよ、この頃、僕の会社の偽せ商品が、この辺りに出回ってるんでね、調べて歩いてるんだ、ほう、綺麗なアクセサリーだな、ひとつ、縁子ちゃんにプレゼントしようか……」

「そんなん、いいですわ、悪いもん」

「悪いことなんかあるものか、どれがいい、ああ、この蝶のアクセサリーは綺麗だな」

縁子が買おうかどうしようか、眺めていたやつである。縁子は泣き笑いのような表情を浮べた。加藤は縁子の顔をちらっと見て、直ぐ店の中に入り、それを買った。

「はい……」

「す、すみません、嬉しいわ」

縁子はしっかり握り締めた。

「いつか、縁子ちゃんの働いている喫茶店に行ったなあ、僕は縁子ちゃんに嫌われた、と悲観してたんだ」

「そんなん、仕事がいそがしかったから……」

二人は肩を並べて阿倍野の方に歩いていった。加藤はこの間会った時よりも、血色も良く元気になっていた。

「子供は、どうなったんですか?」

加藤は急にがっかりしたような顔になって、

「恵美子のやつ、僕のいうことを聞かずに、とうとうおろしてしまいよった、気儘なやつでなあ、遊び好きだし、派手だし、僕は工員だからなあ、結婚した以上は、工員の奥さんとして、ちゃんとやって貰わな困るんだ」

縁子は唇を咬んで俯いたままで、自分のことをいわれたように胸が縮んだ。

「縁子ちゃんはどうして遊びに来ないんだい、日曜日は休みで家にいるし、恵美子に、縁子ちゃんに遊びに来て貰えと、絶えずいってるんだがなあ、なんといっても二人姉妹だし、縁子ちゃんは僕の妹だから……」

縁子は胸の奥がつうーんと痛くなった。加藤がそんなにいっているのなら、一度位、遊びに来い、と電話を掛けても良さそうなものである。だが縁子には分っている。恵美子は絶対誘わないだろう。昔からそうだが、加藤との場合、恵美子はことに、縁子を寄せつけないようにしているようだ。恵美子は縁子によって、加藤との間が破壊されるのを怖れているに違いない。コールガールであった過去を喋られるのではないかと……

それにしては、告別式の日、どうして加藤を種村に紹介したりしたのだろう。ひょっとしたら、縁子の加藤に対する感情を見破っているかもしれない。

喫茶店の傍まで来ると、加藤はぽつんといった。

「縁子ちゃんが、阿倍野の喫茶店に勤めたという葉書なあ、あれ、恵美子のやつ鏡台の抽出しにしまったまま、僕に黙っていたんだ、メンソレを取ろうと思って抽出しを開けて知ったんだよ……」

縁子には返事のしようがない。そこまで自分を除《の》け者にしようとする恵美子が悲しかった。それにしても、加藤の気持が嬉しい。別れる時加藤は、縁子の手を取って、

「恵美子のことについて、聞きたいことがあるんだが、近いうちに会って呉れないか、恵美子にはいわずに……」

縁子は頷いたが、恵美子の過去がばれたのではないか、と思った。コールガールだったということが分れば、加藤は恵美子と別れるだろう。だが、加藤が恵美子と別れても、縁子にとって加藤は無縁な男である。なぜなら縁子自身もコールガールだからだ。

縁子は加藤と別れた後、どんなことがあっても、恵美子の過去を喋ってはならない、と思った。加藤が恵美子の夫である限り、縁子は加藤と会う機会がある。だが二人が別れれば、永久に会えないであろう。縁子は昔から嘘をつくのが下手であった。谷に飛び下りるような思いで嘘をついても、必ず恵美子に見破られてしまう。その日縁子は早番で、六時に勤務が終った。もう二週間たつが、まだ種村に電話していない。種村からの電話は断りどおしである。

昨日、夏の洋服をつくったので、金がない。映画館を出たのは九時であった。女一人でぼそっと映画を見ている者は、縁子以外には見当らなかった。映画館を出ると、きまってちんぴらが声を掛けて来る。相手にしないと、女の心を泥まみれの足で踏み潰すような捨てぜりふを残す。縁子の胸には、金ぴかの蝶のアクセサリーが光っていた。

う、うちはなあ、お、お前らなんか、人間……と、お、思てへんのや。縁子は胸の中で呟く。寒々とした侘しさが縁子の胸を突き抜けて行く、ちんぴらでなければ誰でも良い、優しくいたわって欲しい。縁子は種村に電話する。

「え、縁子や」

「おう縁子か、待ってたんや、今さっき、ええお客さんから電話あったそうや、お客さんてありがたいなあ、縁子のことを忘れてへん、ほら前川はんや、縁子を純情な女《こ》やいうてほめてる前川はんやがな、今どこに居るんや、難波か、じゃ、三十分後に南街の映画館の前で待ち合わそ……三十分後やで」

　前川は松屋町筋でガラス問屋をやっている五十年輩の男であった。縁子のことを純情だといっているかどうかは知らないが、ああせよ、こうせよ、としつこい男である。

　それにいろいろなことを聞きたがる。よその男はどんな風にするのか、とか、今まで一番いげつのうやられたのはどんなんやった、とか、くどくど尋ねる。そして種村の女で、誰の身体はどうこうだ、とか、女のことまで喋る。恵美子の身体のことを、最初に聞かされたのは、前川からであった。前川は車に乗ると、縁子の手を取った。手の甲をなでながら指をいじくったり、指の付け根を爪で引っ掻いたり、車の中からホテルに行ったような気分らしい。これで、感じる女もいるのかも知れないが、縁子は感じない。手を引こうとすると、鶏がないているように舌を鳴らして、離さない。

　一時間ばかり、縁子は前川にさんざん身体をもてあそばれた。それからが、どうしろ、こうしろとうるさい。気管の弱い縁子は息が苦しくなる。中年から初老期に入ろうとする前川は、息を切らし額に汗を流している縁子を見ると、昂奮するようである。縁子は、自分では嫌なことは嫌だと断わっているし、客へのサービスが良くないと思っているが、客から見れば、縁子は割合いいなりになる女であった。

ズベ公タイプの若い女のようにドライではないからだ。客になにか優しさを求めようとする。遊び方の上手な客は縁子の性格を見抜き、甘言を弄し、思うがままに遊んでしまう。縁子に逃げられるような客は、人間的な感受性のごく薄い男である。

「も、し、しんどい」

と縁子はいった。前川は濁った眼に欲望をぎらつかせながら、縁子に襲いかかって来た。

とにかく、満足したのだろう。前川は例のおしゃべりを始めた。縁子は風呂に入ると、身体を丁寧に洗った。風呂の中でも、前川はお喋りを始める。

「おかしなもんや、一回こんな商売に入った女は、なかなか足を洗われへんようやな、お前、恵美子知っとるやろ、去年、種村の女やった、あそこのええ女、恵美子な、上六の方に鞍変えしとるな、一週間ほど前、会うたがな、旅館で呼んだんや、どんな女《こ》が来るかと思て、首を長うして待っとったら……」

「う、嘘つき」

縁子は前川を睨んだ。

「なんやその顔、嘘やない、恵美子や」

「嘘や、あ、あの女《こ》は、結婚したんや」

「そんなこと知るもんか……」

縁子は風呂の中で卒倒しそうになった。恵美子がまた商売に出ている。縁子は絶対許せない気がした。どんな理由があっても許せないと思う。前川と別れ、種村から金を貰うと、縁子は住吉のアパートに飛んで行った。午後の十一時半頃である。窓の灯は消えていた。

縁子はどんどんドアを叩いた。留守のようであった。縁子はアパートの前で、恵美子が帰って来るのを待ち受けた。加藤が留守なのを見ると夜勤のようである。恵美子は、加藤の夜勤の夜を利用して、もとの商売を始めたに違いない。一時間も縁子は立っていた。十二時半頃、アパートの前に車がとまった。下りて来たのは恵美子である。恵美子は前と同じように、毒々しく化粧していた。

「吃驚するがな、縁子かいな」

「おえみ、話がある」

「なんの話や、上りいな」

「こ、ここで良い、おえみ、また上六に出てるな、直ぐ止めな、加藤さんにいうたる、あんなええ人、たぶらかして」

恵美子の眼が大きくなった。縁子と異り深い眼だが、その眼が飛び出そうになって縁子を睨んだ。縁子は今まで、こんな怖ろしい姉の顔を見たことがなかった。縁子も睨み返した。

「縁子、つまらないこといわんと帰りい」

「ほ、ほんまにいう」

「馬鹿野郎！」

恵美子は縁子の頰を思い切り擲《なぐ》った。子供の時でも、恵美子は縁子の顔に手を掛けたことがなかった。耳を打たれたのだろう、縁子は眼の前が暗くなり、よろよろとしゃがみ込んだ。恵美子は身をひるがえすとアパートに駆け込んだ。

加藤から縁子のアパートに電話が掛って来たのは翌日である。会いたい、という。二・人は縁子のアパートの近くの喫茶店で会うことにした。縁子は鏡の前に坐り化粧した。しかし気持がはずまない。恵美子のことを問われたら、どういおうと思うと、思うだけ胸がつかえる。それでも縁子は、金ぴかのアクセサリーを胸につけた。模造品に違いないのだが、普通の宝石以上に輝いている。少しでも身体を動かすと、虹のように輝く。

約束は八時である。縁子は七時半に出かけた。八時半になった。九時になった。加藤はやって来ない。いろいろな連中が来ては去って行った。種村もやって来た。種村はくしゃみをしそうな顔で縁子を見た。

十時になった。出入りする客が急に少なくなった。下街の薄汚れた喫茶店の中で、さんぜんと輝いている縁子の胸のアクセサリーは、なぜか、ひどくその喫茶店に似合っているようだった。十時過ぎ、ドアが開いた。

縁子は腰を浮しかけた。入って来たのは恵美子だったのである。恵美子は、縁子が顔をそむけたくなるほど毒々しく化粧していた。眼尻に刀のような墨を入れ、まつ毛が針金になるほどマスカラをつけ、絵具で塗ったようにアイシャドーを塗っている。

「種村のおっさんに聞いたら、ここに居るいうので、来たんや、一体、なにしてんねん？　アパートに帰ろ、話があんねん」

縁子は夢遊病者のように立ち上った。赤茶けた月が真上にある、スモッグがひどい夜は、深夜なのに月の色が冴えない。煤煙をまじえた夜霧が、アパートの灯を濡らしていた。灯も赤茶けている。二人の男が道の真中で放尿していた。縁子と恵美子に卑猥な言葉を投げて来た。二人歩いていて、男にからかわれた時、この姉妹はいつも、男たちがひるむほど怒鳴りつける。恵美子がまくしたて、縁子が、ヴァヴァヴァヴァと叫ぶ。が、今夜二人は黙っていた。

「縁子、加藤のやつ、警察に挙げられよったわ」

恵美子が他人事《ひとごと》のようにいった。

「なんでや」

「あいつ詐欺師や、一緒になって、そうやな、年をこえてから分ったわ、うち、あいつのために、働きに出たんや、電気冷蔵庫も洗濯機も、みんなあれへん、あいつな、金溜めとるはずやねん、うちに貢《みつ》がしよったから、何処に隠しとるか、分れへんね」

「お恵美、そやかて子供……」

「うん、うちは生みたかったんけどなあ、あいつが無理におろさしよってん、縁子には嘘いうてすまんかったわ、なんで嘘いうたんかなあ、そうや、柄にもなく、結婚しようと思たし、縁子にもいうたから、きっと、ほんまのこと喋るのん、恥かしかったんや……」

二人は縁子の部屋に戻った。加藤はどうして縁子に会おうとしたのだろう。

「あいつ、縁子にもちょっかい出せへんかったか?」

「出せへん」

「あんな旨い女たらし初めてや、天六の方にも、うちみたいな女、つくっとったらしい!」

恵美子は壁にもたれると足を投げ出した。

「縁子、ウイスキー買うて来て、ほう、今夜は綺麗にしとるなあ、いつもその調子でやらなあかんで、そのアクセサリーもええがな」

「うん……」

縁子は手でアクセサリーを押えた。省線電車が寺田町駅を発車した。窓ガラスが揺れた。縁子が部屋を出ると、種村がせかせかと廊下を歩いて来た。

「恵美子、あんたほど持てる女居れへんで、忘れられん、忘れられん、いう客ばっかりやがな、わしも女に生れたいわ」

部屋の中から種村のだみ声が洩れて来た。

虹の十字架

浪速区馬淵町は中山太陽堂の工場の傍にあった。ごみごみした暗い町である。東は新世界、南は霞町の市電通りを境に西成の釜ヶ崎と向きあっている。

終戦以来手を入れられたことのない古びた市営アパートや釜ヶ崎の宿《ドヤ》と変らない旅館、掘立小屋のような家がならんでいた。

馬淵町の旅館と釜ヶ崎の宿との違いは、地元の人間が泊るかどうかであろう。つまり馬淵町の旅館に泊る人々は、旅芸人であったり、香具師《やし》であったり、転々と地方を渡り歩く旅人であった。

陽が西の空に沈むと通天閣が夕映えに染る。馬淵町の子供たちは、狭い道路で安い玩具のピストルを打ち合ったり、ボールの代りに石を電柱に投げたりして遊んだ。

浅香の小学校時代通天閣は再建されていない。再建されたのは、高校に入ってからである。

浅香の家は、市営アパートにあった。壁のひび割れた建物の中には、黒ずんだ板の廊下が通り、両側には昔の施療病院の病室のような部屋が並んでいる。

浅香の父の弥吉は国鉄ガード下にある小さな印刷所に勤めている。五十半ばなのに老人のようであった。活字を拾う腕前だけは確かで、その印刷所では、重宝がられていた。だがそんなことは浅香は知らない。浅香が知っているのは、朝、母の康江から幾ばくかの昼食代を貰い、少し猫背の身体を俯き加減に黙々と工場に通う大人しい老人の姿だけであった。

母の康江は弥吉にとっては二度めの妻であった。終戦後、弥吉は新世界の飲屋の仲居をしていた康江と一緒になったのである。

先妻とどうして別れた、ということも浅香は知らない。

弥吉も康江も、浅香に取っては本当の親ではない。

終戦後、浅香は浮浪児として天王寺公園で寝転んでいるところを、弥吉に拾われたのである。当時浅香は五、六歳であった。

康江は色の白い大きな女であった。弥吉と同じく無口で、動作はのろくなにをするにもたいぎそうであった。ただ、不運な浅香にとってせめてもの幸せは、康江が或る期間以外浅香をいじめなかったことである。浅香に対して愛情を抱いていたわけではない。おそらく、康江には浅香のことなど関心がなかったのであろう。康江にとって関心があったのは、男だけであった。

浅香が小学校三年の年、新しい不幸が浅香を襲った。康江が弥吉の留守に、若い男を家にくわえこみ始めたのである。四時頃、学校から戻って来た浅香は、康江が男を放すまで部屋に入れなかった。

康江の男狂いは近所でも評判であった。浅香が学校から戻ると、部屋の前で聞き耳をたてている同じアパートのおかみさん連中を良く見たものである。そんな時、浅香は賢く、直ぐアパートを出て行った。

康江の男狂いが、異常味を帯びて来たのは、浅香が十二の年の夏であった。夏休みなので、浅香は学校に行かない。初め、康江はそんな浅香を追い出していたが、或る日、なにを思ったか、浅香に部屋に居るように命じたのである。

それから康江は浅香の前で、男ともつれあった。浅香が部屋を出ようとすると、野獣のような声で怒った。康江が浅香に対して残酷な継母の本性を現わしたのは、男のせいといえよう。男と関係している時だけ、康江は、浅香が勝手な行動を取ろうとすると、擲《なぐ》り蹴り髪を摑んでひきずり廻した。

「こりゃ、乞食娘、もう一度天王寺公園に行きたいか……」

康江の相手は、総て若い男であったが、一月と続いたものは居ない。

夏の暑い日、西陽の射し込む部屋は茹だるようであった。そんな日、康江は浅香に氷を買ってくるように命じる。浅香は金盥に五百匁ほどの氷を入れて戻って来る。

康江は男とのたうち廻ると、浅香に二人の身体を拭かせるのであった。それまで浅香は部屋の隅に坐っておらねばならない。戸も窓も閉め切ってあるので、浅香の身体には汗が吹き出て来る。時々、浅香が二人から眼を離すと、康江は、こりゃ！　と怒鳴った。

何時か浅香は、汗が眼に入っても、まばたきをしないようになっていた。放心したような霞んだ眼を一点に据えている。

それは色の白い面長な浅香の顔に白痴のような表情を与えていた。

「拭くんや」

康江が怒鳴ると、浅香は稚い手で金盥の氷につけた手拭いを絞り康江と相手の男の身体を拭いた。

すみずみまで拭かねばならない。康江の相手になる男は、大抵にやにや笑っていたようである。なかには、卑猥《ひわい》な言葉を吐きながら、浅香の身体に手をかけようとする男も居た。そんな時、康江は身体に似ない敏捷な早さで男の腕を叩いた。

男たちは、康江のくそ力とその剣幕に驚き、それ以上のいたずらはしかけなかった。

「お父ちゃんには、だまっているんやで、ほら……」

男が部屋を出ると、康江は何時ものもの憂い女にかえり、浅香に幾ばくかの小遣を与えるのである。彼女が情夫にするたびに、その男たちから得た金のなかからであった。

康江は本能の欲望に荒れ狂っている時だけ、浅香を奴隷にしたが、その時以外はなにをしようと放任していた。

一年間、浮浪者生活を送った浅香は、身を守る方法を本能的に選び取っていたのだろう。康江が命じる時はさからわず従い、あとは口さえ閉じておれば、自由な時間が浅香にはあった。

弥吉は当然、康江の男狂いを知っていた筈である。だが彼はなにもいわなかった。暗い印刷所の鉛の活字を機械のように正確に早く抜き取ることだけで一生を過して来た弥吉は、人生を変えるすべを知らなかったのかもしれない。弥吉は残業し九時ごろ帰ると、ラジオを聞き、康江を相手に、一、二本の酒を飲み赤くなって眠った。

中学に行くようになってから、浅香の身体は急に色っぽさを加えて来た。その肌は透き通るように白く、肌のきめは生れたばかりのおかいこのように美しくなった。そして脂をひいたような艶が滲み出て来た。

浅香が中学の二年まで、康江が関係した男たちや、近くのちんぴらたちに犯されなかったのは、まさに奇蹟といえよう。

不思議なことに浅香にちょっかいを掛ける男たちは、浅香のどこか霞んだような黒い瞳に見詰められると、小馬鹿にされたような気がするらしかった。

浅香が中学に入ってから、康江は男と狂う時、再び浅香を部屋から締め出すようになった。男が、浅香に見守られることを嫌い始めたからである。そして、康江の男狂いも次第に下火になっていった。

浅香は、自由な時間は新世界に行って映画を見たり、飛田の場末の芝居小屋に出入りしたりした。勉強は殆どしなかったが、成績は中ぐらいだったろう。学校で浅香は、友達らしい友達は一人も居なかったようである。

片岡昇之助一座が飛田界隈の五十円小屋にやって来たのは、昭和二十八年の春であった。大阪ではまだ現在のように全裸ストリップが全盛でなく、場末の劇場では、女剣劇やストリップと共演で細々ながら旅芝居を打つことが出来た。昇之助は二十八歳、その美貌は旅役者の中では群を抜いていた。

昇之助のおはこは切られの与三である。彼がお富に向って見得を切ると、女客の中から必ずといって良いほど、男女の最高時における女の悲鳴にも似た声がかかった。場所場所によってその言葉は異ったが、その切迫した語調は何れも同じであった。一座は昇之助を取りまくそれ等の女客で持っていたといえよう。

芝居を掛け始めて二日めから、昇之助は最前列の座席に坐り、喰い入るように自分を見詰めている二つの黒い瞳に気がついていた。

舞台から薄暗い観客の顔はどれも同じである。しかし、昇之助は何時も舞台の中から、その顔を見分け、見得を切る時や、いなせな所作の間に、艶っぽい視線を送るようにしていた。年増も居たし若い娘も居た。

そして彼が視線を送った者は大抵、楽屋に尋ねて来たり、外で待っていたり、文をことづけて来た。都会で小屋を掛けた場合、それ等の女たちは年齢や美醜に多少の差こそあったが、皆同じ種類の女たちであった。

小料理屋の仲居や二号、多少いかれた娘、人妻の場合は、到底いただける代物ではない。ところが、その二つの黒い瞳だけは違った。小娘だが今まで昇之助が感じたことのない吸い込まれるような魅力があった。裏街の露地で重なりあって夕涼みしている女たちの群れの中に、鮮かな夕顔が咲いているような感じである。

昇之助は幾度も得意のウィンクを最前列の顔に送った。その小娘は、昇之助が出ている間、初めから終りまで見詰めているにも拘らず、昇之助の視線に応えない。視線が合っているのに応じないのである。二日三日四日と、小娘は何時も最前列に坐っている。昇之助は苛々し始めた。いよいよ明日が千秋楽という日、昇之助は思い切って一座の者に当らせてみた。昇之助はその小娘のために、ここ四日、どの女の誘いをもことわっていたのである。

「座長驚きましたぜ、中学の制服を着てますぜ、こりゃ罪だ、止めておいた方がいいんじゃないですかい」

「中学生だろうと女は女だ、どうだったい、結果は？」

「きっと白痴ですぜ、こう、小首をかしげて、真面目くさった顔で、与三郎の姿のままお会い出来ますの？　とこうおっしゃいました、ああ驚いた……」

その夜浅香は、楽屋の裏通りから与三郎姿の昇之助とタクシーに乗り、萩の茶屋の近くのひっそりした旅館に連れ込まれた。

昇之助は浅香とタクシーに乗ってから、なんともいえない戦慄《せんりつ》を覚えた。それは浅香と部屋で向いあってから益々酷くなった。

欲情と不安が入り交ってぞくぞくするのである。子供だろうか、頭が足りない女だろうか。それにしてもこの妖しげな魅力はどうだ……昇之助が話しかけてもじっと手を膝に乗せて正座したまま喰い入るように昇之助を見詰めている。

ただ、時々昇之助の問に、頷いたり首を横に振ったりするだけである。

そして、その応答から昇之助が知ったのは、風呂には入らない、電気は消さないで欲しい、そのままなら抱かれても良い、ということであった。

昇之助には信じられなかった。普通の男ならこのあたりで気持悪くなって、なにもしないで帰るところであろう。だが、所詮、この旅役者は、幼い浅香の前で康江とたわむれた男たちと同じ種類の男であった。劣情の昂りが不安を消し、昇之助は化粧も落さず、切られの与三の姿のまま、浅香に襲いかかっていったのである。

浅香は息を呑んで顔をこわばらせ、昇之助に身体をゆだねていたが、昇之助の身体が自分の肌にふれた時、突然抵抗し始めた。

もちろん、それは無益な抵抗ではあったが……

昇之助が浅香の身体から離れた時、浅香は失心していた。

その不思議な夜のことを、昇之助は一座の者に話さなかった。関係した女については、微に入り細を穿《うが》ち話すのが、昇之助のくせであった。

昇之助が喋らなかったのは理由があった。失心から吾に返った時の、少女の顔の憎悪に満ちた凄じさの故である。

思い出すだけで、昇之助は背筋に寒いものを覚えた。屈辱もあった。

黒い瞳は刃物のようにきらめき、蒼白な顔は殺気を帯びて、縮めた身体全体で昇之助を睨みつけていた。

「お前が、誘ったんじゃないか」

たまりかねて昇之助はいった。と、

「ああ、いやらしい」と少女は呟いたのだ。

その少女が処女であったことは、関係した時、分っていたが、さすがに昇之助はかっとした。こんな子供に、どうしてこんなに腹が立ったのか。昇之助は思わず手を振り上げていた。すると、少女は昇之助に唾を吐き、脱兎の如く階段を駆け下りていたのである。

その夜浅香は、一人で馬淵町のアパートに足を引きずりながら帰った。午前二時を過ぎていただろう。康江は大きな鼾《いびき》をかいて眠っていたが、弥吉は起きて浅香の帰りを待っていた。浅香がこんなに遅く帰ったことはない。

「なにしてたんや、遅うまで……」

浅香は真青な顔をして入口に立っていたが、戸を閉め鍵をかけると、服を脱ぎスリップ一つになって、蒲団にもぐり込んだ。

浅香のスリップには新しい血がついていた。浅香が、弥吉に自分の過去について質問したのはこの夜が初めてであった。

「わしは知らん、ただお前がかわいそうやったから連れて来ただけや、お役所にもちゃんと行って、養女として籍もいれた」

弥吉の言葉には嘘はない。子のない弥吉は、天王寺公園に寝ていた可愛い浮浪者を、自分の子供にするため連れて帰ったのである。

当時浅香は、自分の名前と東京に居た、という以外、なんの記憶もなかった。

その夜浅香は、時々見る夢を見た。一昨年あたりから、見始めた夢である。

広い庭で藤棚があり、その下に葵《あおい》の花がたくさん咲いていた。真赤な美しい花であった。夢には色がないというが、浅香はこの葵の花の色だけは、赤くはっきり見ることが出来た。

漆黒の髪を背中に長く垂らしたろうたけた女性が、椅子に坐った浅香の傍に立っている。浅香は椅子から立ち、その女性の髪にたわむれている。

何時もきまって、同じ夢なのだ。その女性はきっと母に違いない、と浅香は思っていた。もちろん夢のことは、誰にも喋っていない。それは、浅香の胸にだけある虹なのである。

ところがその夜は、夢の母が浅香に声をかけた。

「浅香ちゃんは女に生れたけれど、きっと幸せになれるわね、いいえ、どんなことがあっても、母さんが幸せにしてあげます」

「お母ちゃん！」

浅香は自分の声で眼が覚めた。弥吉も康江も眠りこけている。浅香は暫く黙って天井を見詰めていたが、起き上ると、寝巻を着、共同洗濯場に行って、血に汚れたスリップと自分の身体を洗った。

眼が覚めている浅香は、夢のことは自分で追わないようにしていた。十五歳の女性にしては、考えられないほどの意志力であろう。いや、忍耐心といえるかもしれない。

その年、康江の顔がなんとなくむくみ始めた。動作はいっそうたいぎそうになった。肝臓が悪いと自分で決めて、売薬を毎日浴びるほど飲んでいる。それでも一週間に一度ぐらいの割合で、男を引き入れていたらしい。

浅香は中学でどの部にも入っていない。上級学校に行きたいとも思っていないらしく、弥吉は浅香からそんな話を聞いたことはなかった。

浅香は学校を終えると、時々誘われるままに女の同級生の家に遊びに行った。別に親しい友達はないが、無口な色の白い浅香に好意を寄せる級友も居たのである。浅香が誘いを承知したのは、金のある友達だけであった。

この附近の義務教育の中学である。金持といっても商売人の娘であった。浅香は誘われて行っても、その級友ととくに親しくなるということはなかった。

冬も間近いその年の秋、康江は何時も男とのたうち廻った部屋の中で死んだ。こたつを抱きかかえるような恰好であった。見つけたのは学校から帰って来た浅香であった。浅香は康江が死んでいるのに気づかなかった。何時ものように、夕食の買物に行こうと、康江から金を貰おうとして気づいたのである。

「かーちゃん……」

といって、二、三度康江の身体を揺り動かした浅香は、康江がそのまま崩れるように畳に横倒しになったので、死んでいることに気がついたのであった。康江の眼のふちは黒く、血の気のない唇は僅かに開かれ、金歯がのぞいていた。

浅香は二、三歩下り康江の顔を凝視していた。そしてなんとなく鼻を鳴らした。部屋に死臭がこもっているような気がしたのである。

浅香は暫くじっとしていたが、押入れを開けると洗濯屋が持って来たばかりの真白いシーツを取り出し、康江の足先から顔まで綺麗に掛けた。そして、弥吉の勤めているガード下の印刷所を訪れたのである。

あとで警官が浅香に尋ねた。

「何故直ぐ医者を呼ばなかったんだ？」

「死んでいたもん」

「ふーん、それでシーツを掛けたんだな」

「はあ……それに」

「なんだね」

「おばさんの死体、きたなかったの……」

警官はあんぐり口を開けて浅香を見た。この家の事情は附近で聞いて知っていた。警官は開けた口を閉じ小さな吐息をついた。

浅香が、ガード下の印刷所を訪れた時、鉛に汚れた印刷工たちは、暗い電燈の下で黙々と活字に取り組んでいた。古い印刷機が、ばたんばたんと音をたて、電車が上を通るたびに窓ガラスが揺れる。それでも、一人が浅香を見つけると、二、三人仕事の手を停め、ぼけたような眼で浅香を見詰めた。なかには汚れた手で眼をこすった植字工も居た。

弥吉は、浅香が傍に来るまで気がつかなかった。

「おとっちゃん、おばさん死んだわ」

弥吉はずっていた眼鏡を直し浅香を見た。

「おばさんて、誰や」

「康江のおばさん……」

弥吉はやっと康江が死んだことに気がついたようであった。

弥吉は、へなへなとその場にしゃがんだ。やがて弥吉は、浅香が差し出した手に縋り、起き上ると、汚れた菜葉服のまま、家に戻った。康江の死は心臓麻痺であった。

警察が調べたのは、康江の男狂いについて投書があったからである。

弥吉が、康江の死を聞いて坐り込んだのは、やはり康江のような女でも愛していたためだろうか。

だが、侘しい葬式が済んでからも、弥吉の様子は変らなかった。いや、残業をしなくなったことだけが、大きな変化だろう。

その頃から印刷業界は極度にいそがしくなったにも拘らず、弥吉が反対に早く帰るようになったのは、何等かの理由がある筈である。うがった見方をすれば、康江が生きていた当時、自分が早く帰ることが、康江の生活を破壊する結果を生むと弥吉は感じていたのではないか。

そうでなければ、康江のために出来るだけ多く稼ごうとしたのか。

それとも、康江が死んだことでほっとし、浅香との二人の生活に楽しみを感じ出したのか。人間の行動というものには、色々な意味があり、それは本人でなければ分らない場合が多い。

静かな生活が、弥吉と浅香の間に始った。浅香は今まで康江がしたことを総てせねばならなかった。

年が変って間もなく、弥吉は浅香に高校に行かないか、といった。

それほど行きたいとは思わなかったが、といって、この陰気な市営住宅で一日中過すのもやり切れなかった。

浅香は高校に行くことにした。勉強もしていないし公立の高校には入れなかったが、私立の二流どころを受け合格した。

高校に行くようになってから、浅香は少し陽気になったようである。勉強にも励み成績も良く、級友からも慕われたようだ。

その高校は阿倍野の近くにあり生徒たちは派手であった。軟派や硬派の不良グループもあったようである。だが浅香はそれ等のグループに入っていない。旅役者が浅香の身体に残したのは、いったいどんな傷だったのだろう。ひょっとすると、浅香が昇之助に唾を吐いた瞬間、その傷は消えていたのかもしれない。

浅香の隣のクラスに金持の娘ばかりの派手なグループが居た。笹平時子はその女王であった。何時も贅沢なものを学校に持ち込み惜し気もなく級友に与えた。そんな行為も人気の一つだったのだろう。

或る日、浅香は学校の帰り級友と難波に出た。高島屋で買物があったのである。友は映画を見ようといったが、浅香は弥吉のために夕食の仕度をせねばならない。その友と別れようとした時、浅香たちの前に信号で停った豪華な外車があった。

「浅ちゃん、笹平さんが乗っている」

と友がいった。笹平時子は赤いレースの服に白い毛のついた帽子を被っていた。笹平時子の隣には縁無眼鏡をかけた色白の優雅な中年の婦人が居た。おそらく時子の母なのだろう。

「凄いわね、笹平さんのお父さんはR化粧品の社長さんやって……」

級友は声もかけず羨しげに呟いた。だが、浅香は時子よりも、その母の方を喰い入るように見詰めていた。友の言葉は浅香の耳には入っていなかっただろう。

笹平時子が単なる金持グループから、軟派グループの女王になったのは浅香が二年の時である。その春、前代未聞の不祥事件がその高校に起きた。

浅香のクラスの硬派グループが、校舎の近くで、笹平時子たち軟派グループを待ち受け、喧嘩を売ったのである。硬派グループの中に短刀を持った者が居て軟派グループの一人が重傷を負った。

そして硬派グループの中に浅香が居たのだ。

教師達は不思議がった。浅香はそれまで、そんなグループに属していなかったのである。硬派グループの首謀者真門弓子は、警官と教師の前で、浅香が加わった理由を、次のように述べている。

「うち等が待ち受けているとあの女が通りかかったんです、なにしてんの、と聞くから、笹平をやっつけんのや、怪我せんうちに早よ帰り、というてやったんです、そしたら、笹平さんやったら、私も手伝うわ、とあっさり仲間に入ったんです、そういえば、あの女は笹平ばかり擲っとったようやわ」

処罰を受ける前、浅香は幾度も教師に呼ばれて理由を聞かれた。

「笹平がそんなに憎かったのか、どうしてだ……」

担任教師は、浅香をなだめたりすかしたり、怒ったりして理由を白状させようとしたが、浅香はうなだれ、すみませんでした、とあやまるだけで、理由は喋らなかった。その外見に似ない強情さは、担任教師に怖ろしいものを感じさせたほどである。

ただ浅香は、時々教師の問に対して、頷いたり首を振ったりした。

それによると、浅香は笹平時子をそんなに憎んでいない。彼女のグループの軟派行為にもそんなに関心がない。笹平時子の贅沢さにも反撥を抱いていないらしかった。

ただ、最後に、浅香は放心したような顔で、理由らしきものを次のようにいった。

「私には分りません、あんなええお母さんが居て、軟派になるなんて……」

その時、担任教師は浅香の黒い瞳に掛った霞のような幕に、精神分裂の兆候を見たような気がした。

担任教師はやり切れなくなったように、机を叩いた。

「笹平も分らんが、お前も分らんよ」

浅香は停学処分を受けた。喧嘩に参加した硬派グループの全員は退学処分だった。

浅香は罪一等減ぜられたわけである。弥吉は教師の前でぺこぺこ頭を下げるだけで、なにがなにやらさっぱり理解出来なかった。

弥吉は、今まで自分にさからったことのない浅香が、女だてらに喧嘩をするなんて、どうしても信じられなかったのである。

「きっと血の道でしてん、ひとつよろしゅうお願いします」

泣かんばかりの弥吉の姿を見て、担任教師はなんとなく自分で納得したような気になっていた。おそらく見当違いの納得を……

こんな事件があったが、浅香は学校を止めようとはいわず、無事高校を卒業することが出来た。

弥吉は知らなかったが、浅香は高校を出るまで初潮はなかったのである。初潮年齢がぐんぐん低くなった現象に全く反していたわけである。浅香の初潮があったのは、十八の年、卒業式の翌日であった。

間もなく弥吉は工場を変った。六十半ばの弥吉は今にも枯れ切ってしまいそうなほど老いていたが、活字を拾い出す腕は確かであった。印刷業界は熟練工が不足し、弥吉は生野《いくの》にある印刷会社に引き抜かれたのである。

かなりの仕度金が出た。

「浅香よ、わしはもっとましなアパートに移ろうと思うんや」

弥吉は十万円の札束を畳の上に置きながらいった。浅香には反対する理由はない。いや、時々移転しようと弥吉に頼んでいたくらいである。

弥吉は、その夜、十万の金をちゃぶ台に置き、それを眺めながら酒を飲んだ。

アパート探しは、浅香の役であった。浅香は連日、良いアパートを探して歩いた。浅香がアパートを見つけるまで、一月かかっているところを見ても、如何に念入りに探したかがうかがわれよう。

そのアパートは椿荘という名で、天下茶屋の南の小さな丘の中腹にあった。

アパートの窓からは天下茶屋《てんがちゃや》から難波界隈が見渡せ、夜になるとその辺りのネオンが美しい。東北にはこの間まで住んでいた新世界が見渡せる。通天閣は今までいた馬淵町よりずっと小さくなったが、夕陽に映える美しさは風景が広々としているだけ、一層情緒的であった。西の方、海辺の近くには、高い工場の煙突が立ちならび、赤や青い煙を空にたなびかせた。

その丘の少し東は高級住宅地である帝塚山《てづかやま》であった。丘にはまだ樹林も少しは残っている。

雨の日は海原のように続いた眼の下の屋根瓦が濡れ、夕暮の光りはにじんで何時までも見飽きない。

椿荘に移って、浅香は弥吉が何時の間にか二十万円の小金を溜めているのを知った。

「まさかの時の用意にな、前の会社に居た時給料から貯金しといたんや、通帳は会社に預けとった、印刷工というのはな、給料がええんやで」

弥吉は新しい会社で、四万近い給料を貰うようになっていた。

「お父っちゃん、うちも会社に勤めて良いんよ」

「なんの、わしは工場に行くのが楽しみや、お前が働きに出たら、誰が夕食つくってくれんのや、お前が結婚するまで、わしは働くわ、それともお前、家にじっとしてんのが嫌か」

「ううん、このアパートやったら、一生すっこんどっても良いわ、うち、結婚なんかせえへんからな」

弥吉は不服そうに、半ば満足気に浅香のそんな言葉を聞くのである。

事実浅香は今の女には珍しいほど、出不精であった。家の中でひっそりしているのが、性格にあっているのだろう。新しいアパートの部屋は、浅香の手によって次第に美しく飾られていった。浅香はたまに外出すると、必ずささやかな装飾品を買って来た。松屋町筋の問屋に行き、博多人形や絵皿、そして花刺繡や壁掛けなど、いかにも女らしく美しいものばかりである。

椿荘に移ってから、弥吉はテレビも買った。椿荘の住人の殆どは、水商売の女たちであった。昼の一時ごろまで寝ており、夕方出かけるので、騒がしくなるのは午前零時過ぎである。その頃には弥吉も浅香も寝ている。

だから浅香が起きている間は、アパート内は何時もひっそりしていた。

浅香は時々、昼、帝塚山の辺りを散歩した。静かな住宅街を歩くのは、浅香の楽しみの一つである。浅香はたまには、散歩して見聞したことを弥吉に話すことがある。

「大きな家があるわ、自動車が二台もあるんよ」

弥吉は浅香の話をふんふんいいながら聞いた。

「わしは思うんやが、ひょっとしたら、お前は、えいしのお嬢さんかも知れへんで」

浅香は首を振る。

「そんなことあれへんわ、うちのお母さんはきっと不幸せな人や、うちそう思うわ」

ここ四、五年、浅香は葵の花の美しい婦人の夢を見なくなっていた。が、浅香はあの言葉だけは忘れていない。

夢の中の母は、浅香に、女に生れたけど、きっと幸せになる、といった。それは母が女であり、不幸せであったから、そんな風にいったのであろう。浅香は、夢の中の言葉の意味が分る年齢になっていたのである。

弥吉と二人、椿荘でひっそり暮していたにも拘らず、時々、浅香に結婚話が持ち込まれた。

それは、半年に一度ぐらい弥吉を訪れる印刷工場の人たちの場合もあるし、椿荘から会社に通っているサラリーマンの場合もあった。そのサラリーマンは、三十歳で独身だった。

アパート内で顔を合わすうちに挨拶するようになり、浅香を映画に誘ったが応じないので、弥吉に申し込んだのである。

弥吉はどんな場合でも、浅香さえ承知したら嫁にやります、と答えるが、浅香は微笑して応じなかった。

「お父っちゃん、うちは一生結婚せえへんいうたやろ、勝手な返事せんといてや」

「そういうたかて、お前、女と生れたからにはお嫁に行かなあかんがな、わしも年やな、この頃急に孫の顔を見とうなったわ」

七十歳になってから、弥吉は急に浅香に結婚をすすめるようになった。浅香が結婚したら会社を止める、というのである。

「この頃どうも眼が霞んで、時々活字拾うの間違うわ、こんなことやったら、四万円も給料、貰ろておられんがな」

浅香が二十三歳になった時、貯金は七十万ほどになっていた。椿荘に移ってからも、弥吉は月に一万は、信託に預けていた。

浅香の白い顔には、まだ何処か淋しい翳りが残っていたが、浅香は小学校時代のいまわしい思い出も、昇之助との一夜も、高校時代の事件も、めったに思い出さなくなっていた。たまに思い出すことがあっても、それは今の浅香の気持をかき乱すほどのものではない。遠い山にたなびく霞の中の出来事になっていたのである。

しかし、浅香が男性に全くといって良いほど、興味を抱かなかったのは、小学校時代のあのいまわしい一時期が、女の春を氷らしてしまったためのようである。浅香は意識はしていなかったが……

浅香が二十五歳になった時、弥吉は毎朝、工場に通うのが億劫《おっくう》だといい始めた。たとえ弥吉が、活字を拾うのが人生の総てだと思い込み、誰がなんといおうと会社を止めなかったにしろ、もし浅香が弥吉の実の娘であったら、弥吉は七十になる前に会社を止していたのではないか。

弥吉の方から止したか、浅香が強引に止めさせたか、それは分らないが。

弥吉はその年印刷所を止めた。十六歳で活字を拾い始め、兵隊の五年間をのぞき、約五十年間、弥吉は薄暗い鉛の部屋の中で過したのである。途中から移ったにも拘らず、新しい印刷所の主人は、二十万円の退職金を弥吉にくれた。

「なあ浅香、これでわしの貯金は百万や、百万あったら、お前の亭主になる男も、わしを養うてくれるやろ」

弥吉はそんな時肩を張り自負《じふ》したような喋り方をした。猫背で肩を落してばかりいた弥吉にとって百万の金は、おそらく七十年の人生よりも偉大なものだったに違いない。

浅香は勤めるといったが、弥吉は許さなかった。

「内海の親父さんはな、前の親父さんに較べて段違いにええ人や、お前のことも、えらい心配してくれてなあ……」

内海の親父さんというのは弥吉を引き抜いた印刷所の社長である。五十前後のでっぷり太った赧《あか》ら顔で飴色の眼鏡をかけていた。

弥吉は会社を止めてからも時々、内海の親父さんのところに行っては、浅香の結婚相手の写真を持って来た。その印刷所の事務員や工員の場合もあるし、内海が印刷所とは別に経営している小さな出版会社の社員の写真もあった。その出版会社は虎の巻や、手品の本や、手相、占い、旅行案内などを出版していた。そこの出版物は全部、自分の印刷所で印刷するから原価は凄く安くなる。

印刷業界の繁忙もあって、内海は浅香たちが想像も出来ないような金を持っているようだった。

内海は弥吉が会社を止してから一度、近くまで来たからといって訪れて浅香と会ってから、酷く浅香を気に入ったようであった。

「ええ人を見つけますよって、それまでわしの秘書になってくれませんかな」

内海は冗談ではなしに浅香に頼んだが、浅香は応じなかった。

弥吉が内海から借りて来る写真を、浅香はいやいやながら見たのではない。男というものに関心はなかったが、弥吉が社を止めてから、どうしても結婚しなければならないのなら、しても良いと思うようになっていたのである。

浅香は弥吉が写真を持ってくると、二、三分念入りに眺め、それを綺麗な和紙で包みながら弥吉に渡すのであった。

「ねえお父っちゃん、百万円貯金あるなんて、あんまりいわないほうがええわ、お金目当ての人もあるよってなあ」

「そやけど、お前、百万円なかったら、わしというこぶつきのお前を貰ろてくれる人、居れへんがな、そやよってわしは、お前が男を知らんことと百万円も強ういうんや」

弥吉は心外なようであった。

男を知らん、と弥吉にいわれても、もう浅香の胸の傷はそんなに痛まなかった。ただ、少し微笑するだけである。

弥吉が会社を止めた以上、生活する場合貯金をおろさねばならない。それは弥吉にとって血の出るような思いであったのだろう。

「うかうかしとって、貯金なくなったらどうすんのや、早よお嫁に行かな」

そのくせ弥吉は、浅香に働いてくれ、とはいわない。浅香はその点で少し悩み始めた。

そんな或る土曜日、内海から電話がかかって来た。椿荘には電話があり、かかると管理人が呼びに来る。かかって来たのは弥吉に対してであった。

弥吉は部屋に戻って来ると、

「内海の親父さんが、明日の日曜日、お前とわしに、夕食を御馳走して下さるいうんや、明日は綺麗にして行きや」

弥吉は勝手に承諾したようであった。

「お父ちゃん、お見合と違うやろな」

「違う違う……」

内海に対して、浅香は別に好悪を抱いていなかった。十七、八貫はあるだろう、眼鏡の中の眼は細くおだやかな顔をしている。弥吉を引き抜いた時から、弥吉に対しては親切なようである。やり手の中小企業の社長にしては人が好いのであろうか。

だから浅香は、親切な人という印象は持っていた。おそらく明日の招待は、見合でなければ、秘書の件ではないだろうか。

浅香は四、五枚あるあまり上等でない着物の中から、好きな淡い藤色に赤い色模様のある着物を着て行くことにした。お嫁に行け、と弥吉がいい出してから、ぼつぼつ買ったものの中で、一番気に入っている着物だった。

念入りに化粧し口に紅を塗ると、浅香は見違えるほど美しくなった。

「浅香、お前はやっぱりえいしのお嬢さんやで」

弥吉は眼鏡を掛け直し、浅香に見とれて大満足である。

夏も終り秋にかかっていた。何年ぶりかで、浅香は弥吉と連れ立ち都心に出た。難波から地下鉄で梅田に行き、阪急電車に乗り換え芦屋で下りる。

「お父さん、ここら辺りは、金持の人たちばかりが住んでいるところよ」

浅香は電車の窓ガラスに顔をつけるようにして窓外の風景に見入った。六甲連山は緑に映え、まだ紅葉していない樹々は、遠くから見るとその一群だけ淡い茶色に変色している。白い壁と色とりどりの屋根と、大きなガラス窓が陽に映《は》えて美しい。

浅香の言葉も、アパートの中で弥吉に喋るより上品になっていた。

「うん、内海の親父さんはな、今度、芦屋に大きな家を建てたんや、きっとそれで呼んでくれたんや、芦屋の駅に迎えに来てくれてはるわ」

弥吉の声はこんな電車の中では大きい。浅香は少し赤くなった。どうしたわけだろう、家を出た時は、こんなに気がはずまなかったが、阪急電車の中から絵のような風景を見詰めているうち、楽しくなって来た。

芦屋の駅のプラットフォームに出ると、弥吉は神戸の方を向いて、

「ええと、右の方の改札口や」

改札口を出ると、カッターの上に淡黄色のセーターを着た二十前後の青年が、にこにこしながら弥吉に近づいて来た。

「池畑さんでしょ、僕内海圭一です」

内海圭一と名乗った青年は、ぼんやりと立っている浅香をちらっと見て会釈した。色白でほっそりしている。切れ長の眼が男には惜しいほど美しい。

「あっ、坊ちゃんですか、一度工場に来はりましたな、これは娘の浅香です」

浅香は慌てて頭を下げ、

「今日はお招きにあずかりまして有難うございます」

と弥吉がきょとんとしたほど、落ち着いて挨拶した。内海圭一は、駅の傍に自動車を置いていた。父にいわれて車で迎えに来たのらしい。弥吉は恐縮し切っている。

「新しく開いた土地で、駅からだいぶあるんです、右の方の山の上ですから」

浅香は自動車の中から、帝塚山よりずっと明るい芦屋の風景に見入っていた。時々視線が運転している圭一の後ろ姿に移る。

圭一は、K学院の文科の二年生であることや、今日は弥吉親娘と夕食を共にするのを、非常に楽しみにしていることなどを、明るい声で話した。父親がかつて使っていた印刷工親娘を迎えるような態度ではない。

芦屋川沿いに少し上り右の方の道に入った。舗装されている傾斜がきつく、道の両側は高い石垣の大きな邸宅ばかりである。

曲りくねり、五分ほどで小さな峯の頂きに出た。そこら辺りの山は切り開かれ、宅地造りのための人夫が働いている。

しかし、谷は海の方に拡がり、芦屋の家々の先は海であった。陽は緑の鏡のような海に映えている。

「綺麗……」と浅香は呟いた。

「親父はね、初め住吉に家を建てるといったんですけど、僕が強引にここを主張したんですよ、家というのは展望が第一ですからね」

圭一は浅香の呟きに応じた。弥吉がいった。

「うちのアパートも見晴しはよろしますで、これほどでもないけど、なあ浅香」

浅香は黙っていた。

内海の家は谷に面して建っていた。鉄筋の二階建である。クリーム色で大きな窓ガラスには水色のような色が入っている。白い門から玄関までは直ぐだが、谷に面した裏の芝生の庭は広い。浅香はこんな立派な家を訪問したのは初めてである。

内海はこの広い家で、圭一と中学三年の加奈と女中と四人で住んでいた。内海は着物を着ていた。洋服の時よりもずっと貫禄《かんろく》がある。

「いやあ、圭一のやつがあなたの写真を見て、一度ぜひ招待したいというもんやよって、弥吉さんは、ほんまにええ娘さんを持ったな」

浅香は、自分たち親娘が招待された理由を初めて知った。圭一は、一寸はにかんだような笑いを浮べながら、部屋を案内しましょう、と浅香を誘った。広い応接室で弥吉は、秋なのにしきりに額の汗を拭っている。採光の行き届いた明るい応接室は確かに暖かい。

「奥さんはお留守ですか？」

と弥吉は内海に尋ねた。内海は顔をくもらせた。

「それがなあ、この家を建て始めると同時に癌になって、K病院に入院しとるんだ、方角が悪かったのじゃないかと思とるんやけど、圭一の妹の加奈は、今日も病院の方に行っとるが……」

「お父さん、癌は癌だよ、方位とは関係ないよ」

圭一が声をとがらした。圭一が案内しましょう、と部屋の外に出たので浅香は従った。こんなに明るく世の中に不幸なことはないような家にも、やはり悩みはあるものである。応接間の隣は居間であった。ここは畳の部屋で、赤い塗りの四角いテーブルがあり、テレビなどが置かれている。

「ここも洋間にしようといったんだけど、親父が和室にしたい、というもんで負けたんですよ」

圭一は浅香にそう説明した。その隣は、キッチンルームで、次は内海と妻の和室が続いている。更に隣には予備のための和室と女中部屋が縦にならんでいた。

圭一の説明を受けるたびに、浅香は、

「はーあ」

といった。圭一は、おそらく馬淵町がどんな場所であるか知らないのだろう。

二階は総て洋間であった。圭一は先ず自分の部屋に案内した。右側は壁一面書棚で、東西の文学書がぎっしりつまっている。左側はシングルのベッド、窓に向って大きなテーブルがある。

想像していたより、ずっと殺風景な部屋である。浅香はどの部屋よりも丹念に見廻した。

「花がありませんのね」

「僕は、部屋に花を飾るのが嫌いなんですよ、そうだ、浅香さんは花が好きそうな女《ひと》ですね」

「好きな花があります」

「ほう、なんですかそれは？」

「葵の花です」

「葵？　どんな花かなあ、この家に似合いますか」

「似合わないです」

浅香はぽつんといった。どんな響きを圭一が受けたのかは知らない。圭一は一寸吃驚したように浅香を見た。

「妹の部屋は入ったらうるさいし、この隣なんだが……」

二人は間もなく二階から下りた。内海と弥吉は、和室の居間で酒を飲んでいた。内海と向き合っている弥吉は、骨と皺だけの老人であった。

浅香と圭一は芝生の庭に出た。微風がそよぎ、庭を取り囲んでいる白い鉄の柵にもたれると、傾斜した谷が底まで見下ろせる。浅香は怖そうに、柵をしっかり握り首だけ突き出して眺めた。圭一が吐き出す煙草の煙が、甘く漂ってくる。微風は山の上の方から吹いているようであった。

「秋になって葉が赤くなったら綺麗でしょうね」

「ええ綺麗ですよ、部屋に花がいらないというのは、家の廻りが総て花だからです」

圭一はさっきの浅香の返事が気になっていたらしい。少し風が強く吹くと髪が数本、浅香の額や頬にたわむれる。圭一は、まぶしそうな顔で、ふと浅香を眺めたが、思い切ったように、

「実はうちの親父がね、あなたを秘書にしたがってるんですよ、御存知だろうけど」

「はい」

「こんなことというのは、子として耐えられないんですが、親父は実に、女にだらしない方なんです、今までもたびたび問題を起し、母は幾度泣いたかしれません」

浅香は返事のしようがなかった。

「僕はお見合用に、あなたのお父さんが、親父のところに持ってきたあなたの写真を見て、親父のことをあなたにいっておく必要があると思ったんです」

浅香は表情を変えなかった。ただぼんやり微風に顔をなでられているだけである。陽が西にかたむくと山だけに谷のかげりは早い。

「私は秘書になる積りはありません」

やがて浅香は低くいった。圭一の顔に嬉しそうな表情が浮んだ。

「安心しました、僕はあなたを不幸にしたくないんです」

圭一はいき込んでいった。浅香は顔をそむけるとテラスの方を見た。居間で内海と弥

吉が飲んでいるのが見える。内海はしきりに浅香の方を眺めていた。ここから見ても大きな身体なのが分る。

夕食は芝生で行われた。四角い鉄の板で肉やネギをいためながら食べる、ジンギスカン料理である。もちろん浅香は食べたのは初めてであった。内海も弥吉も酒で赤くなっている。内海は食事の席で、秘書になってくれ、と頼み始めた。するとと意外にも、浅香の勤めにそんなに乗り気でなかった弥吉までが、内海の尻馬に乗った。

良い酒で度を過したのだろう、弥吉は完全に酔っていた。

「浅香、初めて勤めるのに、社長さんの秘書なんて、こんなええ話があるか、暫く社長さんの秘書になって、世の中のことも知って、男を見る眼もつくって、それでええ婿を摑むんや」

内海は肉をほおばりながら得たりと、

「そう思うな、これから結婚するには、社会を知ることが第一ですわ、浅香はんは家の中に閉じこもってるのが好きな性分やろけど、男を見る眼がどうしても狭まなる、しかし、それやったら、かすの男を摑む危険もある、それに、こんなことをいうたらなんやけど、弥吉君も会社を止めてるんやし……」

「お父さん、そんな話はいいじゃありませんか、折角招待していて、失礼ですよ、お客さんたちに」

圭一が内海の口を封じた。

「うん、それもそうやな……」

内海は別に不愉快そうな顔もせず、腹を揺《ゆす》って笑った。

食事が終ってデザートに移った時、圭一に客があった。女中が客の名を告げると、圭一は嬉しげな顔で立ち上った。圭一は間もなく同じ年頃の女性を連れて来た。俯いていた浅香は、顔をあげた。

眼の大きく広い額の、いかにも聡明な顔をした女性である。襟のところだけ茶色い線の白っぽいツーピースの姿が、清潔で美しい。

圭一は、その女性を同じ文学部の押川眉さんだと、浅香たちに紹介した。

弥吉は深く頭を下げ、浅香も固くなって挨拶した。圭一は楽しげに押川眉と話し始めた。浅香が理解出来ないような外国語が会話の間にはさまる。

圭一は時々、それでも浅香に話しかけたが、浅香は「はあ」と答えるだけである。

浅香は頭が悪い方ではない、高校でも卒業間際はかなり良い成績であった。

だが、機知に富んだ会話のやり取りは、頭の良さとは関係がない。

「お父さん、帰りましょう」

機を見て浅香はいった。内海も圭一も停めなかった。

圭一は弥吉親娘を昼の自動車に乗せ芦屋の駅まで運転した。昼と違っていたことは、圭一の傍に押川眉が坐っていたことである。

弥吉は、自動車に乗ると鼾をかいて眠った。別れる時、浅香は黙って頭を下げた。弥吉はふうふうしながら、浅香の腕にかかえられている。

浅香は、押川眉を横に乗せた圭一が、また車を運転して山道を上って行くのを、テールランプが消えるまで無表情に見送っていた。

だが、何年ぶりかで、その黒い瞳にかかった冷たい霞の幕に気づいたのは、夜の駅の灯だけであったろう。

浅香が、内海の秘書になることを承諾したのは、その翌日である。

浅香の給料は二万円であった。

「お父ちゃん、そんなことめったにないけど、もしうちが遅うなる時は電話するよって、おきなに電話して御飯たべといて」

浅香は初めて勤める日、弥吉にそういった。おきなは、椿荘の近くにある和食堂であった。椿荘の女たちは、大抵おきなから運ばせている。

内海は大喜びであった。浅香は印刷所の方に勤務することになった。内海は出版社と印刷所を掛けもちだが、隔日に印刷所の方に顔を出した。

浅香の仕事は電話のとりつぎと来客の応対と、それに附随する簡単な記録を日記風にしたためることだけである。

その印刷所は福島にあった。大阪で最も交通が混雑するあたりである。木造の二階建で阪神電車の傍にあった。

古い建物だが、ガード下の前の印刷所とは大違いである。工場も広く採光も良い。入ったところの左側が事務所になっており、二人の女事務員と三人の営業部員が居た。印刷工も五十名近く居た。

弥吉の娘であると、内海が皆に紹介したせいもあってか、無愛想な工員たちも浅香に気持良く接してくれた。

ただ、事務室勤務の男女は、なんとなく浅香によそよそしかった。秘書という地位を意識しているためかもしれないし、それ以外の理由のせいかもしれない。

それは、圭一が浅香に忠告した性質のものだろう。

内海が、浅香を退社時刻後に誘ったのは、勤め出して半月もたっていない。用事があるからと、近くの喫茶店に呼ばれ、今夜、御飯を御馳走しよう、といわれたのである。

「お父さんが心配ですから……この頃、身体が弱ってるんです」

内海は諦めたようである。しかし、一週間たって、今度は仕事の打ち合せがある、といわれた。

「女の事務員は、一万円から一万五千円の間や、あんたに二万円払ろうてるのは、時間外の仕事もあるからやないか、秘書の仕事は、見掛けほど楽なもんやない」

そういわれては、拒み切れなかった。浅香は仕事の都合で遅くなるから、と弥吉に電話した。

「一生懸命やるんや、内海の親父さんは、働くもんには幾らでも給料あげてくれる、わ

し は止める時四万円やった」

弥吉は前の印刷所から引き抜かれた時、三万六千円貰っていたから、止めるまでの数年間に、四千円昇給しただけである。

浅香はその夜、内海と食事を共にした。内海はすし屋に連れて行き、次にバーに行った。内海はバーでは、なかなか人気があるようである。内海はそのバーで、浅香のことを、

「上品な、ええ女やろ、わしの秘書だ」

を連発し、最後には女たちをしらけさした程である。バーを出ると内海は吐き出すようにいった。

「ふん、金めあての腐れ女が、わしは交際であんなところへ行くけど、しんから楽しんだことはない……」

内海は浅香の顔を覗き込むようにしていった。おそらく内海は、君とは人間が違うんや、と浅香をほめたらしい。もし、浅香の関心を得るため、バーの女をだしに使ったのなら、内海はかなり残酷な男である。

三月たった。内海はあの手この手で、浅香を誘惑しようとしたが、浅香は応じなかった。弥吉が寝たり起きたりするようになったのは、その年の冬である。

「お父っちゃん、うち勤めやめんでええか?」

浅香は心配してよく尋ねた。そのたびに弥吉は、少しどもるような口をねじるように

開き、

「お、お前が止めたら、ど、どうして喰って行くんや……」

弥吉は、貯金は一銭も下ろすまいと決心しているようであった。

浮浪児を自分の娘とし、背信の妻を責めもせず、鉛の工場で一生過した老残の男がたどりついたのは、守銭奴の境地であったようだ。

内海が浅香を酔わし待合旅館で襲いかかったのは、年があけてからである。ホテルに連れ込もうとして失敗し、暴力を振う場所として、堀江の待合旅館を考え出したのだ。

ところが浅香は、身体を蝦《えび》のように曲げ、声を出し、死にもの狂いで抵抗した。内海がそれ以上の攻撃を諦めたのは、自分の手で窓ガラスを割ったためである。

たまり兼ねた旅館の女中が、襖の外から声を掛けたのである。

体裁悪気に内海は浅香と共にそこを出た。浅香は旅館から少し離れると立ち停った。

「私、今日限りで止めさせていただきます」

かなり飲んでいる筈だしあれだけ暴れたのに、多少胸をはずませているだけで、言葉も顔も落ち着いている。

内海は拳を慄《ふる》わせ、はあはあいいながら浅香を睨んだ。

「勝手にさらせ」

と内海は四十年前の言葉で怒鳴ったが、間もなく堀江の市電通りをとぼとぼと歩いて行く浅香を息せき切って追い駆けて来た。

「すまない、悪かった、これから絶対こんなことはせえへんから、許してくれ、わしは君が好きになった、嘘やない、ほんまや……」

拝むようにして止めないでくれと頼む内海に、浅香は微笑を浮べて答えた。

「はい、分りましたわ」

内海の妻がK病院で亡くなったのは、浅香が二十六歳の初春である。内海が浅香に襲いかかってから一月とたっていない。

浅香は告別式に出ていない。

それから四、五日たって、浅香がアパートに戻ってくると、玄関口に立っていた人影があった。それは、半年ぶりに会う圭一であった。

「浅香さん」

圭一の声はどこか上ずっていた。

「おあがりになりません？」

「いや、そんな用事で来たんじゃないんです、君は、親父の秘書になっていたんだね、あれから直ぐ」

「はい」

「どうして、約束したのに、恥をしのんで君に親父のことをいったのに……」

浅香は、今歩いて来た天下茶屋の駅の方に戻り始めた。南海電車の線路沿いの道である。二月だがかなり寒い。圭一はシルバーグレイのダスターコートを着ていた。帰りを急ぐ勤め人が、急ぎ足でやって来る。赤い大きな月が東の空に出ている。丘にある椿荘の窓で、灯がついているのは、浅香の部屋とあと二つだけであった。

「お父さんとは、絶対、なんの関係もございません、お父さんに聞いてみて下さい」

「嘘だ、親父の女道楽は有名だ、母も泣きながら死んでいったんです、出版社の方の秘書の香川さん知っていますか、あの女《ひと》とも、親父は関係していたんですよ」

「はい、知っています」

「じゃ、やっぱり君は？」

「坊ちゃんが、どうして私が勤めていることを知られたのか知りませんけど、私と社長の間には、やましい関係はありません」

ああ、と圭一は溜息をついて、髪の毛を掻き毟《むし》った。天下茶屋の駅の灯が次第に近くなって来た。浅香は歩調をゆるめない。

「昨夜、香川さんが妙な男を連れて、父を訪ねて来たんです、怖ろしい女だった、香川さんは母が死ぬのを待っていたんだ、香川は母が死ぬと同時に、父に結婚を申し込み、親父に拒絶され、首にされたので、ゆすりに来たのです」

浅香は空を見た。星が薄く煌《きらめ》き始めている。

「坊ちゃんは、私が社長に結婚を申し込むと思って、心配で来られたのですか？」

「冗談じゃない、親父はエゴイズムな男だ、そこら辺りの女とは、絶対結婚なんかしない、僕は、君が親父にだまされていないかと思って……それが心配で、実は香川さんは、あなたと親父の仲をうたがっている、応接間で、そんなことをいっていた……」

そこら辺りの女、と浅香は胸の中で呟いた。

「坊ちゃん、御心配はいりません、私は父が気になるので、これで失礼しますけど、お父さんとの間に不純な関係はありません、さようなら……」

「あっ、君」

浅香は圭一の言葉を聞き流し急ぎ足にアパートに戻った。弥吉は眠っていた。新しいアパートだったが、数年の間には普通のアパートになってしまっていた。部屋もそうである。浅香は窓を開けた。

この頃、弥吉の身体はなんとなく病人臭かった。浅香が戻っても眼が醒めない時がある。堀江の一夜以来、浅香は内海の誘いに応ぜず真直ぐ帰宅していた。内海もめったに誘わない。弥吉が眼を開けた。

「おう浅香か、帰って来たん知らなんだ、早よ飯にしてくれ」

「うん、直ぐするからな」

浅香は窓辺に立って天下茶屋の駅を眺めた。プラットフォームで電車を待つ人々は人形のようである。圭一はもう電車に乗っただろうか。白くほっそりした圭一の顔を求めるように浅香は暫く窓辺に立っていた。

早よ飯を喰いたい、というがいざ食卓に向うと弥吉は一杯ぐらいしか喰べられなかった。

四月になった或る日、浅香は再び内海に誘われた。

「折り入って話したいことがあるんや、料亭に行っても良いが、また前みたいなことすると間違われたら困るから、グリルで飯でも喰おうやないか」

内海の話し方には、何時もと違って重いものがあった。浅香は承諾した。浅香はおきなに電話して、弥吉のところにすしの盛り合せと赤だしを運んでくれるように頼んだ。

内海は道頓堀に面した高級グリルに浅香を連れて行った。内海はコップのビールを一息にあけると、間を置かずにいった。

「どうや、わしと結婚してくれへんか？」

そういわれた時浅香は、自分の予感が当っていたのを知った。浅香は俯いた。

「はっきりいって、わしは今年で満五十歳や、あんたとは二十以上も年が違う、しかし、年の開きがなんや、わしはあんたを愛しとる、愛しとるのじゃよ、こんなことを人にいうのは初めてやが、わしの総資産は二億ある、不動産が一億、現金、株券その他が一億、二億じゃ、わしが死んでも三分の一、約七千万円はあんたのものや、はは、わしは百まで生きる積りやがな、どうや、真剣に考えてくれんか……」

浅香は俯いてビールを少し飲んだ。

「あんたには恋人があるのか？」

「いいえ、ありません」

「そりゃ、ほっとした、それだけが心配やった、なあ、考えてくれんか、なんだったら、明日にでも弥吉さんに話しに行く」

「父は身体がかなり弱っているようです」

「直ぐ病院に入れようやないか、大学病院の特等室に入れよう」

浅香は顔をあげた。その時の浅香の眼は黒く潤《うる》み、遠い何処かを見詰めているようであった。内海はそんな浅香の顔を、もの狂おしい表情で眺めている。

「少し考えさせて下さい」

内海の顔に喜びの色が走った。内海は即座に拒絶されると思っていたらしい。そのため内海は、財産まで裸にしたようである。

「わしは、弥吉さんのアパートを訪ねて、初めてあんたを見た時から、好きになったな、単なる色恋と違う好きさや、これはあんたも分ってくれると思う、そうでなかったら、見合相手の写真を、あんなにたくさん弥吉さんにことづけたりせえへん、かりにも社長がやで、止めてしもた従業員の娘さんにわざわざする筈あれへんやないか、そうやろ」

内海は念を押すようにいった。浅香は頷いた。内海は喜び、一人でビールをつぎ、また一息にあけた。

「ところが、あんたには、どうやら結婚の意志がないらしい、いうことが分って来た、途端に、わしはあんたが欲しなった、まあ、人間て浅間しいもんじゃ、吾ながら情け無いと思う、挙句《あげく》の果てに、一世一代の大恥をかいたんやが、あの夜から、わしはあんたを見直した、いいや、好きという気持から、惚れたんや、わしは小学校だけしか出てへんし、旨い言葉はよう使わんが、惚れた、だから、良江も亡くなったし、こうして結婚を申し込んでるんや」

内海の言葉も声も熱を帯び、女の心を打つものがある。昔の言葉でいえば、実が感じられる。だが浅香は相変らず、遠くを追うような顔をしていた。

「女の方がたくさん……」

「みな切った」

最後までいわさず内海は押えつけるようにいった。

「坊ちゃんやお嬢さんが反対されるでしょう」

「親がすることを最後まで反対するようなやつは子でもない娘でもない、というてしまえば、身も蓋もないが、圭一はあんたに好感を持っとるし、大丈夫や、娘は少しきかん気やが、人一倍淋しがりやよって、直ぐなつくやろ、それまでに、わしがこんこんといい聞かせる、それはまかせて欲しい」

「分りました、一週間ほど考えさせて、いただけませんか」

と浅香は答えた。

その夜浅香は弥吉に、内海から結婚を申し込まれたことを話した。

「お、親父さん、だ、誰と結婚するんやって」

慄える手で、コップ酒を口に運んでいたが、その意味が、やっと分ると、両手をあげ、

「バ……」

といいかけるとその場に倒れた。おそらく万歳といおうとしたに違いない。それが、浅香に残した弥吉の最後の言葉である。怖ろしいような鼾が弥吉の鼻から洩れ始めた。

「お父っちゃん」

浅香は悲鳴のように叫ぶと、弥吉の身体に取り縋ろうとしたが、直ぐ管理人室に走った。弥吉がこと切れたのは、医者が来て十分もたたない間である。懐中電燈で瞳孔を見ていた医者は、浅香を見て首を振った。

「お父っちゃん！」

浅香は弥吉の身体に縋りついて泣いた。

弥吉に拾われて約二十年、浅香が涙を流したのはこの時が初めてである。

葬式は内海印刷所の社葬にすると内海はいったが浅香が辞退した。それでも内海の会社の葬式係が手伝いに来てくれて、浅香に取っては大助りだった。馬淵町に居た頃、弥吉に遠い親類らしいものが故郷に二、三軒あるのを知っていたが、浅香は知らせなかった。だから弥吉は血縁関係の者には一人も附き添われずに骨になったわけである。だが死んだ弥吉に心あれば、浅香が見守っていてくれたことで、満足だったろう。弥吉の故郷は奈良の奥というだけで、浅香は墓が何処にあるかも知らない。そういえば弥吉は先祖に対しては、全く無関心であった。確か十津川という地名を聞いたようである。十津川は吉野から更に南の山奥である。浅香は十津川の役場に電話した。戸籍係の調べによって池畑弥吉の本籍が十津川であることが分った。浅香は弥吉の骨壺を抱いて、寺のない十津川を訪れている。

浅香が内海の妻になることを承諾したのは、その年の秋であった。

それまでに内海は圭一も妹の加奈も承諾したからと、浅香にいっている。

浅香は結婚を承諾するまで二度、芦屋の内海の家を訪れていた。最初の時は、内海の太鼓判にも拘らず圭一も妹も居なかった。

浅香と顔を合わすのを避けたのであろう。二度めの時は二人共居た。

圭一はあまりものもいわず落ち着きがなかった。

加奈は圭一に似ない色の黒い娘であった。眼の細いところは父親似なのか。

浅香の前で固くなり、意識して浅香と視線を合せるのを避けている。強情そうな娘であった。

圭一は間もなく居辛そうに姿を消した。内海がトイレに行ったのか、席を外した時、浅香は加奈にいった。

「加奈さん、私はもう直ぐあなたのお母さんになります」

浅香の声は、風のない日、六甲の樹々の葉がふとすれ合った時のように、もの静かであった。加奈は唇を咬み締め浅香を睨むように見詰めたが、浅香の視線と合うと、さっと眼に恐怖の色が走った。

高校一年の加奈が、浅香の眼に見たものはなんであったのか。

内海は結納金として五十万浅香に渡した。浅香はそれと、弥吉の貯金を半分下ろし、百万円で嫁入り仕度をした。

浅香はそれについて、内海に次のようにいっている。

「私の荷物が着く日は、必ず、圭一さんと加奈さんを、家に居させて下さいね」

内海は盛大に結婚式をやろうといったが、浅香は反対した。浅香の提案は、結婚、披露には従業員を出来るだけ多く呼んで欲しい、ということだった。

対外的に盛大にするより、内輪で盛大にしたい、というのである。

「うん、それはええ思いつきや、この頃、印刷場の若者を使うのは往生してるんだ、残業は嫌や、そのくせ給料あげろ、それが嫌やったらよそに移る、まあ結婚披露にでも呼んで、なだめといた方が、ええかもしれん」

式と披露は阿倍野の天王閣で行われた。二百人近く集ったろうか。

浅香の晴れの姿は、意地悪い視線で浅香を眺めようとした一部の人々をさえ、一瞬、眼を見張らしただけの美しさがあった。

こうして浅香は、芦屋の豪壮な家の女主人になったのである。

広い家で、浅香がしなければならないことは、殆どなかった。

昼は、圭一も加奈も学校に行く。掃除やこまごましたことは女中がする。

週のうち三日は、内海は宴会で遅くなる。それが嘘でないことは、長い秘書勤めで、浅香はしっていた。

ただ、浅香が内海家に入ってから、圭一も加奈も家に帰るのが遅くなったようだ。二人とも、日が暮れなければ戻らない。加奈はたまに早く帰って来ると、大抵友達を連れて来た。浅香は放任していた。

ただ、週のうち二日ぐらいは、夕食で全員顔を合せる。

「今日は家で飯喰うで」

そんな日、内海は出かける時、浅香に告げる。

浅香は、圭一と加奈にいった。

「今日はお父さんが早く帰られるから、夕食前に帰ってらっしゃい」

平常放任しているせいか、そんな時二人は、浅香の言葉に従った。

結婚以来、内海は二十代の青年に返ったように、殆ど毎夜、浅香の身体に溺れた。

浅香の肌は、おかいこのようにきめが細く、そして艶がある。内海は明るい電気の下で、浅香の身体を俯け、横にし、立たせ、飽くことなくむさぼった。

「わしはな、数え切れぬほど女と遊んだけど、お前のような身体した女は正直なとこ、二人めや、だいたい、お前のような餅肌の女はな、抱いてて燃えてくると、水気が多うて大味になるもんや、だから、ぽっちゃっとした肌の綺麗な女というのは、世の中でいわれるほど、ええもんやない、ところがお前は違う、こう、抱いとって最後になればなるほど、熱うなって、男のもんを吸い取るようや……」

内海は浅香に、そんな女の体を俗語では、こういうんや、と教えたりした。

「私、この年まで、なんにも知らないから、だめですわ、あなたを満足させることも出来ないし」

「そこがええんや、初めから知ってるような女を嫁さんにするかいな、これから、時間かけて、ゆっくり教えたるさかい……」

浅香は内海の教えることを一つ一つ覚えていった。といって、浅香は、内海との夜の行為には女の喜びを感じていたのではない。

これは、口が腐ってもいうまいと決心しているが、なんにも感じないのだ。苦痛は一週間ほどで取れたが、それだけである。内海は良く卑猥な俗語を発する。浅香は、遠い昔、そんな言葉を嫌というほど、康江と相手の男たちから聞かされている。結婚して二か月めぐらいから、浅香は内海との夜の生活で、声をたてるようになった。

喜びを知ったからではない。そんな演技が出来るほど、内海の行為に慣れてしまったからである。その演技の数々は、浅香の脳裡の氷の記憶の扉を開けさえすれば、一つも失われずに保存されていた。

内海は、浅香がついに喜びを知った、つまり自分から逃げ出さなくなった、と思ったようである。

圭一は、時々酒を飲んで帰ってくるようになった。明るかった顔は、何処か淋しげな翳を漂わし、帰って来ても、自分の部屋に閉じこもったきり居間にも下りて来ない。

浅香は、圭一の部屋を訪れなかった。ただ女中に命じて、紅茶や果物を運ばせた。

浅香が、芝生の庭の一隅に藤棚をつくったのは、翌年の春である。この件について、浅香は圭一の意見を尋ねたが、圭一は好きなようにして下さい、というだけであった。

浅香は、新しい生活も慣れたので、琴の稽古を始めるようになった。高校時代から、琴だけは習いたかったのである。

芦屋に生田流の良い先生が居た。浅香が内海にいうと、

「そうやな、退屈やろから琴でもやったら良いな」

と賛成した。しかし、内海は浅香が、完全に自分の妻に成り切った、と信じた頃から、再び昔の悪癖が出始めていた。女関係である。浅香はもちろん、嫌な顔一つ見せなかった。浅香に取って、内海の私生活など、どうでもよいことなのである。内海は時々外泊した。

浅香は内海を愛して結婚したのではない。結婚したのちにおいても、浅香の内海に対する感情は変らなかった。

結婚して一年めの秋、内海は出版社の方の仕事で、十日ばかりかかって中国四国九州を廻ることになった。

内海がこんな長期間、家をあけるようになったのは初めてである。

浅香の琴の上達は、先生も驚くほど早かった。普通、許しの免状を取るまで三年かかるが、先生は二年足らずで出せるだろう、といっている。黒髪とか越後獅子など稽古の

小曲を、浅香は夜遅くまでひいた。

圭一は、家に帰って来る時、淡青色の灯のついた青い芝生に面した部屋で、浅香が琴をひいている姿を見ることがある。

そんな時圭一は、浅香に見つからないように眺めていた。

内海が出張して三日めの夜のことである。琴をひいていると電話のベルが鳴った。内海からである。四国の高松からかけているという。

「元気でやっているから安心してくれ、圭一も加奈も元気か、いや、別に呼ばんでよろしい、ええ土産買うて帰るから楽しみに待っとってくれ、また明日にでも電話する、家に居らなあかんぞ」

内海は酔っているようである。女の声が傍でした、芸者かなんかであろう。内海は、昔の悪癖が始っていたが、浅香を愛していることだけは間違いないようであった。

内海のような男の場合、女遊びは一生止まないのではないか。

圭一が帰って来た。ただ今、と声をかけ、居間には顔を出さず、二階に上っていった。

加奈は、一時はぐれるかと思われたが、高校の二年になってから、東京の大学に行くんだ、といって勉強に熱中し始めていた。

圭一は、最近はめったに、夕食を家でしない。内海が昔の癖を出し、週二日の全員揃った夕食が出来なくなってから、大抵外で食事を済まして帰るようであった。それにここ半年程、圭一は時々外泊するようになった。

浅香は、紅茶と果物を女中に用意させた。

「良いわ、私が持って行くから」

浅香は盆を持ち、階段を上っていった。静かにドアをノックした。

「誰？」

神経質な声がした。

「私よ、紅茶を持って来たの、ドアを開けて良い？」

「ああ、あなたか……」

と圭一は低くいった。圭一は浅香と話したがらない理由の一つは、この言葉にもある。圭一にしては、浅香のことをお母さんとも呼べない。どうしてもいわねばならない時、圭一は、あなた、と呼んでいる。

加奈は浅香さん、であった。

背広のまま圭一はベッドに横になっていたようである。浅香が部屋に入ると、圭一はベッドに腰を下ろした。浅香はテーブルの上に紅茶と果物を置いた。

圭一はかなり酔っているようである。眼は充血し、頰はそげていた。浅香はもの憂い微笑を浮べ、圭一の部屋を見廻した。

相変らず書棚には本がぎっしりと詰っているが、なにか寒々とした感じである。おそらく長い間、手を触れられたことがないのであろう。圭一は両掌で頰を押え、浅香を見上げていた。

「少しお話ししても良い？」

「どうぞ」

浅香は椅子に腰を下ろした。

「来年は卒業ね、どうするの？」

「どうもしないよ」

「遊んでいるの？」

「働くよ、心配しなくたって」

圭一はポケットから煙草を出し口に咥えた。ふてくされたような態度である。

「この頃、よく外泊するわね」

圭一は苦い笑いを浮べて煙を吐いた。初めて会ってから三年間、圭一も完全な大人になったようであった。

「押川眉さんて方、どうしていらっしゃるの？」

「ああ、あの鼻もちならない気取りやか、かさかさになってるよ」

圭一は吐き出すようにいった。

「そう、私、圭一さんの恋人かと思っていた」

「冗談は止して下さい、寒気がする」

「あらっぽいおっしゃり方、圭一さん、そんなに私が憎い？」

浅香は微笑を浮べると紅茶茶碗を取り、圭一に差し出した。圭一は黙って受け取った。

一息飲むと、身体をゆすりながら、

「あなたは、どうして親父なんかと結婚したんだ」

「お父さんが好きになったからよ」

「嘘だ……」

「それじゃ、ほかにどんな理由があるの」

「君の胸に聞けばいい」

「金めあてと、おっしゃりたいのね……そう思うなら、そう思っても良いのよ」

「なにもそうだといってやしない」

圭一は急に弱々しくいった。眼に苦悩が浮いている。圭一は煙草を吸い、紅茶を飲んだ。浅香は相変らずもの憂い微笑を浮べていた。

「秋になったら、急に蚊が増えたわね、私、酷くかまれちゃったの、ほら……」

浅香は手をあげて、着物の袖をまくった。白蠟のような腕が圭一の前に現われた。ふっくらした二の腕あたりに、二つの赤いふくらみが出来ている。圭一の眼がそこから外れた。

「おかしな蚊、お袖の中に入って来て咬むんだもの」

浅香は立ち上った。

「時々、下に来てお話相手になって、それから勉強しなくっちゃ駄目よ、来年は卒業ですもの……」

「僕は子供じゃないよ」

浅香はドアまで来て振り返った。

「子供だわ」

浅香の黒い眼が異様に輝いた。男の心を吸い込むような魔性《ましよう》めいたものがある。

浅香は廊下に出ると、一寸戸口に佇《たたず》んだ。圭一がベッドに倒れる音がした。浅香は能面のような顔で居間に戻った。

その夜浅香は、深夜まで琴をひいた。午前一時頃、階段がきしむ音がした。門が開き、エンジンの音がして、自動車は闇の中に消えて行った。

翌日、浅香は神戸に出た。神戸の街に出るのは三月に一度ぐらいである。芦屋に来て以来、大阪には殆ど行っていない。

浅香が訪れたのは、三宮にある私立探偵所であった。この前神戸に来た時、ガラス戸に書かれた金文字を浅香は覚えていたのである。

探偵所の所長は眼鏡を掛け鼻下に髭を蓄えた四十五、六の男であった。彼は浅香が用件を告げない先に、たとえどんな調査依頼でも、絶対秘密を守る旨、くりかえし喋った。

「私の方の信用は、何処でお聞き下さっても結構でございます」

「子供の素行調査をお願いしたいのです」

「はあ、お子さんとおっしゃいますと……」

「義理の子なのですけれど」

浅香は圭一がここ一年ほど前から時々外泊することを告げて、特定な女性関係があるかどうか調べて欲しい、と頼んだのである。

それから浅香は、天町で一寸した買物をすると、直ぐ自宅に戻った。

その日も、浅香は深夜まで琴をひいた。夕食は加奈と一緒にした。加奈は受験勉強に専心するようになってから、顔を合せても、浅香の視線を避けなくなっていた。生きる目標が出来たことが、加奈の苦悩を柔らげたのであろう。

「お琴、遅くまでひいていてやかましくない？」

「少しも、この家は防音装置完璧だから……」

浅香は結婚前、加奈が見せた冷たく霞んだような瞼を、あれ以来見せていない。それに、父親の女狂いが、また始ったことを敏感に悟り、それが浅香に対する気持を少しずつ変化させていったのだろう。

おそらく加奈は、浅香が、琴で淋しさを紛わせているると、思っているのだろう。

「お兄さん、学校を出たらどうする気かしら、お父さんの会社には入らないといってるし、就職先も決めてないようだし」

「自分に甘えてるのよ、兄さんは、だいたい私、文科なんて嫌いなの」

「そうだったの、私また加奈ちゃんも大学の文科に行くんだと思っていたわ」

「違うわ、医者になるの」

「まあ、お医者さんに、素敵だわ」

加奈との間に、漸くそんな会話も出来るようになった。

内海は行く先々から電話を掛けて来た。何時も酔った声である。賑かな感じの時もあるし、静かな部屋らしい時もある。だが、どんな場合でも、浅香は内海の傍に、それぞれ違った女の気配を感じるのである。

内海が明日は帰るという日、浅香は新聞の朝刊で、昨夜、大阪市浪速区馬淵町に火事があり、一軒の旅館と二軒の家が焼けた記事を読んだ。浅香はその記事に幾度も眼を通した。

浅香は女中に、夕方までに帰ってくるから、といって家を出た。

遠い霞の中の生活だったが、それは浅香の脳裡《のうり》の氷の扉の中にしまわれている。少々のことがあっても、自分の意志以外に、その扉を開かないだけの年月の重みを、浅香は身につけている。その積りだった。

浅香がその新聞記事を見て、馬淵町を訪れてみる気になったのは、どういう心境か。それは浅香にもはっきりしない。ただ彼女は忘れていた小さな買物を思いついたような気持で、訪れたのであった。

地下鉄の動物園前を上ると、昔、浅香が朝昼見慣れた交叉点に出る。その辺りは十年前と殆ど変っていない。日中なのに、汚れた手拭いを首に巻き、赤い顔をした労働者風の男達がうろうろしている。浅香は交叉点を横切り市電の車庫前の舗道を歩いた。古物屋や、百円の散髪屋が並んでいる。

浅香が弥吉と共に過した馬淵町は、昔よりもずっと綺麗になっていた。浅香の記憶に残っていたのは、もっとごみごみした町であった。道幅も広いような感じがした。バラック小屋が片付けられたせいかもしれない。ただ道を歩く人々は、昔とあまり変らないような気がした。浅香は知った顔に会わないかと思ったが、出会わなかった。ただ、戸の隙間から、もの珍しげに浅香を眺めている視線はあった。好奇心からであろう。

旅館の焼けあとには縄で囲いが張りめぐらされ、鼻汁をたらした子供たちが、四、五人集っていた。もうくすぶりの煙もないが、三人の男達が囲いの中に居た。腰をかがめ、なにか探しているようだ。手帳にメモしている男も居た。出火原因が分らず調査しているのであろうか。見覚えのある旅館の太った親父もその中に居た。浅香をぽかんとした顔で眺めている。おそらく浅香であることに気づいていない。

浅香が住んでいたアパートは、手入れされたのか、昔よりも綺麗になっていた。壁も塗りなおされている。だが、それは老醜の上に化粧をしたような感じであった。

アパートに入れば、必ず知った人に会うだろう。浅香の右隣には工員夫婦が居た。左隣は左官屋であった。何れも多勢の子供が居た。浅香は中には入らずアパートを一廻りした。浅香が居た部屋の窓の手摺りには、洗濯ものが掛っている。

浅香が市電通りに戻ろうとすると、横あいから出て来た女が、立ち停った。

「まあ、浅香ちゃん」

浅香はその女を見た。二十四、五だろうか。髪を赤く染め、爪に真赤なマニキュアをした女である。

高江だった。浅香が高校を出てアパートを変る前、高江は中学一年だった筈である。当時高江は、浅香に憧れていたようである。

浅香が微笑すると、高江はまぶしそうな眼になった。浅香は高江の言葉から、椿荘に移転したのちも、弥吉が月に一度ぐらい、ここを訪れていたことを知った。弥吉は浅香に一度もそのことを話していない。

「新聞で火事を見て、来てみたの？」

高江は浅香に、今どうしているか、と尋ねたが、浅香は結婚した、とだけ告げた。

「久し振りやなあ、うちなんか顔も見られへんほど綺麗になりはって、お母ちゃんも喜ぶわ、うちに寄って」

「一寸、急いでるの」

だが浅香は、高江の口から思い掛けないことを聞いた。二、三か月前、浅香のことを聞きに来た男が居るというのである。

若い男で、坊ちゃんのような感じだったという。

「あの当時の人たち、だいぶ変りはったわ、だから、古くから居るうちのところに聞いて来たんよ」

男は高校時代の浅香について、詳しく尋ねたらしい。結婚するので、身元調べに来た、と理由をいった。

「金持のお坊っちゃんみたいな人ね、あの人と結婚しはったん？　浅香さんは凄く真面目で、男なんか、相手にしたことないと、いうといたのよ」

その男は圭一のようであった。どうして、今時分、そんなことを聞きに来たのだろうか、浅香はもの憂い微笑を浮べた。圭一は浅香がここに居たことをどうして知ったか、弥吉が引き抜かれる時、内海の会社の者が来たから、内海にでも聞いたのだろうか。

「お母ちゃんによろしくね」

なごり惜し気な高江を残し、浅香は馬淵町を去った。

浅香は圭一に、そのことをなにも尋ねなかった。

その夜も、内海から電話が掛って来た。明日福岡から飛行機で帰るが、どんな土産物が欲しい、と尋ねた。浅香は立派な博多人形を頼んだ。

内海は行く先々で、女と遊んでいただろうに、帰宅した夜は狂ったように浅香の身体を求めた。

不思議な変化が浅香の身体に起った。十日間離れていたことが、なにかの作用を加えたのか、浅香は身体のしんが溶けるような、女の喜びをその夜、初めて味わったのである。

馬淵町を訪れたことが影響しているのか。それは、浅香にも分らない。都会では少なくなった秋の虫の声も、芦屋の山では、まだ昔と余り変っていない。

浅香の地を這うような嗚咽は、秋の虫に交り、夜明け近くまで続いていた。細い眉の下に美しい黒い眼を持った大きな博多人形は、浅香の枕元で、またたきもせず男女の業を見詰めていた。

内海が大きな鼾を立てた時、浅香は階段を静かに上って行く足音を感じた。

内海は出張から帰って来ると、一月近く女遊びを止めたようである。世の中で最高の女や、だが、獣になって浅香に捧げる内海の讃辞も、所詮一月しか内海の多情な血を押えることが出来なかったようである。

内海がまた、外泊し始めた時、浅香は、神戸の私立探偵所から、圭一の素行調査報告を受け取った。

それによると圭一の素行はかなり乱れていた。一日置きぐらいに一人で夜の街を飲み歩いているという。とくに、大阪の阿倍野界隈の安っぽいバーや飲屋で、じゃんじゃん金を使っているらしい。ただ、浅香の予想と全く違っていたことは、圭一に、特定の女は居ない、ということである。

「……外泊の際は大抵一人で飲み疲れて安宿に泊っています、詳しく記載しましたように、約一月半の間に外泊日数は八日、そのうち女性同伴は二日です。二人の同伴女性は、違った店の女であり、以上の調査結果から見ても特定の女性が存在するとは考えられません……」

浅香が、その報告を受け取った夜、内海から麻雀で徹夜する電話があった。内海は、外泊する夜は、必ず浅香に電話を掛けている。

　珍しく圭一は、早く帰って来て、自分の部屋にこもっているようである。浅香は琴をひいていたが、女中に、下でお茶を飲まないかと、圭一と加奈に告げにやらせた。

　下りて来たのは圭一で、加奈は部屋に持って来てくれ、ということだった。

　酒を飲んでいない圭一は青い顔をしていた。圭一は、脂気のない髪を掻きながら、

「琴、凄くうまくなったですね」

「圭一さん、お琴、分るの？」

「上手か下手かぐらい分るよ」

「今夜、お父さん、麻雀で帰らないんですって」

　圭一は眉を寄せた。圭一は女中にウイスキーを持って来させた。

「学校を出てからの生きる道がやっと決ったよ、僕も東京に出る」

「東京でなにをなさるの？」

「先輩が勤めている出版社に入る」

「出版社だったら、お父さんの会社に入ったらいいじゃないの」

「虎の巻や赤本を出版している会社じゃないんです、あんなの、出版社といえない」

「そうかしら、私には分らないけど」

「文学書や絵画の本を出版しているんだ、小さいけど、歴史の古い名の通った出版社だよ」

圭一はぶっきら棒に、浅香にも飲まないか、といった。

「いただくわ、お酒飲んだことはないけど」

浅香は圭一が飲み干したグラスを取った。圭一がついだ。微かに手が慄えている。

「そうね、どうせお父さんのあとをつがねばならないんだし、勉強のためにいいわね」

「冗談じゃない、親父のあとなんかつがない、親父が死んだら、今の会社整理して、東京で自分で出版社を始める」

「工員さん、どうなるのかしら？」

と浅香は呟いた。

「印刷所の方は、あなたの財産にしたらいい、それとこの家とで三分の一以上になる、加奈には、現金や株券、半分渡せばいい、それでも三千万にはなるだろう」

「怖いことを考えているのね」

「人間、誰でも思うことです、ただ口にしないだけだ」

浅香はむせないように、少しずつウイスキーを飲んだ。圭一は女中にコップを持って来させた。コップにウイスキーを半分ほど入れ、口に流し込んだ。

「でも、圭一さん、思っていること、少しもおっしゃらないじゃないの？」

「どんなこと？」

「どうして、馬淵町に行って、私のこと調べたの？」

圭一はウイスキーのコップを持ったまま、呆然と浅香を見詰めた。圭一はかたかた歯を鳴らしながら、コップを置いた。圭一は苦しそうな顔になり俯いた。

「私、なんとも思っていないの、幾ら調べられたって、なんにも出て来ないもの、白い紙のように、綺麗な過去よ、悲しいぐらい……」

圭一は、手で額を押え、首を振った。

「分らない、僕にはあなたのことが分らない、余り分らないんで、一緒に暮していると、気が狂いそうだ、意地悪な気持で調べに行ったんじゃないんです、ほんとうだ、あなたのことを知りたくて行ったんだ」

「どうして、私のことが、そんなに知りたいの？」

浅香は覗き込むようにしていった。俯いている圭一の額に、そっと自分の額をつけた。圭一は身体を慄わせて、顔を上げた。

「まあ、怖そうな顔、私、額で押しっくらをしようと思ったのに」

圭一は立ち上ると、顔を押え二階に上ってしまった。浅香は琴の前に坐った。二、三度、象牙の爪ではじいたが、諦めたように琴の傍を離れた。浅香は庭に出ると藤棚の下に立った。山々は明るい月の光りに稜線《りようせん》をどこか青みをおびた闇の中に浮び上らせている。秋になると山の夜気は冷たい。二階には二つの灯がついている。

この豪華な家の女主人が、十八の年まであんな場所に居たと誰が想像出来ようか。

それは、この家の雰囲気のせいではない。天性の品位、優雅らしさ、そして女らしい美しさが、浅香にそなわっていたからである。

浅香がどうして内海と結婚したか、その真意を知る者は居ない。

昔、十五歳の浅香は、なにも分らず旅廻りの役者に、汚れた街から眺めるような虹を見、憑かれたように身体を与えてしまったのだ。

だがその虹は、傍に近寄った途端、空しく消え、浅香が見たのは、泥川のぶつぶつした泡だけであった。

だが、浅香にそんな虹を夢見させるものはなにか。それは、浅香が胸の中に秘めている藤棚と葵の花と、長い黒髪をもった美しい女人の夢とおそらく関係あるに違いない。

その夜浅香は蒲団に入ったが、何故か胸が火照って眠れない。

午前零時ごろ、浅香は二階から、荒々しく下りて来る足音を聞いた。耳を澄ましていると玄関に行くようである。

浅香は、白地に葵の花を散らした少女のような浴衣の前を合せ、庭からカーポートの傍に歩み寄った。

圭一が、車のエンジンをかけようとした時、浅香は車の前に立った。

圭一は驚いたように車から下りて来た。

「何処に行くの、こんなに遅く……」

「何処でもいいじゃないか、あなたに干渉される覚えはない」

「部屋に戻って下さい、お話しすることがあります」

圭一はふてくされた態度で、ズボンのポケットに手を入れ、家に入った。

「あなたのお部屋に行きましょう」

圭一は無言で、浅香を入れた。隣の部屋では、加奈が勉強している。ドアの隙間から灯が見える。防音装置があっても、話し声は微かに聞える筈である。

話があるといったにも拘らず、浅香は喋らない。じっと圭一を見詰めている。

「なんの話です」

「あなたの行動を私立探偵に依頼して、調べさせました、きたない女の人と遊んでいるのですね」

「き、君は、なんということを……」

浅香は圭一から視線を離さない。圭一は怒りたった。

「卑劣なことを……」

「あなたも同じです」

と浅香は静かにいった。

「理由が違う」

「じゃ、おっしゃって下さい」

圭一は胸のうちなる炎に耐え兼ねたように荒々しく部屋の中を歩いた。

「僕には、君が分らない、いや、僕の気持も分らない、親父の財産をねらった女に対する、軽蔑、不信、憤《いきどお》り、いやそうじゃない、君は親父の財産をねらったのじゃない、じゃ、君はあの親父を愛したのか、本能だけの獣のような男を、僕には考えられない、だが、そんなことはどうでもいい、僕は僕の母になった君を憎みながら、疑いながら……」

圭一は口を閉じた。圭一の顔には絶望的な苦悩が浮いている。

圭一は、がっくりと腰を下ろした。

「僕は君を愛している」

浅香は静かにいった。

「じゃ、どうして……」

「君の本性を知り、胸の汚れた炎を押えたかったのだ、だが君はあまりにも美し過ぎる、いや美しいなんて、いうもんじゃない」

「そのことじゃありませんの、どうしてつまらない女と……」

圭一は狂ったような眼を浅香に向けた。

「自分自身に絶えずいい聞かせたかったのだ、君は所詮……」

「あなたが、酔って抱く、街の女と一緒なんだと」

「だが、だめだ、君は全然違う、君は、何者なんだ？　僕は明日、家を出る」

「圭一さんて、残酷な方なのね」

「残酷だって、僕が……」

浅香はこの時、ドアの外にしのびよる人の気配を感じた。階段を上る足音はしなかったから、加奈に違いない。

浅香はベッドに腰を掛けている圭一の傍に歩み寄った。浅香が圭一の顔の前に立ち、静かに圭一の髪の毛をまさぐるのを、圭一は信じられないような顔で見上げた。

「私の素姓《すじよう》など、悩まなくてもよかったのに、私は東京の大きなおうちに生れたのよ、ここの庭よりも、もっと大きなお庭、でも、戦災で、私は浮浪児になって、気がついてみたら、弥吉さんに拾われていたの、圭一さん、あなたは、私が分らない、とおっしゃったわね、じゃ分るように教えてあげます、簡単なことなのよ」

浅香は両手で圭一の顔をはさんだ。圭一の顔に畏怖《いふ》の色が浮いた。が、それは瞬間で、圭一は呻き声をたてながら、浅香の身体をベッドに押し倒した。

圭一に抱かれながら浅香は、長い間この時を待っていたような気がした。内海によって開眼した女の身体は、若い圭一の情熱を受け浅香の身体の内部で、夢のような火花を散らした。

火花が闇の中に消えて行った時、浅香は加奈が部屋に戻ったのを知った。

復讐、これが虹の十字架の復讐だろうか。浅香は汗に濡れた自分の身体の乳のような匂いに包まれながら、圭一の耳に囁いた。

「圭一さん、浅香はね、あなたとこうなりたいから、お父さんと結婚したの……」

それは圭一に対する愛だけのためでは勿論ない。憎しみもあったし、自分の運命への復讐もあったかもしれない。

暗い星の下で過した女が夢見る美しい虹は、苛烈《かれつ》な十字架をその背後にひそませていることを、浅香は十五の年から知っていたようである。

浅香と圭一が、六甲の裏山で睡眠薬を飲んで自殺したのは、十月の末である。白磁《はくじ》のような浅香の死顔に、真赤な紅葉が一枚掛っていた。圭一は浅香の身体に手を掛けて死んでいたが、浅香が両掌にしっかり握りしめていたのは、もみくちゃになった、紅葉であった。

夜を旅した女

岡本静代が私の勤めている角丸製薬に、女子作業員として入って来たのは、今年の二月であった。

角丸製薬というのは、従業員は社長以下二十四、五人の小さな会社であった。でも景気は非常に良かった。私の社の製品であるアンプル入り疲労回復剤ロートゲンが、非常に受け、つくってもつくっても、需要に追いつかない状態であった。最近のアンプル入りビタミン剤や疲労回復剤は、私の社に限らず、うけに入っているが、ロートゲンは、とくに人気があった。

別段、他社と違った成分を入れているわけではないのに、全く妙な話である。勿論発売会社は、有名なＳＭ製薬で、私の社は製造もとというわけである。

静代がどんな理由で、私の社に勤めるようになったか、私は知らない。景気が良いので、今年に入ってから、一人、二人、と知らぬまに女子作業員が増えていった。

確か、入社した時、紹介したのは、社長の角丸氏だったと思う。

「今度入った岡本君だ」

と簡単に紹介しただけである。私は紹介された時から、静代に興味を持った。年齢は二十二歳、小柄で陰気な顔をしていた。といっても醜い顔ではない。眼が細く、唇の肉が薄いのが、どこか薄幸な翳《かげ》を漂《ただよ》わせていた。色は白い方ではないが、肌がすばらしく美しかった。鼻も整っており、強いていえば、グレス・ケリーに似たところがあった。

紹介された時、静代は、ちらっと私を見て深く頭を下げた。そのちらっと見上げた一瞬の眼の、なんともいえない、艶のあるきらめきが、私の心に喰い入ったのである。それは、もの静かな、陰気な顔つきと、非常に対照的であった。

このようにいえば、私はかなり女と遊んで来たように取られるかも知れないが、私はあまり女性にはもてたことがない。いや、縁遠い、といっても良いだろう。私は顔もごつく、武骨者である。そのくせ性格は内気で、切れるということがない。恥かしい話だが、三十三のこの年まで、恋愛一つしたことがないのだ。

新制高校を出てから、角丸製薬に来るまで、二、三、会社に勤めたのが、みな潰れてしまった。いってみれば、つかない運勢のもとに、生まれて来たのであろうか。

私は今、社では庶務の仕事をしている。庶務といっても、たいした仕事はなく、余った時間は、薄暗い木造の工場で、女子作業員と一緒に製薬の仕事に従事するわけだ。

月給は一万八千円、阿倍野の安アパートで独り暮らしを続けている。一万八千円あれば、なんとか喰べて行けるので、会社に対しても自分の人生に対しても、不平は持たないことにしている。持っても無駄だということを、私は社会に出て十年の間に、いやというほど知らされた。

静代は、他の女子作業員とあまり喋らなかった。仕事は熱心にするが、時々失策をやらかすことがある。まだ熟練していないと思い、私はなるべく、静代の失策をカバーしてやった。

休み時間になると、女子作業員たちは、映画や服や、そして男の話に夢中になる。私のように、ぼそっとしている者は、彼女たちには、男として値打のない部類に入るらしい。私を見る女子作業員たちの揶揄《やゆ》するような視線にそれがはっきり感じられた。

それは当然であろう。男子職員で、女子従業員に交って、アンプルを箱につめたりしているのは、私だけである。

彼女たちが噂する男は、スクーターに乗り勇ましく駆け廻るセールスマンたちであった。

彼女たちが、ぺちゃくちゃ喋っている時、静代は一人木の腰掛けに坐り、裸電球のともった、薄暗い天井を、ぽかんと眺めたり、また居眠りしたりした。

そんな時の静代の姿には、おやっ、と思うほど孤独な翳があった。また両足を拡げて坐り身体をぐったりしている静代には、どこか、崩れた線もあった。口紅を塗《ぬ》らず、お化粧一つしていない静代からにじみ出る、ちょっと頽廃的《たいはいてき》なかげりは、私にとっては魅力的なものであった。

自然、私は静代に話しかけるようになった。私が話しかけても、静代はあまり喋らない。それでも私は、静代が、私の近くのアパートで、一人で住んでいることを知った。家賃は二千円だという。静代の月給は九千円であった。

「一人でよく生活出来るな」

と私が感嘆していうと、静代はもの憂く微笑した。

「内職しているのよ」

「へえ、会社を終えて、アパートに帰るのは七時頃になるだろう、それからよく内職出来るね」

私の社は、朝八時で、夕方は六時までであった。一流会社より二時間多い。中小企業の労働条件は、大抵こんなものである。そういえば、静代は時々、遅刻することがあった。

「どんな内職？」

「ミシンよ、これでも私、洋裁出来るのよ」

静代は、嬉しそうな顔になった。静代がそんな顔をしたのは、初めてである。

私は感心した。昼は工場に勤め、夜はミシンの内職をして、一人で生きている女。アルサロなど華やかな世界に入れば、楽な生活が出来る筈である。それに静代の顔は、化粧をすれば、陰気さも取れ、美しくなるに違いなかった。

私は、なんとなく静代を見直した。

この女の過去は、どんなものであろうか。一人でアパート住いをしているところを見ると、どうせ複雑な過去があるに違いなかった。

私が静代とよく話すものだから、他の女たちが私たちのことを、うるさくさえずり始めた。静代は友達もないし、私もない。

女たちの、二人を見る眼は、嘲笑と、ねたみが交った、実に不愉快なものであった。妙なもので、周囲から反感をもたれ、もう関係があるように噂されると、当人同士は、かえって身を寄せ合うものである。私は次第に静代が好きになったし、静代も私に親愛感を抱いて来たようであった。

或る日、ちょっとした事件が会社で起った。女子作業員の佐々木英子の財布がなくなったのである。

英子が泣き声をあげて騒ぎ出した時、私はなんとなく盗んだのは、静代のような気がした。理由ははっきりしない。それは私の勘であった。

強いていえば、古参の英子が、静代に絶えず嫌味をいっているのを知っていたためかもしれない。工場内では、女子も、作業服で仕事をする。英子の財布は、更衣室にかけてあった、ハンドバッグからなくなっていたのである。

静代は奇妙なことに、脱《ぬ》いだ洋服は、絶対更衣室にはかけない。畳《たた》んでハンドバッグと一緒に、自分の眼につくところに置く。初めから盗難を警戒していたのかもしれなかった。

それとも、他の理由があったのか。

幾ら探しても出て来ないので、女子たちの持ちものや、衣服の身体検査が行なわれることになった。これも、中小企業にはよくある人権無視の一例であった。私は気になったので、何喰わぬ顔で歩きながら静代のワンピースの下に手を入れてみた。

勿論誰にも見つからないように、やった。私はぎょっとした。私の手に財布が当ったからである。私は素早く財布を抜き出すとトイレに行った。空《から》であった。私は投げ捨てた。私はなんとなく佗しい気になった。が、静代が盗んだと分かったのに、不思議に静代に対する、好意は変らなかった。

身体検査は社長によって行なわれたが、勿論財布も、金も出て来なかった。

英子は、財布の中に三千円、入れていたという。

その日、私は静代と一緒に帰った。静代の態度はいつもと変らない。私は思い切って、財布を、トイレに捨てたことを話した。やはり、知らせておくことが、静代の今後にとって大切だと思ったからである。

「私が盗んだんじゃないわ」

と静代は立ち停っていった。普通のことを喋るような、たんたんとした調子である。表情も変っていない。静代が歩き出したので、私は慌てて、

「じゃ、どうして、財布が君のところにあったんだろう」

あまり静代の態度が平静なので、私の気持も混乱した。静代が犯人であるような、な

いような、判断つかない妙な気持であった。

「江上さんが盗《と》ったのよ」

「えっ、君、見ていたのか？」

「見なくても分かるわ、盗むのは江上さんしかないわ、昔私の知っていた人には盗癖のある人が沢山いたわ、あんなタイプの人よ」

江上清子は二十七歳、背の低い陽気な女である。いつも男の噂をしているが、実際男関係はルーズなようであった。私が黙り込んでいると、静代は、

「嘘だと思うなら、思っても良いのよ」

と低い声でいった。なにか投げやりな響きを持った調子だった。この時私が、何故静代を犯人ではないと思ったのか、その理由ははっきりしない。強いていえば、静代の言葉に私を打つ、重い響きがあったからであった。私は静代に、とんだ濡れぎぬを着せ、つまらん先走りをやったようだ。

「いや、信じるよ、じゃ江上のやつが、君を犯人に仕立てようとして……」

私は社に飛んで帰った。江上清子は、この日は残業で、まだ社にいた。私は社長に、江上が臭いから、もう一度女性の手で、江上の身体検査をするように、といった。私は江上が更衣室に一人で入ったのを見たのを、思い出した、と嘘をいったのだ。

江上一人を調べるわけには行かないので、七人の残業者が、経理をやっているオールドミスの手で、もう一度調べられた。男が女を検査する場合と違い、オールドミスの検

査は峻烈《しゅんれつ》であった。

その結果、佐々木英子が盗られた三千円は、清子のパンティの間から現われたのだ。

私は静代の直感力に驚くと共に、犯人の見当がついているのに、盗難事件をなんでもないことのように傍観した静代の性格に、どこか虚無的《きょむてき》なものさえ感じた。

その夜、私はあやまるため、静代のアパートを訪れた。

それは天王寺から出ている阪和線の、一つめの駅を下りて、五丁ほど歩いたところにあった。

戦前からある古びたアパートで、二千円の家賃にふさわしかった。ごみごみした場末の町で、近くには崩れそうな長屋も多かった。

ドアの前に立つと、ミシンを踏む音が聞えた。ノックすると、静代はドアを開けた。

私の顔を見ると黙って中に入れた。

私は、工場に走って戻ってからの一部始終を述べて、疑ったことを静代に詫びた。

「いいのよ、私のためにしてくれたんだから」

と静代はいった。四畳半で、小さな整理箪笥と洋服箪笥があった。

「どうして、江上清子というのが分かったのかな、ほんとに直感だけ？」

と私は、また尋ねた。静代の顔がさっと曇った。そしてなにか悪いことでもしたように、俯向いたのであった。今度、顔を上げた時の、静代の異様な暗い瞳を、今でも私は忘れることが出来ない。時には艶《つや》っぽくなったり、石のように無表情になったり、静代の眼は、もの静かな静代という人間から独立した一個の生きもののようであった。

その夜、私は初めて静代を抱き、静代の古びたアパートの四畳半で、静代と関係した。整理箪笥の引き手が、ことことなり、畳がきしんだ侘しい音は、なんとなく私と静代のはかない運命を象徴《しょうちょう》しているようであった。

静代は処女ではなかったようだ。でもことが終った時、私は静代の眼尻が、微かに濡れているのを見た。抱かれている間、静代は固くなっていたし、燃えなかったので、その涙は、生理的なものではなく、精神的なものであったようだ。

私はあまり、女遊びの経験はないので、性の技巧にはたけていない。

私はその夜、静代の部屋で泊った。夜中に静代が、なにか叫んだので、私は眼が醒めた。

静代は電燈をつけた。

「どうしたの、悪い夢でも見たの？」

と私は尋ねた。静代は水色と白の立縞の、寝巻の胸をはだけ、なにか怖いものでも見るように、私の顔を見ていたが、電球を消すと、私に武者振りついて来た。

「抱いて、抱いて、もっと」

静代はいった。そしてその時は、静代は凄く燃えた。私は何年か振りで、女の喜びを感じることが出来た。私は結婚しよう、と思った。

静代は私にとっては、どんな女性にも優る女性であった。私は静代によって、孤独から救われたような気がした。静代も同じ思いだったに違いない。

二人は結婚の約束をかわした。

そんな或る日、突然静代が会社を休んだ。私は心配になって静代の部屋を訪れた。ドアには鍵がかかっている。管理人に聞いても、いつからいなくなったか、分からない、という。

翌日も静代は会社を休んだ。部屋のドアには鍵がかかったままであった。

私は会社には出たが、仕事が手につかなかった。私たちのことは、会社に知られていた。社長の角丸氏にもいってあったのだ。

ただの遊びに取られては、たまらない、と思ったからだ。

私と静代が結婚することを発表してから、女子作業員たちの、私たちに対する態度は俄然良くなった。妙なものである。女というのは、結婚ということには、自他共に、幸福感を味わうのだろうか。

私は三十三になってやっと、ささやかな幸福を摑みかけたところであった。その静代が突然いなくなったのだ。

静代がいなくなって五日たつ。私は夜も寝ないで、懊悩《おうのう》した。

そして私は、静代の過去を、なに一つ知らないのに気づいた。過去などは、将来の幸福のために、不必要なものだ、と思っていたのである。

静代は六日め、死体となって現われた。大和川の近くの野井戸に浮いているところを、とんぼ取りの子供が発見したのである。

散歩していて落ちたのか、誰かに突き落されたのか、解剖の結果、肺の中に水が入っていたので、溺《おぼ》れて死んだことだけは分かった。

新聞記事で読んだ私は、直感的に静代のような気がした。水玉のワンピース、という洋服に記憶もあった。

私は監察医院で、静代の遺骸を見た。顔は分からないほどふくれていたが、私には静代であることが分かった。

警察で色々理由を問われたが、私は全然見当がつかない、というより仕方がなかった。一体、警察が何故、静代の死を過失死と断定したか、私には理由が分からない。強いてあげれば、署管内で、現職警官が愛人を殺したのと、残虐《ざんぎゃく》な強盗殺人が起こり、警察がその方に全精力を上げていたためかもしれない。

それと、静代の両親の家が、野井戸から一キロほど離れた所にあったのも、静代にとって不運であった。

警察では、両親のところに行った、と判断したのだ。でも私は、それを信じない。静代は両親のことは、私が幾ら尋ねても喋らなかったし、最後には、無いのと同じだ、といって私の口をふさいでいたからである。

私は貯金をおろして、侘しい葬式をすました。静代の両親には、娘の葬式を出す意志も力もなかった。そのくせ、静代の遺品は、私とはまだ結婚前だ、というので、全部持って帰った。

私はその夜、私のアパートの部屋に静代の写真を飾った。写真の静代は相変らず、淋しそうな顔をしていた。私は黒いリボンは結ばなかった。私は今夜、静代と結婚するのだ。

静代に対する、私の結婚の誓約は、静代を殺害した犯人を探し出すことであった。

私は、静代が殺された、と信じたのだ。

まず私は、社長の角丸氏に、静代が誰の紹介で入ったかを尋ねた。静代の知人に会い、もっと静代のことを知りたいのだ、と説明した。角丸氏は別に疑う様子もなく話してくれた。

それによると静代は、誰の紹介もなしに、会社の玄関わきに貼った、女子作業員募集の貼り紙を見て、訪れた、ということであった。

猫の手も借りたいほど仕事に追われているので、角丸氏は即座に入社させた。驚いたことに履歴書も取っていない。人数が二十人余りになり、会社の体裁を整えて来たのは最近で、一年前までは、五、六人でやっていたような小会社である。規則もなにもないのだ。

次に私は、静代の両親を尋ねることにした。全然行き来がない、といっても娘のことである。私の社に入るまでの、静代の生活の一端《たん》ぐらいは知っているだろう、と思ったのであった。

静代の両親は、野井戸から一キロほど離れたところの、郊外の小さな町に住んでいた。静代の母は、四十四、五の太った精力的な女である。父の方はもう六十近い、反対にしなびた老人であった。静代の遺品を一人じめにしたのはこの母である。

住居は、朽《く》ちかけた長屋の一軒であった。私が来意を告げると、静代の母は、うさん臭そうな顔をして私を見た。

入口に立ちはだかったまま、中に入れようとしない。私は狭い家の中に男の気配を感じた。このような勘はなかなか鋭いのである。

「今日は、お父さんはお休みですか？」

「いいや、会社に行ってますよ」

静代の父が印刷工であることを、私は静代が死んでから知った。夫婦で静代の部屋にやって来た時会ったのだが、完全に妻のいうなりの、生気のない老人であった。とすると客か。客にしては私が玄関の戸を開けた時、異様な感じがしたのが妙であった。

どうやら静代の母は、亭主の留守に若い男を引っ張り込んでいるようだった。

「静代のことでは、なんにも知りませんよ、あの娘は十七の年に家を飛び出したんですからね、うちへなどめったに帰って来ないし、親不孝な娘ですよ」

といって、静代の母は死んだ娘をののしったのである。この母は本当の母であろうか。

この母にいわすと、静代の方が両親を捨てたようないい方であった。早く帰ってくれ、という態度が露骨になったので、それ以上聞き出すことも出来ず、私は去った。

一体静代はどうして、両親を捨てたのか。中に持っているものは激しいが、静代は大人しい女である。余程のことがあったに違いない、と私は思った。

ぶらぶら町を歩いていると煙草屋があった。店に坐っていたのは五十四、五の、口の軽そうな女であった。私が近寄ると眼を皿のようにして、私を見た。私がよその土地の人間だから好奇心を抱いたに違いなかった。小さな町のことである。ひょっとしたら、この女がその間の事情を知っているに違いない、と考えた。私は煙草を買いながら話しかけた。

「岡本さんの娘さんの静代さんが、死んだのを、おばさん知ってますか？」

「知ってますよ、町中の話の種《たね》ですがな、静代さんも可哀そうな娘はんや、あんたは静代さんとはどんな関係のお人ですの？」

「婚約者ですよ、大賀といいます、御両親に会いに来たんですけど……」

と私は口ごもった。どうやらこの女は静代に同情しているらしい。聞き出すには、都合の良い相手であった。案の定、店番の女は首を突き出すようにして、私にいった。

「お時さん、おりましたやろ？」

静代の母の名前は、時子といった。私が頷くと、

「昼日中から、かやを釣っとったんと違いますか」

かやを釣る、とは男女が関係することを意味しているようだった。

やはり私の想像通りなのだ。私は静代が家を出た原因を尋ねた。すると女は待っていたように喋り出した。

女の話は、私の気持を暗くした。

静代の母である時子は、継母であった。静代の本当の母は、静代が二歳の時病死していた。静代の父の岡本伊作が、堺の小料理屋の仲居をしていた時子と一緒になったのは、静代が小学校に入った年である。

「なんちゅうても、伊作さんとは二十も年が違《ちご》てる上に、お時はんは、あんな水商売上りの男好きな女ですやろ、旨いこといけへんのは当り前ですがな、それに静代さんは、小学校も中学校も、一、二番の成績で通したほどの頭の良い娘や、お時はんみたいなふしだらな女の傍におれんようになったのは、無理ないと思いますよ」

静代が中学校へ入った時分から、時子は、生活を助ける手段として、家に下宿人を置いた。近くの工場に通う若い男である。

この女の話では、時子が下宿人を置いたのは、生活のためではなく、伊作によって得られない、性の満足を得るためであった。

時子は伊作が印刷工場に出勤した後、下宿人が休みの日は、朝から寝床を敷いて、情痴の限りをつくした、というのだ。

「それがな、あんた、休み日だけでは満足せえへんねん、それで男に会社休め、と誘惑するわけや、しまいには男の方も怖れをなして逃げ出しますやろ、そしたらまた別の男を下宿させるわけですねん、一体何人ぐらい変ったかな、今の男は十何人めでっせ、そうそう、静代さんが家を飛びだしたのは、お時が関係した数人めの男に、操を奪われたよってや、それがなんと二十一歳の工員でっせ、男も男やけど、お時もお時や、なんでも、娘がおかされるのを見物しとった、いうことでっせ」

私は絶望的な気持になった。暗い過去が、静代に深い傷痕をおわしたことは、想像もついたが、これほど酷《ひど》いものだとは、思わなかった。唇の厚い腹の突き出た、脂肪の固まりのような時子の姿が、いい知れぬ憎悪と共に、思い出された。

「よく、静代のお父さんが黙ってましたね」

女は激しく手を振った。

「あきまへん、あきまへん、もうふ抜けや、なんにもよういいまへんね、わてらも以前は、しっかりせなあかんがな、ゆうてやりましたんやけど、いい損ですわ」

「家を出て静代はどこに行ったんですか？」

「それが、はっきり知りまへんね、そうや、静代はんの中学時代、仲良うしとった定子が、半丁ほど先の菓子屋に嫁いでるよって、聞いてみなはれ」

それから女は、玄関を開けた時、時子がどんな姿をしていたか、とか、寝床は敷いてあったか、などうるさく聞き出したが、私はなにも見なかった、といって菓子屋に向かった。

母と関係している男に犯された、十七歳の静代が、どんな気持でこの小さな町を出て行ったか。私は眼が熱くなるのを覚えた。

次に会った定子は、静代が家を出て、どこに行ったかは、知らなかった。でも一年たって静代から手紙が来たという。

定子は、静代の手紙を保存していて、私に見せてくれた。

「……私は今、大阪の恵美須町の喫茶店に勤めています。なにをしても面白くないし、将来に夢もありません。ただ時々、お金がたくさんあったらなあ、とそんなことを、夜遅く蒲団に入ってから思うの。静代、変ったでしょ……」

私は恵美須町の近くに時々パチンコをしに行くので、あの辺りの喫茶店は知っている。駅の傍と、新世界の入口と、市電通りと、二軒あるようだ。四年前だから、今とあまり変っていないに違いなかった。色のあせた薄桃色に、たどたどしく書かれた静代の筆跡を見ていると、ふと、静代は生きていて、どこか遠くの町で、私を待っているような気がするのであった。

私は疲れはてて、アパートに帰った。私は今、静代の部屋に移っている。移った当座は押入れを開けると、蒲団にしみ込んだ静代の体臭が微《かす》かに匂うような気がしたが、今は、かび臭いだけである。

翌日私は社に欠勤届を出した。くにのおふくろが急病なので、一週間ほど休ませてくれ、と申し出た。私は会社に勤めて以来、一度も休んだことがない。角丸氏は、いやな顔をしたが、なるべく早く戻ってくるように、といって承諾した。

が、果して一週間で、静代が死んだ謎を探り出すことが出来るだろうか。

私は早速、静代の写真を持って、恵美須町界隈の喫茶店を、一軒一軒当ってみた。

恵美須町は、新世界や西成の近くなので、あまり柄の良い所ではない。喫茶店も大きなのはなかった。

髪を赤く染め、太った黒い足に虫の喰いあとをつけているような、喫茶ガールが多かった。リーゼントにマンボズボンの若者たちが、昼日中からたむろして、女の子をからかっている。こんな男は、一体どうして暮らしているのか、私などには見当がつかない。

私が三軒めに訪れたのは、アルパカという市電通りの喫茶店であった。

私は席に坐ると注文を取りに来たウェイトレスに写真を見せた。幸い店には、中年の商売人らしい客が二人向きあっているだけである。

「君、この女知らない?」

「誰、この人、綺麗な女ね」

二十三、四のウェイトレスは、そういったが知らない様子であった。聞くと半年前にこの店に勤めたばかりとのこと。私は今まで聞き歩いて、一年以上続いて勤めている女が、一人もいないのにいささか驚いていた。こんな喫茶店の女は、絶えず転々としているようである。大抵は四、五店移って、アルサロにくら変えするのだ。

私は主人を呼んでくれるようにいった。静代の兄で、少し聞きたいことがある、と説

明した。出て来たのは三十四、五のバーのマダムのような女であった。このアルパカの経営者らしい。女は写真を一目見て、

「静代じゃないの」と驚いた顔になった。

「お兄さんですか、静代さんは一年ほどうちにいたんですよ、今、どうしていますか？」

この女主人は静代の死を本当に知らないのか。嘘をいっているのではないか。私はその顔を凝視しながらいった。

「それが、ここ一月ほど行方不明なんです、昔の友達が誘い出しに来た様子があるんですが、さっぱり分からないんですよ、だから心配になって、調べて歩いているんです、実は事情があって、静代がおたくに厄介になったことも知りませんでした、良かったら当時のことや、交友関係など、知らせて欲しいんですが」

と私は静代の死を伏せていった。警戒心を起させるのは、いけないと思ったからである。女主人は頷いて、向き合って腰を下ろした。まるで静代が失踪したのが、当然である、といった頷き方であった。

「お兄さんの前ですが、気持の分からない娘《こ》でしたからね」

どうやら女主人は、静代の死を知らないらしい。私の判断には狂いはない筈である。何故なら暗い道ばかり歩いて来た私は、人の顔色ばかりうかがって生きて来たのだ。

「あの娘と知り合ったのは映画館の中なんですよ、私は映画気狂いでしてね、ちょうど好きな俳優のものが来たので、新世界に見に行ったの、静代さんは私の隣に坐っていて

ね、でも映画を見ていないことは、私にも分かりました、じっと俯向いて……、私ね、気になると放っておくことの出来ないたちなんですよ、休憩時間になったので、別な席に変ろうと思って、ふと見ると、あの娘、膝の上に大きな風呂敷包みを置いてるんですよ、ひと眼で家出娘と分かりましたね、様子を窺うと、相変らず、俯向いて、なにか考えている様子なんです、この辺りで、若い女がこんな恰好をしていたら、悪いやつにねらわれるのは、分かり切ったことでしょ、だから映画が終ったあと、声をかけたんですよ」

静代がアルパカに住み込みで勤めるようになったのは、これがきっかけであった。

「話してみると、なかなかしっかりしていて、頭も良さそうだし、聞いてみると行くところもない、というので住み込みで手伝って貰ったんです、勿論、身元を確かめるために、静代の家に行きました、どんな事情で家を出たか、あの娘はいいませんでしたが、行ってみて静代さんの気持は分かったような気がしました、あなたは早く家を出てられたんですか？」

「ええ、お気づきのことと思いますが、複雑な家庭でして、静代も僕のことはあまり喋らなかったと思います」

静代は熱心に働いた。遊び盛りの年頃なのに、化粧もせず、月の二日の休みは閉じこもって本を読んだり、寝たりして過ごした。

「若い身体で、そんなことをしていちゃ、毒だよ、時には気晴らしに、遊びに行ったらどう?」

と女主人はよくいったが、静代はもの憂い微笑を浮かべるだけで、相変らず、閉じこもったきりであった。この辺りはあまり柄が良くない。だから客の質も悪く、ちんぴらや、マンボ族などが、静代を誘惑しようとしたり、からかったが、静代は相手にしなかった。

「ほんとうに、うちはこんな商売だから、若い女《こ》を数え切れないほど使ったけど、静代ほど、なにを考えているのか分からない娘はいなかったわ、まだ十八なのに、もう世の中の総てを知りつくしたような、投げやりなところがあって、本当は良い顔なのよ、だからお化粧でもして、はつらつとしたら、一流のバーにでも勤められるぐらいの値打はあるの、それに頭も良いでしょ、だからね、私、どんな事情か知らないけど、女が一人家出して、絶対家に戻らないと決心している以上、水商売でやって行くより仕方ない、といったのよ……」

この女主人の人生観も、変っている、と私は思った。普通の者なら、良い男を見つけて結婚すべきだ、というのが当然であった。私が変な顔をしたのだろう。女主人はふと声を改めた。

「こんなとこの喫茶店に勤めていて、良い結婚なんて、絶対出来ないのよ、真面目な男と恋愛したとしても、だめね、それより一流のバーに勤めて、良い旦那さんを掴んだ方が、どれだけ幸せかもしれないわ」

そんなものかな、と私は思った。が、静代はそんな華《はな》やかな幸せより、もっと地味な幸せを望んでいたのではないか。小さな製薬会社に女工として入社したのも、夜アパートでミシンを踏んだのも、地道な生き方をするために違いなかった。私はふと、結婚の約束をした時、静代がいった言葉を思い出した。

「怖いわ、幸せ過ぎて怖いの、あまり廻り道し過ぎたからね、きっと……」

静代の廻り道の一端が、私にもようやく分かりかけて来た。

でも、そんな静代が突然恋愛して、結婚すると、いい出したのだ。驚いたことには相手は、四十になる、近所の洋服屋の主人であった。勿論、妻子がいる。静代は十九歳であった。女主人のこの話は、私の胸を裂いた。全く予想外のことだったからである。私はむしろ、金のためにその男と関係した方が、苦しみが少なかった。静代がそんな男を愛するなんて……

「岡島さんといってね、四、五年前店を開いた人ですよ、話は達者だし、店に来ては冗談をいって、絶えず女の子を笑わしていましたよ、静代は、めったに笑わない娘だったけど、岡島さんが冗談をいうと、笑っていたようだわ、私みたいに、世の中のすいも甘いも経験した者から見ると、実のない男だ、ということがよく分かるの、賢いようでもそこが小娘ね、勿論私が注意したって、ききやしない、結局その男にだまされたのですよ、あの娘が突然私の店からいなくなったのは、それから一月ほどしてからです」

「どこに行ったか、全然分からないんですか？」

「ええ、黙って荷物をまとめて、私のいない時に出て行きましたの、私ね、静代がいなくなったことを知った時、ふと映画館の中で、風呂敷包みを膝の上に置いて俯向いていたあの姿が思い出されてね」

私は礼をいってアルパカを出た。荷物をまとめて黙って一人で出るなんて、いかにも静代らしかった。

お金が欲しい、と友達に侘しい手紙を書いたのも、アルパカを出る前ではなかったか。

静代をだました、岡島という洋服屋は、最近店をたたんで、どこかに移ったという。アルパカの女主人の話では、難波のキャバレーの女給に入れ上げ、店が左前になった、ということであった。

私は新世界の小さなスタンド・バーで安ウイスキーを飲みながら、何故静代がつまらない中年男にだまされたのか、考えてみた。

それまでの静代は、誘惑しようとした付近の若者を相手にしないような女であった。私が知っている静代からも、そんな愚かさは見出し得ない。

私は高校時代、フロイドに熱中し、分からないなりに、読みふけったことがあった。それを思い出した時、フロイド流の精神分析で考えれば、理解出来そうな気がした。

すなわち、静代は、その男に父親の愛の代償を求めたのではなかったか。継母の常軌を逸《いっ》した行動は、当然静代の父が制裁を加えねばならないが、父親は魂のないようなふ抜けで、勝気な静代は、父の態度が、我慢出来なかったに違いない。勿論父からは、当然受くべき庇護《ひご》も愛情も、静代は得られなかった。孤独な静代が、父の愛の代償を表面的には明るく愉快な中年男岡島に求めたということは、考えられないことではなかった。それに静代は、継母の情夫である若い工員に犯されている。静代がアルパカに集まる若者を相手にしなかった、ということもそんな点にあるのではないか。

アルパカを出てから、静代は一体どこに行ったのか。お金が欲しい、と書いた静代の手紙を見ても、静代の気持に大きな変化が起ったことが窺われる。

静代と交際している間、自分の過去を匂わすようなことを、静代は喋らなかった。だから探す手掛りは、全くないのである。ふと私は、

「昔、私の知っていた人には、盗癖のある人が沢山いたわ」

といった静代の言葉を思い出した。そこから、静代の過去の一時期を探り出せそうな気がした。それは、アルパカ時代のものではない。おそらくアルパカを出て次に入った世界のものではないか。

私はとんだことを忘れていたことに気づいた。アパートの管理人のことだった。静代がいつからこのアパートに来たかは知らないが、管理人なら、なにか昔の事情の一端でも知っているかもしれないのだ。

アパートの筋向かいの、雑貨屋の未亡人が管理人であった。古いアパートで電話もなく、雑貨屋の電話が、アパートの電話になっている。

未亡人は、無口な女であった。普通なら、止宿人が殺されたのだから、毎日のように

私のところに話し込みに来る筈だが、簡単に私に悔みをいっただけであった。

私は静代のことで、聞きに来た、といった。未亡人は子供が二人あり、夫が亡くなった後、再婚せず、店を守っているのだから、しっかりした女である。

「静代さんがうちのアパートに来たのは、一年ぐらい前でしたよ」

と未亡人は考え考えいった。私の社に入ったのが七か月ほど前であるから、入社するちょっと前に、ここに移ったのだ。それまでどこにいて、なにをしていたかは、全然知らない、といった。

「僕の会社に入ったのは今年の二月だから、それまでの五か月ほどはどうしてました、どこかに勤めていたと思うんですが」

「そうですね、どうでしたかね、大体私は、アパートの皆さんの個人個人の生活は知らんことにしてるんです」

こんなところにも、この未亡人の堅実な生活振りが窺われた。私は初めて、静代の死因を探っているのだ、と理由を説明した。このようなタイプの女には、誠意を示す方が良かった。

「どんなことでも良いんです、知ってることを教えてくれませんか、このままじゃ、静代も僕も浮かばれない」

私の熱意は、管理人の心をうったようであった。管理人は思い出すように小首をかしげた。その間にも客が来ると、応対せねばならない。

なんとか、手掛りの一端でも思い出してくれれば良いが、と私は念じた。

「このアパートに来た時から、どこか会社に勤めてはったようですよ、朝早《はよ》から出て、夕方帰って来はりましたよって、そうそう、気になることゆうたら、静代さんが亡くなる三日ほど前でしたか、珍しく静代さんに電話があったんです、静代さんには、今まで一度も電話が、かかったことがないので、珍しいことやな、と思いましたよ、取りつぃだのは私なんです、男の声で、静代を呼んでくれ、というから、静代さんの親戚かお父さんじゃないかな、と思ったくらいですね、そうね、五十ぐらいの、しゃがれた声の男でしたよ、静代さんは、誰だろう、といって電話に出はったんですが、よほど驚いたとみえて、あっ、といったまま、青い顔になって、呆然と電話を握ってはりました、相手の男は一生懸命いっているらしいけど、静代さんは全然返事しはりませんの、そして最後に、はっとしたように……あっ、思いだしたわ、静代さん、こういって電話を切りはったんですよ、大峰さん、もう私は関係ありません、って……」

私は管理人の言葉を咬みしめた。その電話こそ、静代の過去の暗い影の部分から、呼びかけてきたものではなかったか。それは静代が、このアパートに来て、初めてかかった電話だという。管理人の話によると、電話を切った後、静代は蒼白な顔をして、確かに異常だった、とのことである。勿論、管理人である雑貨屋の未亡人は、大峰という男については、全く心当りがないとのことであった。

大峰、それがどんな男であり、静代とどんな関係にあったか、私は知りたい、と思った。でも、私は、それを探し出す手掛りは全くないのだ。私はもう一度、アルパカに電話した。

「大峰さん、聞いたことのある名前だわ」

とアルパカのマダムは、考え込むようにいった。私の胸は躍った。

「マダム、どうもその男が、静代の失踪に関係あるようなんです、お願いです、思い出して下さい」

と私は哀願するようにいった。静代の気持が全く分からない、といいながら、アルパカのマダムが、静代に対して良い感じを持っていたことを、私は知っていた。

「思い出せ、といわれても思い出せるもんじゃないけど、そうそう、あれは大峰さんではなく、大波さんだったわ、私の思い違い」

大峰と大波、ひょっとすると、管理人の聞き違い、ということもあるのだ。

「その大波さんて男はどういう人ですか？」

「うちの店に、時々来ていた人でね、なにをしていた人か、私もはっきり知らないんだけど、でも、別に静代と親しく話していた、という記憶はないのよ、そうね、年は五十四、五かしら、いつもぱっとしない洋服着てましたよ、確か家は阿倍野交叉点の近くだ、と女の子にいってたようですよ」

阿倍野交叉点近くに住んでいる、大波という男。それだけの手掛りだが、私は探してみることにした。たとえ大峰と大波が同一人物でなくても仕方なかった。一生懸命調べているうち、私は、静代を殺害した犯人を探す、ということよりも、静代が私に張った、黒い幕の向こうを見たい、という渇望《かつぼう》に変っていた。

それはより深く静代を知りたいためでもあり、私の胸に永久に刻まれた静代を、思い出の上で、絶えず愛撫したいためであった。

静代よ、お前はそんな淋しい夜の道を歩いて来たのか、そう呟きながら愛撫するために。

それに、静代が殺害された、というはっきりした証拠はないのだ。

警察では、過失死と断定している。殺されたというのは私の勘だけなのだ。あれほど私との結婚に幸せを賭《か》けていたのだから、自殺は考えられない。とすると殺された、と考えるより仕方なかった。というのは、あの場所は静代の家の近くであり、子供時分静代はあの辺りで、野井戸の存在はよく知っている、と私は判断したのだ。だから誤って落ちるとは考えられなかった。

でもよく考えれば、色々分からないことがあった。まず、静代は何故、あんな場所に行ったのか。

私は毎日大波の家を探し歩いた。交番でも聞いたし、商店でも聞いた。でも分からない。一日、二日、と日が経った。休暇の期限まであと三日になった。期限は守らねばならない。私がいなくても角丸製薬に、なんの影響もないことは、私が一番よく知っている。

私は重い足を引きずって歩いた。ふと思いついて電話帳を調べてみる気になった。きたない服装をして、あんな場末の喫茶店に出入りする人物だから、電話のことが思いつかなかったのだ。でも電話は、今では屑屋でも持っている。

大波という珍しい名だが、三人いたのには驚いた。でも阿倍野ではない。念のため三人に電話し、静代のことで話したい、といったが、怪しい感じを抱いた相手はなかった。思いがけない電話を受けた、相手こそ驚いたであろう。諦めかけて、私は最後に大峰という名を探してみた。これは沢山いた。

阿倍野交叉点のあたりでは、一人しかいない。大峰士太、職業は飲食店。私は電話した。

「へーい、大洋軒です」

威勢の良い声だ。主人を呼んでくれ、というと、太い男の声に変った。

「おたくに世話になった岡本静代のことで、お話ししたい」

と私はどすの利いた声でいった。

「岡本静代、そんな女知らんなあ、おーい千代、うちに岡本静代いう女、おったことがあるか……」

主人は大きな声で、尋ねている。私は電話を切った。大波はこんな陽性な男ではない。これも私の勘である。もう一度電話帳を見ると、大見根加一という妙な名前があった。無職、住所は阿倍野斎場である。阿倍野交叉点の傍だ。私は期待せずに電話した。

「もし、もし」

低いしゃがれたような男の声が聞えて来た。

「もしもし、大見根さんですか」

「はい」

陰気な声だ。私のどこかに、ぴんと来るものがあった。私は深呼吸して、気を落ちつけようとした。相手は、なんの用だともいわない。私の言葉を静かに待つ風であった。

「岡本静代……」

といって私は言葉を切った。相手の応答を知るためであった。

「静代はもういませんよ、あなたはだれですか？」

落ちつけ、落ちつけ、と私は自分にいいきかせた。遂に私は探し当てたのだ。管理人の聞き違いではなかった。やっぱり、おおみねであった。いない、というのはどういう意味か。女中でもしていたのか。アルパカによくお茶を飲みに来ていた、貧相な五十男と、静代はどんな関係にあったのか。洋服屋にだまされたように、この男にもだまされたのか。ほんの数秒の間に、私は死に物狂いで、推理を働かせた。「いません」とこの男はいっているのだ。私は一つことに思い到った。それは怖れていたことでもあり、心のどこかで予期していたことでもあった。

「それじゃ別な女で良い」

と私はいった。

「おたくは、だれですか？」

「山田だよ、二年ほど前に来たことのある」

と私はありふれた名前をいった。

「覚えありませんなあ」

「一度来ただけだからね、そうそう、佐藤さんに紹介されたんだよ、確か……」

「佐藤はんですか、よろしおます、どんな女が良いですか？」

「若い女が良いな」

「分かりました、一時間後に近鉄百貨店のならびの、喫茶Oで待ってて下さい、私の顔は知ってますなあ」

「ああ、見たら思い出すよ、じゃ待ってるから、それから値段は幾ら？」

「休憩でしょう、休憩なら二時間まで二千円いただきます」

といって、大見根は電話を切った。今はもう間違いなかった。大見根はコールガール業者であり、静代は洋服屋にだまされた後、やけになって、コールガールになったのだ。

盗癖のある者を沢山知っている、といったのも、コールガールの仲間のことに違いなかった。そういえば、色々思い当ることがあった。服を更衣室にかけず、畳んで眼につくところに置くことも、その時代からの習慣に違いなかった。初めて静代の部屋に泊った時、夜中に叫んで眼がさめ、ほっとしたように私に縋りついたのも、その時分の悪夢にうなされたのに違いなかった。初めて会った時の、艶っぽい眼つきも！

私は恋愛したことがないから、性の処理を商売女で解決していた。コールガールなど、高くて、めったに遊べないが、その組織は研究していた。

売防法以来、売春の地下への潜入は驚くべきものがある。その中で現代の都会に黴《かび》のように繁殖しつつあるのが、コールガールであった。コールガールにもいろいろな種類があるが、大別すると二種類に分けることが出来る。暴力団をバックにするものと、そうでないものだ。タクシーや白タクと連絡を取ったハイヤー受けとか、美人がお相手します、というチラシを通行人にくばっているのは、暴力団が関係しているのが多い。バーを擬装し、女の子をたむろさしているのもそうだ。私は、このように暴力団が関係しているのは、女も完全な売春婦だし、コールガールという高級な名称を与えたくない。問題は暴力団が関係していない、コールガールである。性の満足と金との両方を求めて、気のむいた時に客の相手をする半玄人《くろうと》の女こそ、現代の都会に新しく拡がりつつある、コールガールであろう。

彼女たちは、昼は会社や工場や喫茶店に勤め、夜の空いた時間に肉体の取引きを行うわけだ。勿論そのためには、一人でアパートに住まねばならない。

今かりに、客がそんな女と遊ぼうと思う。すると客は、それらの女と契約している業者に電話するわけだ。業者は客の好みを聞き、適当な女を選び、アパートに電話する。女は気の向かない時でない限り、出かけるわけである。この場合、注目すべきことは、気が向かなくて、女がいやだと断わっても、その業者は、女になんの制裁《せいさい》も加えないことである。

このように、女の自由を尊重したやり方は、女にとっても好都合である。だから今いったコールガール組織は、驚くべき勢いで増えつつあるようだ。そしてこんな組織の業者には、吾々の周囲にいる平凡な男が、なっている場合が多い。

何故なら電話一本と、契約した女さえいれば、明日からでも商売が出来、莫大な利潤《りじゅん》を得ることが出来るからである。繁盛させるために、最も大切なのは、なんといっても女である。良い女を揃えることであった。

そのため、業者たちは、喫茶店などに行って、ウェイトレスを勧誘することが多い。肉体に対して、なんの羞恥も持たない、現代の若い女たちは、なんの抵抗も感ぜず、勧誘に応じる場合が多い。

おそらく大見根は、あっちこっちの喫茶店を廻り、コールガールのスカウトをしていたに違いなかった。洋服屋にだまされ、生きることに希望を失った静代は、金を得るために、大見根の勧誘にのったに違いなかった。

その日、私は約束の時刻に喫茶Oに行った。立派な喫茶店である。ここに大見根は女を連れて来て、私と引き合わせるわけだ。目立つことを避けるため、客との紹介にはこんな大きな喫茶店が利用される場合が多い。

その日私は十八歳の女と遊んだ。まだ少女の面影の残っているあどけない顔だが、結構燃えた。昔の女性は三十歳を過ぎなければ、性の満足を得られない人が多かったが、今は十六、七歳で男を知り、十八、九歳で結構燃えるのだ。こんなところにも、この種のコールガールをはやらしている原因があるのではないか。

それはとにかく、それから私は大見根のところにしばしば電話し、コールガールと遊ぶ一方、大見根と親しくなった。そしてある日、とうとう大見根に睡眠剤を飲ませ、ドライブ車で静代が死んだ野井戸の傍に運び込んだ。眼醒めた時、大見根は身体を縄で縛られ、井戸の傍に転がっている自分の姿を知った。

大見根の告白を要約すれば次のようなものであった。

静代はいったん、そんな世界に入ったものの、間もなく嫌気がさし、まともな道を歩もうとして脱け出たわけだ。でも静代はよく客がつくドル箱であった。一年たった或日、大見根は偶然静代を見つけ、後をつけ、アパートを知った。そしてもとに戻るようにいったのだ。しつこく勧誘し、脅迫めいたこともいった。静代は結婚するから、といって拒絶した。大見根は婚約者に過去をつげると脅迫した。或る日静代が話があると、大見根を郊外に誘い、野井戸の傍まで来た時、大見根を突き落そうとしたのだ。

「本当や、静代と揉み合ううちに、静代が井戸に落ちたんや、嘘はいえへん、助けてくれ」

と大見根は私に懇願した。

或いは大見根の話は本当かもしれない。私は彼の話を聞いているうち、不幸な星の下に生まれた賢い女が、どうしてコールガールになり、死んで行ったかが、手に取るように分かった。

私は大見根の縄を解いた。大見根がほっとして起き上った時、私は彼を野井戸に突き落した。

女《め》蛭《ひる》

一

O百貨店宣伝部長国本康人は、五階の窓際のデスクに頬杖をつき、さっきから眼下の御堂筋に視線を落していた。梅田から難波に至る幅広い、舗装された街路の両側は、黄色に染めあげられた銀杏がえんえんと続き、眼にしみるようであった。もう一月もすればその葉はすべて落ち、帚《ほうき》を逆立《さかだ》てたような樹枝が風に打ち慄えるであろう。

春は薄青い新葉とともに花を開き、初夏には街路を濃緑に染め、秋日は黄色球状の実を結び、晩秋ともなれば黄一色に変貌する四季の銀杏を国本は、ここ十数年無感動に眺め続けて来た。

それは玉枝と結婚して以来の十数年であった。しかし今、眼下の銀杏に視線を遊ばせている国本の双眸には、都会の晩秋の美を感じ取っている生きた煌《きらめ》きがあった。いや、それは御堂筋の銀杏にだけではない。宣伝部に出入りする、華やかな女達の色彩をも、国本は中年の男の、生きた心で楽しむことが出来た。国本は、視線を卓上の夕刊に戻すと、パイプをくゆらした。紙面の左側に、国本の心をとらえた三段記事があった。

それは日東映画の宣伝部長小木正五が、専属映画館の売店の売り娘《こ》と、有馬温泉で、服毒心中した、という記事であった。見出しが大きい割合に、記事は、小木の家庭の複雑さのため、としか書かれていない。小木の社会的地位を考慮したためであろう。小木は三十九歳、女は二十である。おそらく小木はその売り娘と恋愛関係に落ち入ったに違いなかった。馬鹿な男だ、と記者は書きながら思ったに違いない。記者だけではない、この記事を読む大半の人々はそう思った筈である。

もし一月前にこの記事を読んだら、国本もその一人であった。が、今彼は、侮蔑で見過し得ないものを、その記事から受けたのであった。国本は小木をなんとなく気の毒に思ったのだ。常識的には、当然同情されるべき、未知の小木の妻を、国本はむしろ嫌悪の気持で想像することが出来た。男の気持を包もうとしないぎすぎすした心の女、かさかさした肌で見識ばかり高く、亭主をどことなく見下しているような女。国本はふと眼を閉じ、小木の妻を思い浮かべてみた。当然のように、一人の女の顔が、国本の眼底に浮かんで来た。

おのれの妻、玉枝の黒い顔であった。

何時か窓辺には黄昏がしのびよって来た。国本は腕時計を見た。五時である。あと二時間すれば、西条君子と食事をし、ナイトクラブで踊り、午前二時頃まで、君子のアパートで情事を楽しむ手筈になっていた。君子と関係して二か月になるが、外で食事をしたり踊るのは、これが二度めである。それ程国本は人眼をはばかっていたのだ。

卓上の電話のベルが鳴った。国本は受話器を耳に当てた。かすれた女の声が耳に入って来た。「部長さん、うち君子、大変なことになったの、早く来て……」声はそのまま切れた。「もしもし、もしもし」国本は驚いて叫んだが、君子の声はそれ以上聞えなかった。一体どうしたというのだろう。なにか異常なことが君子の身に起きたことは明らかであった。国本は十分程、呆然と坐っていた。すぐ社を出なかったのは、わずらわしい事件に身を巻き込まれそうな気がしたからである。やがて国本は社を出ると、車で君子のアパートに駆けつけた。用心のためにアパートから二百メートル程離れたところで車を下りた。君子のアパートは、O百貨店から一粁《キロメートル》と離れていない。高級アパートで、共通の玄関はなく、各戸ごとに、入口を持っていた。すでに辺りは、薄闇に包まれている。君子の部屋は二階の外れにあった。国本は周囲をうかがい、人影がないのを見すますと、外壁に取りつけられた鉄の階段を走り上った。ドアは押すとたやすく開いた。君子の部屋は二た部屋だが、バスもトイレもあった。現代が要求した一種の文化住宅である。国本は急いで身を入れるとドアを閉めた。誰にも見られた様子はない。彼はなんとなく吐息をついた。入った部屋は、キッチン兼用の六畳であった。テーブルの上に皿に盛った果物と、電気ポットがあった。君子は果物が好きで、欠かしたことがない。テレビはつけられたままであった。部屋の隅に、君子にせがまれてつけた電話があるが、受話器はちゃんと置かれていた。部屋の中は乱れた様子はない。国本はまた吐息をついた。今度は安心の吐息であった。次の間を仕切る襖は閉まっていた。彼は念のために襖を開けた。国本は飛び出る程眼を見開き、思わず身体を引いた。洋服姿の君子が、眼をむき、拳を握り、仰向けに倒れていたのである。

ダブルベッドの枕元にある赤い電気スタンドが、何故かつけられて、君子の死に顔を、薄赤く染めていた。唇を開け、君子は街路で死んだ犬のように舌を出していた。乱れたスカートから突き出た太腿が、生白く異様に大きく、それだけが若い女の死を生々しく告げていた。

驚愕が通りすぎたあと、国本の心を満たしたのは、君子が死んだ、という哀しみよりも、大変なことになった、という怖れであった。

彼は急いで戻ると、内部から鍵をかけ、奥の間に戻った。この時国本は初めて、君子の頸部に紐が巻きつけられているのを見た。流しの強盗にやられたのだ、と国本は思った。ベッドの後ろの洋服簞笥を開けてみると洋服は全部かかっていた。そういえば君子の手首には、一月前買ってやった腕時計が、鈍い金色の光りを放っていた。落着かなくっちゃ、と国本は思った。彼は君子の体温を調べてみる気にはなれなかった。素人眼にも、完全に死んでいることは明らかであった。

おそらく電話をかけている最中か、直後に殺されたに違いなかった。国本は腕時計を見た。五時二十五分。あれからまだ二十五分しかたっていない。「えらいことになった」と国本は呟いた。うかうかしていると、彼自身が殺人容疑者にされる怖れがあった。国本は手で額の脂汗を拭った。

もし国本が現場に来たことが警察に知られれば、たとえ殺人容疑はまぬがれることはあっても、社会的地位はおしまいであった。O百貨店の会長の娘として、彼に君臨して来た玉枝の顔が浮かんだ。美貌の二号絞殺さる。パトロンはO百貨店宣伝部長。刺戟的な見出しの新聞記事が、彼をおびやかした。国本はこれまで君子のアパートに数回来ていた。幸い人に見られた覚えは一度もない。

誰も、君子を囲っていることを知らないのだ、そう思って国本は愕然とした。堂本しのぶが知っているような気がしたからだ。いやしかし相手が君子であることは知らないかもしれない。知る筈はない。国本は見えぬ不安におびやかされながら、あがいた。とに角、今彼が取るべき最上の手段は、この部屋から彼の痕跡を消すことであった。

警察に対する報告はその後で考えればよい。彼は次の間に出ると崩れるように椅子に坐った。君子の部屋に俺の痕跡がある筈はない、と国本は思った。彼は身につけたものを、なに一つここに残してはいなかった。待て、君子は日記をつけてはいないだろうか。が、その思いは滑稽だった。君子はエロがかった週刊誌しか読まないような女であった。家計簿さえもつけていない。念のため部屋の中をもう一度探してみたが、危惧《きぐ》するようなものは発見出来なかった。

部屋を出る前国本は、自分の指紋を消すかどうかについて、一寸迷った。消せば国本の指紋以外、犯人の指紋も消えるかもしれない。しかし彼はやはり消すことにした。彼は自分が触れたあらゆる場所をハンカチで拭った。

部屋を出る時、国本はさすがに、君子に対し憐憫《れんびん》の情を覚え、犯人を憎んだ。が、それは心の中だけの思いであった。生命のない者のために、俺の社会的地位を犠牲にすることは出来ない、と国本は思った。彼は何時か、君子の死を警察に訴える意志を失っていた。

国本康人は元来そんな性格の男であった。彼は注意深くドアに耳を当て、辺りの様子をうかがい、外に出た。アパートの外はすでに夜であった。

二

その夜国本は、難波の近くの見知らぬバーに入って一人で酒を飲んだ。一点に眼を据え、つかれたように、ウイスキーをあおり続ける国本に、女達は何時か離れて奇妙な視線を時々投げていた。

死んだ君子の顔と、堂本しのぶの顔が、交互に国本の脳裡に浮かんだ。もししのぶが、国本が君子を囲っていることを知っていたなら、今後彼をおびやかす存在は、しのぶであった。あいつが知るわけはない、と国本は舌打して、ウイスキーをあおった。彼がしのぶにおびえたのは次のようなことがあったからである。

丁度二週間前の、退社時であった。国本が宣伝部を出ると、廊下に佇んでいた人影が、国本の傍に寄って来た。茶色い地味なスーツを着た堂本しのぶであった。顔はむくんだようにふくれ、小さい眼は一層細く光っていた。女がしのぶであることを知った時、国本はなんとなく狼狽した。彼はしのぶが同じO百貨店にいることさえ、忘れていたのである。しのぶの顔にはなんの表情も浮かんでいなかった。感情を捨て去った顔であった。

　玉枝と結婚してから十数年、国本が異性への関心を抑圧していたとするならば、しのぶは十数年、女としての感情を枯《か》らしていた筈であった。が、エゴイストな彼はそのことに気づいてはいなかった。

「部長さん、お話があるんですけど……」

　としのぶは低い声でいった。その視線は床に落されていた。国本は眉をひそめた。

「今日は、人と会わねばならないんだが」

「三十分で結構です」としのぶはいった。

　意外にしつようなしのぶの態度に、国本はふと圧迫感を覚えた。しのぶは国本の意志にたてつくような女ではない筈であった。しのぶが人事課勤務であることを、国本はなんとなく思い出した。通る者は、二人の立話に特別の関心を抱いてはいない。十数年前の、二人の関係を知っている者は誰もいなかった。

　国本は仕方なく、心斎橋の有名な喫茶店の名をいった。「三十分だけだよ」とまた念を押した。

　その喫茶店で、しのぶは国本がぎょっとしたようなことを口にしたのだ。「部長さんはこの頃、奥さん以外の方と関係しておられるのではありません？」としのぶはいった。国本は飲みかけたコーヒーを思わず卓上に置いた。しのぶと別れて以来、しのぶが同じ〇百貨店に勤めていることさえ、国本は忘れていたのだ。時々行き会っても、しのぶは視線を伏せるだけであった。そんなしのぶが発した刃物のような言葉を、国本は受けとめる余裕はなかった。「一体なんの話だ？」と国本は嗄《しやが》れた声で詰問した。しのぶのむくんだような顔には不似合いな化粧があった。香水の匂いが強く国本の鼻を射た。そうだ、この女も、もう四十近くなる。まだ独身なのか、と国本はふと思った。それはあまり気持のよい思いではなかった。「昔、部長さんは、私と別れる時、二つの約束をされました。覚えておいでではないでしょうか？」としのぶは低い声でいった。国本は眉をひそめた。「二つの約束だって」「そうです、一つは私が部長さんとお別れしても、ずっと〇百貨店に勤めることとです、今一つは……」といってしのぶは国本を見た。細い瞼の奥の双眸が異様に光っているのを国本は見た。「あなたが奥さん以外の方と関係されないということです」

国本は息を呑んだ。そういえばそんな約束をしたような覚えもある。しのぶの声にはアクセントが少なかった。そうだ、この女は昔から、こんな棒のような喋りかたをした、記憶の外に遠く忘れ果てていたしのぶとの情事が、突然雲間を破った、冬の月の光りのように、うそ寒く国本の胸にさして来た。

国本の実家は天六の化粧品店であった。繁華街といっても場末である。子供の時分から頭はよかったが、虚栄心は強かった。両親は商業学校を出た国本に、すぐ実業につくことを望んだが、国本はきかなかった。大学に行くことを同意させるため、彼は火のついた新聞紙を家の中に放ったりした。彼は苦学して大学を出たが、友人達には、極力《きょくりょく》それを知られないようにした。O百貨店に入ったのは、家庭教師をしていた家の主人が、重役だったからである。

このような、知己を利用する才はたけていた。当時から彼の目的は金と栄達であった。彼は他の同僚達のように、色街の女に金を消費するようなことはしなかった。若い性の吐け口を、彼は素人で満たした。それは僅かなプレゼントや、映画の券でひっかけることの出来る、場末の喫茶ガールであったり、うどん屋の娘であったりした。彼はそれで満足していた。同僚達が、華やかな服装の美貌の女性と、心斎橋を誇《ほこ》らしげに歩いているのを見るたび、彼は、俺の女の方が味は良いさ、と呟いて唾を吐いた。陰湿な嫉妬の変形ではあったが、彼が関係した女達は、太い足とたくましい肉体を持っていた。

が、それだけで満たされないものがあったのは当然である。国本が堂本しのぶと関係したのは、入社して二年めであった。国本が書籍売り場に廻った時、しのぶは同じ売り場にいたのである。当時しのぶは色白のぽっちゃりした女であった。きめの細かい白い肌が国本の欲望に火をつけた。彼が関係した女に白い肌の女性はいなかった。

しのぶは昼休み、一人静かに本を読んでいるような女であった。彼は社内の女とは絶対関係しない、という決意を入社の時たてていた。将来の良縁に備えてである。だからしのぶを誘惑するまでにはずいぶん躊躇した。うるさい兄弟はいないかと、しのぶの家を調べたりした。しのぶが二人姉妹であり、両親が小学校の小使いであることを知った時、国本はしのぶを征服しようと決意した。

しのぶは理髪店をしている叔父の家から通勤していた。しのぶをものにするまでには、かなりの時間がかかった。が、いったん関係するとしのぶは、予想通りおとなしい従順な女であった。彼は関係するとすぐ、しのぶに二つのことを約束させた。二人の関係を絶対他人に知らせないこと。しのぶとは結婚出来ないこと。結婚出来ない理由として、彼は次のように述べた。自分は義理のため、どうしても結婚しなければならない女がいる。名はあかせないが、その女はけっして愛してはいない。

国本が関係してすぐ、このようなことをいっておいたのは、玉枝との結婚話が起きた時、しのぶを諦《あきら》めさせるのに、相当役立ったようだ。国本はしのぶを南田辺のアパートに住まわせていた。それでもしのぶは国本の結婚にしつような無言の抵抗をこころみたが、国本の相手が玉枝であることを知ると、しかたなく国本の結婚を承諾した。

玉枝は、彼が学生時代、家庭教師で教えた娘の姉であった。父はO百貨店の重役である。常務取締だが、将来は社長を噂されていた。玉枝の父が、直接話を持って来たのだ。待ちに待った栄達のチャンスであった。が、両手に花ということは、現実にはなかなかあり得ないものである。玉枝は色の黒い身体の大きいぎすぎすした女であった。彼が生理的に最も嫌悪を感じるタイプの女であった。見識高く、何処か国本を見下ろすようなところがあった。国本は己の決意を固めるために、かなり悩んだ。玉枝と結婚した以上、他の女との関係は考えられなかった。国本の栄達は玉枝の父の意志一つにかかっているのである。しかし、結局国本は、栄達のために、異性への欲望をたつことを決心したのだった。

結婚式の一週間前、国本はしのぶのアパートで、最後の情交を楽しんだ。しのぶは情交の時何時もそうであったように、身を縮め、国本の脇下に鼻を埋め、黙って、これが最後という、彼の宣告を聞いていた。

が、国本が話し終ると、しのぶは国本の枕に顔を乗せ、思いがけず二つの要求を持ち出したのだ。しのぶが、今、彼に思い出させた、二つの約束であった。

国本は十五年前の、あの夜の光景を、ようやく思い出した。確か彼は、あの時しのぶの奇妙な要求を、多少困惑気味に受け入れたようだ。しのぶの顔からは、国本の脇下の汗の匂いがしていた。おとなしそうな白い顔から発散する、男の自分の体臭を、うとましく嗅いだのを国本は思い出した。

国本は顔を歪め、音をたてずにコーヒーをすすり始めた。しのぶを睨んだ。

「じゃ、君は僕が、女房以外の女と関係している、というのかね」

と国本はいった。

「それは部長さんがご存知のことです」

「不愉快ないい方はよせ、君はそんないいがかりをつけて、どうする積りだね」

「部長さん、私は部長さんのことなら、たいてい存じていますの、部長さんが結婚されて、私はずっと部長さんを見守って来ました、十五年前、私は部長さんの約束を信じて身をひいたのです、部長さんは、義理で玉枝さんと結婚するが、その代り他の女の人とは、絶対関係しない、と私に約束されました」

馬鹿な、と国本は思った。十五年間も俺を見守って来たなんて……あんな約束は別れる女によくいうせりふじゃないか。四十近いこのむくんだ老嬢は、そんなたわ言を信じ、俺を見守って来た、というのか。あまりにも馬鹿げている、と国本は一笑に付そうとした。が、彼の笑いは喉でつまり、顔が醜く歪《ゆが》んだだけであった。この時国本は、眼の前のしのぶに、初めていい知れぬ恐怖を覚えたのであった。

国本が、その夜バーで、しのぶが、君子を囲っていることを知っているかもしれない、と思ったのは、この出来事のためであった。

玉枝と結婚して、国本は間もなく応召し、無事終戦を迎え、予定通り、四十二歳という若さで、宣伝部長の要職についた。その間、玉枝の父は社長になり、会長になり、そして二た月前、脳溢血で倒れ、今は大学病院で、口もきけず、朽木のように寝ていた。玉枝の父が倒れた、ということは、長い間彼の欲望を縛りつけていた鎖が、遂に断ち切られた、ということであった。彼が君子を囲ったのも、その一つの現われであった。

でも、君子との関係は、絶対人に知られないように、して来た筈であった。しのぶが知っている筈は絶対ない。あの女は鎌をかけているのだ。国本は苦いウイスキーをあお

君子が、O百貨店のエレベーターガールとして入社したのは、今年の四月であった。O百貨店では、エレベーターガールには、品がよく、美貌で、体軀のよく発達した者を採用する方針であったが、その中でも君子は群を抜いた存在であった。身長は五尺四寸、大きな、よく光る切れ長の眼。唇の肉ははち切れそうに盛り上っていたが、野卑な感じはなく肉感的であった。顎から喉にかけての線にものめり込みそうな色気があった。君子を見た時から、国本は君子にひかれた。

確かに十九歳の君子は、洗練されていない野暮ったさが残っていたのは事実である。学歴も中学出だし、その点教養美というものもあまりなかった。が、国本は職業柄、こしらえた美とか、知性美には慣れ過ぎていた。

国本は君子を宣伝部に引っ張って来ることを考えた。O百貨店のカレンダーのモデルにもってこいである。国本は時々エレベーターの中で君子に話しかけた。狭い箱の中で一日中同じ言葉を喋り、絶えずラッシュアワーのような混雑にもまれどおしの職業である。君子が疲れ切った時、微笑みかけて来る雲の上のような宣伝部長に、ひかれたとしても無理はなかった。でも、玉枝の父がいる以上、手出しすることは出来なかった。とりあえず、国本は君子を、宣伝部に引っ張った。ミスO百貨店として、大いに売り出してやろう、と考えたのである。二人の仲は急速に進んだ。そんな時義父が脳溢血で倒れたのである。国本が君子をホテルに連れ込んだのは、義父が倒れてから三日めであった。

君子が処女であったかどうかは国本にも分からない。君子は苦痛の声はたてなかった。といって情事に興味を示した風もなかった。国本が君子を愛撫しながら、「これから君を売り出してやろう」というと、君子はもの憂げに首を振った。「うちは、華やかな性格やないの、もし部長さんが、うちになにかしてくれはる気持があるなら、パトロンになって欲しいわ」

そしてこの十九の女は、燃えるような太腿と両腕を、国本に絡《から》まして来たのであった。最近の若い女は、性への羞恥心を持たない。三、四回会う頃から、君子の豊満な身体は、国本が眼を見張る程開花した。抱くと粘液の肌は火を帯《お》びたように熱を含み、骨を感じさせない全身の肉体から吹き出す汗は、柔肌に解けて脂のようにねとついた。君子は国本にとって、若さと性の象徴のようなものだった。

抑圧された十五年間の欲情が、君子によって爆発したのは無理はなかった。もちろん合理主義者である国本は、君子に精神的な愛情を抱いたのではなかった。そのようなものがなければこそ、中年の欲情を裸で叩きつけることが出来たのだ。

アパートに囲って一か月になる。囲い出してから君子は会社を止めた。考えてみれば、短い関係であった。情事以外の、君子の私生活については、国本はなにもしらない。

三

大変なことが起った、と君子は電話でいったが、一体なにが起ったのか。君子は誰に殺されたのか。しのぶは君子との関係を、はっきり知っているのだろうか。国本が君子の死の現場を見たことは、警察には分からず済ませることが出来るだろうか。国本が、不安や妄想を拭おうとして、ぐでんぐでんに酔い、浜寺の自宅に帰ったのは、午前一時過ぎであった。国本は酒臭い息を発散させながら、玄関の上り框《かまち》に坐り込んだ。

玉枝は突立ったまま、非難の眼で夫を見下ろした。玉枝は結婚して以来、国本とあまりいい争ったことがない。その必要はなかった。角ばった顎を引き締め、険のある眼で睨むと、たいてい玉枝の要求は通った。父が倒れるまで、玉枝の叱責は、国本にとっては義父の叱責であった。が、玉枝がそれを強く意識していたかどうかは疑わしい、何故なら父が倒れても、玉枝は相変らず、同じ表情で自分の要求が通ると考えているらしかった。国本にとっては、ちゃんちゃら、おかしいことであった。そして酔いと昂奮が、結婚して初めて、玉枝に対する罵声となって現われた。「おい、ぼやっと立っとらんと、水だ、水を持って来い！」

玉枝は唇を慄《ふる》わせて、夫の罵声を受け止めた。玉枝はますます眼を光らせて夫を睨んだ。

「水だ、水だというのに分からんか、おいかかあ！」と国本は叫んだ。玉枝はぎくっと身体を慄わすと奥に入ってしまった。かかあ、この言葉を、国本は何時か玉枝に叩きつけてやろうと思っていたのだ。酔うと国本の父は母にきまって、この言葉を投げつけた。玉枝はいくらたっても出て来なかった。畜生、汁気のないかかあめ、国本はあさましい言葉を呟きながら、台所に行き水を飲んだ。二人の間に子供はない。玉枝は一度身ごもったが、母体が子供を生むのに適さないので、おろしたのである。茶の間で衣服を脱ぎ捨てると、それでも玉枝は、それを畳んでしまった。玉枝はそのようなことはきっちりしていた。私は妻の務めは充分果している。無言で夫の衣服を片づける玉枝の横顔には、何時もそんな自信があった。

国本の家は浜寺の海辺から百メートルと離れていない。玉枝の父が建ててくれた家であった。波の音が松林を通し、部屋に流れ込んで来る。

玉枝は寝室で布団を敷いている様子だった。普通酔払いは自宅に戻ると酔いが爆発するものだが、国本は酔いが醒《さ》めて来るような気がした。彼はウイスキーをコップに入れてあおった。寝室に入って、国本はどきっとした。寝巻姿の玉枝が、枕元にきちっと坐っていたからである。寝巻を着ると、ごつい骨張った身体が一層めだった。膝の上に置かれた手には怖い程青筋が立っている。女としての魅力は毛程もない。でも玉枝は、一週間に一度は必ず自分の方から国本に抱かれることを望んだ。求める時玉枝は次のような行為でそれを示した。まず寝化粧をする。いつもは離して敷いている布団を夫の傍に寄せる。そして布団に入ると身体を、二人の布団の境に横たえるのだ。それは十五年前、結婚した夜からの習慣であった。義父が倒れるまで、国本は玉枝の欲求する時にのみ応じて来た。結婚して二、三年たった頃から、国本は自分の方から玉枝の身体はほとんど求めなかった。

国本がどきっとしたのは、二人の布団が寄せられていたからだった。国本が布団に入ると、

「私はあなたに、かかあと呼ばれる女じゃありません」と玉枝はいった。国本は罵声を飛ばそうとして押えた。義父が脳溢血で倒れたからといって、徹底的に喧嘩してしまうのは早過ぎた。なんといっても、義父はまだ生存し、会長で、大株主なのである。「あなた、私をかかあと……」と玉枝はまたいった。「俺はもともとそういう生れなんだよ、俺の親父はおふくろのことを、どかか、と呼んでいたのだ」と国本はめんどくさそうにいった。「お父さんが脳溢血になってから、あなたは、がらっと変ったわね」

国本はぎょっとした。酔いで鼓動《こどう》だけは激しいのに、神経はますます冴えて来た。彼は本能的に言葉遣いに用心しなければならないのを感じた。「どんな風に変ったんだ？」「あなたの心に聞いたらよいでしょう」と玉枝は意味あり気な口調でいった。まるで私は、あなたの秘密を知っていいます、とでもいいたげな口調であった。国本は眼を閉じた。……そうだ、俺は十九歳のはち切れるような女を囲った。十五年間俺は辛棒し続けて来たんだ、お前は色の黒い魅力のない女のくせに、俺を心の底で軽蔑し続けて来た。君は親父をかさに着て、夫である俺を尻に敷いて来た、俺は犬のようにお前に奉仕せねばならなかった。が、こんなことを俺がいったって、お前には分からないだろう、家をきちんと掃除し、俺が帰れば必ず玄関まで迎え、俺の身の廻りをちゃんと整え、私は模範的な妻です、といいたいんだろう、真平だ……と国本は口の中で喚いた。「俺の心に聞け

って、妙ないい方だな、まるで俺が君に隠してなにかしているようだな」

「俺、なんて、いやしいいい方は止して下さい」

……それだよ、そのいい方だ、じゃいってやろう、お前は表面的には俺に従うような顔をしながら、実質は全部お前の主張を通した、飯の食い方、箸の持ち方、服の選び方、日曜日たまにゆっくり眠ろうとしても、お前はだらしないといって、俺を寝かさなかった、お前が俺を見る眼には、なんていやしい育ちなんだろう、という軽蔑の光りがあった、俺は何度お前を張り倒してやろう、と思ったかもしれない、が、お前の親父が元気な間、俺には出来なかった、しかし今はもう出来るんだぞ、そりゃな、離婚はしないよ、お前はなんといっても元社長で、大株主の娘だ、体面上からも利益上からもしない、でもな、これからは今までのように、俺はお前に奉仕しないぜ、俺は勝手気ままなことをする、さあ、俺はもうお前を抱きたくないんだ、坐りたいなら朝までそこで坐っておれよ……

国本は布団を顔の上にかぶった。その時玉枝が低く笑った。「あなたが、私に隠れて外で妙なことをしてもだめよ、私はちゃあんと知っているんだから」「なんだって」

国本は思わず布団を撥《の》ね除けた。玉枝は相変らずきちんと坐ったままであった。今はもう間違いはなかった。しのぶが国本についてなにかを知っていると同じように、玉枝も知っているのだ。そんな馬鹿な、と国本はすぐ打ち消した。家にいる玉枝が知っている筈はない。

「おもしろいことをいうね、そんなもってまわったいい方をせず、はっきりいってくれよ」

「いえばなにもかもおしまいよ、ああ、お父さんが病気になって、不幸がやって来たわ、私はやっと分かった、あなたはお金と地位のために私と結婚したんだわ、あなたは冷酷な人だわ」

この時、国本は玉枝の身体が小刻みに慄えているのに気づいた。玉枝はこみあげて来る激情を必死にこらえているようであった。国本は今は酔いも醒め、呆然と玉枝を見詰めた。玉枝の双眸から、涙が溢れ出た。なにかが玉枝を、何時もの見識高い女から感情的な女に変えていた。なにか、とは国本が怒鳴ったことか。いやそうではない、と国本は思った。玉枝も、国本の秘密のなにかを感づいているのだ。この時国本の脳裡に、玉枝が君子の首を締める光景が浮かんだ。打ち寄せる波の音が強くなった。風は松林を鳴らし窓ガラスを絶え間なくゆすっていた。

四

若い女、アパートで殺さる、痴情か強盗か？　君子の死は翌日の夕刊に掲載された。記事の内容は次のようなものであった。

今日十時頃、大阪高津の高級アパート宝荘で、住居人の西条君子さんが頸部を紐で締められて死んでいるのを、遊びに来た友人の後藤文子さんが発見した。警察の調べによると死亡時刻は、昨日の午後五時前後で、暴行は受けておらず、室内を荒された形跡もない。なお君子さんは一月前宝荘に移ったばかりで、それまではO百貨店に勤務していた。宝荘は各戸ごと、直接外部から出入りするようになっており、管理人も隣室の山岡さんも、君子さんが、どのような生活をしているのか、知っていない。発見者の後藤さんは、ダンスホールで君子さんと知り合ったと述べているが、君子さんの私生活については、全然知らないそうである。君子さんの部屋には、電気冷蔵庫を初め、電気器具は一応そろっているところから、資力のあるパトロンがいるか、あるいはコールガール組織に入っていたのではないかと推察、その方面の捜査に乗り出した。が、一方では流しの犯行説もあり、この方の捜査も進めている。

記事の末尾には、某社の守衛をしている君子の父の談話ものっていたが、君子は国本のことは、なにも喋っている模様はなかった。

読み終り、国本はほっと安堵の溜息をついた。二人の関係は絶対外部に洩らさないように念を押していたが、君子はみごとにそれを守っていたようであった。その点君子は大人であった。

刑事がやって来たのは国本が新聞を読み終ったところであった。彼は落着いた気持で刑事と応対した。刑事の質問は、君子の異性関係と、何故君子がO百貨店をやめたか、ということであった。

「あの女の異性関係は全然知りません、会社を止めた理由も分かりません、百貨店というところはご存知のように、ほとんどが女店員です、到底個人的なことにタッチする余裕はないのです」

「それはそうですな」といって刑事は煙草に火をつけた。袖口がすり切れた四十前後の刑事であった。晩秋なのに顔はどす黒く陽に焼け、街路の塵《ちり》が額の皺に吹き溜ったような容貌だった。

「国本さんは、西条さんをみとめておられたということですね」と刑事はぼんやりした顔でいった。国本はどきっとした。一体誰がそんなことを喋ったのか。「なかなか魅力のある女でしたからね、売り出してやろうと思っていたんですよ」

よけいなことをいったようであった。が、刑事の質問には他意はなさそうであった。刑事は指と焼けそうになるまで煙草を吸うと、旨《うま》そうに紅茶をすすり、腰をあげた。

死んだ君子に対してはかわいそうであったが、国本としては、どうしてもこの事件にかかわりたくなかった。十五年間、異性への欲望を捨ててやっと得た、現在の地位を傷つけたくなかった。あと二、三年すれば、重役の地位が待っている。羽を伸すのが早過ぎた、と国本は今更のように後悔した。

ただ問題はしのぶであった。しのぶは果して俺と君子との関係を知っているのか。そう思うと、急に堪《たま》らない不安が、国本の胸を満たし始めた。いまにもしのぶが警察に二人の関係を告げるような気がした。もし本当に知っているなら、どうしてもしのぶの口を封じる必要があった。

その日国本は、通用門の向かいの喫茶店で、しのぶが出て来るのを待った。若い華やかな女達が次々と出てきた。すでに陽はとっぷり落ちていた。元気よく話し合ったり、待ち合わせているボーイフレンドと、嬉しそうに消えて行くのは、二十前後の、若い女達であった。しかし二十五、六を過ぎた女達は、黙々と、明らかに一日の疲労を身に重くつけて歩いた。

見逃すまいと、国本は眼を皿のように見張ったが、遂にしのぶの姿は発見出来なかった。混雑で見過したか。立ち上りかけて国本は、しのぶ達人事課は、女店員より三十分早く退社するのを忘れていたことに気づいた。

その時国本は何故、ひょっとしたらしのぶは昔のアパートに住んでいるのではないか、と思いついたかは分からない。とにかく彼は、ふとしのぶは、まだ南田辺の、あのアパートに住んでいるような気がしたのだ。

国本はバーで酒を入れ、九時頃、昔良く通ったしのぶのアパートを訪れた。

駅の傍の、古い青みがかった水をたたえた長池は、昔のままであった。南田辺は、昭和五、六年頃から、サラリーマンの街として、阪和電車が開発した住宅地であった。戦前からアパートの数も多い。しのぶが住んでいた憩荘は、南田辺と鶴ヶ丘との中間にあった。アパートの廻りは、屋根の痛んだ古い家がぎっしりつまっていた。夜目にも古びた、憩荘の前に立った時、国本は十五年の歳月の距離が消えるのを感じた。廊下に続く板の間の下駄箱も昔のままであった。下駄箱には、盗難のおそれがありますから、靴は自室にしまって下さい、と貼り紙されていた。玄関には人影がなく、部屋部屋からラジオやテレビの音が聞えていた。国本は靴を脱ぎ、きしる階段を二階に上っていった。しのぶの部屋は二階のはずれにあった。国本は足音をしのばせて、しのぶの部屋の前に立った。堂本しのぶ、墨のところどころ薄れた古い名札を、国本は息をとめて見詰めた。あまりにも予感は的確であった。鍵穴から光りは見えない。留守なのか、もう眠ったのか。

国本はそっと鍵穴に耳を当てた。なにか呟くような女の声がした。国本は本能的に顔を離した。しのぶはいるのだ。国本は今一度腕時計を見た。まちがいなく九時であった。この古びたアパートの一室から、華やかな都心の百貨店に十五年間しのぶは、国本を見守るためにだけ通っていたというのか。国本は熱病にかかったように身体をわなわなさせ、ノックもせず、ドアを引いた。ドアには鍵がかかっていた。しのぶが息を飲んだ気配を、国本は、はっきり感じた。国本は割れるようにドアを叩いた。

「どなた？」としのぶが尋ねた。

「おれだ、国本だ」と国本は答えた。声も大きかった。俺は酔っているな、と国本は思った。返事はなかった。国本は苛々してドアを見詰めた。鍵穴に耳を当てると、布団を片づけるような音がする。やはりしのぶは寝ていたようであった。国本はまたドアを叩いた。「今開けますから」としのぶはいった。窓ガラスを開ける音がした。部屋の空気を入れ変えているのであろうか。しのぶがドアを開けたのは数分たってからであった。

国本は飛び込むように部屋の中に入った。古畳の六畳。鏡台と本棚と、小さな整理箪笥。それに学生用の勉強机が窓の下にあった。国本は鼻を鳴らした。微かな異臭がしたように思ったからだ。冷たい風が、それをさらっていった。しのぶはかすりの銘仙《めいせん》を着ていた。「酔った」といって、国本は座布団に坐った。しのぶの顔は青かった。太ったように見えていたが、化粧を落した顔は艶がなく、明らかにむくんだような感じであった。しのぶは窓を閉めると国本と向かい合って、きちんと坐った。その双眸は熱を帯びたように赤く、じっと国本の顔にむけられた。今時分、なにしに来たとも問わない。しのぶは国本の訪問の理由を知っているようであった。

国本の頭はかっかとほてっていた。眼の前のしのぶの顔が大きくなったり、小さくなったりする。玉枝と結婚する一週間前、国本はこの部屋でしのぶを抱いたのだ。国本は脇下の汗の匂いを顔にしみこました十五年前のしのぶの顔に重なったような気がした。国本の燃えた脳裡の何処からか、氷のように冷たいしたたりが、彼の背筋の方に落ち始めた。

「君は俺がなにしに来たか知っているな」と国本はいった。「部長さん、貴方は私を裏切りました、貴方はそのことで私の部屋に来たのでしょう」としのぶは低い声でいった。わけのわからない罵声が喉から飛び出そうとするのを、国本は懸命にこらえた。「君はこの間、僕が社の女と関係しているといったが、なにを根拠にそのようなことをいったんだ、僕はそれを問いただすために来た、理由を聞こう?」「部長さんはそれを否定《ひてい》されるんですか？」

「否定するよ、君の返答いかんでは、僕にも考えがある」「私を会社から追い出すとおっしゃるんですね」

国本は身体中の血が急速に引いて行くのを覚えた。彼の前に居るのは昔捨てた女でも、社の女子事務員でもなかった。それは彼の運命に翳《かげ》のようにへばりついている見えない黒い蛭《ひる》であることを、今国本は悟り始めたのだった。しのぶは視線を畳に落した。なにかねばつくようなしのぶの視線を辿って行くと、黒いへりの傍の畳の一部分が、醜《みにく》くむしり取られたようになっていた。

「部長さん、この古い畳の傷あとを覚えていらっしゃいます？　あの最後の夜、あなたに抱かれながら、私はこの爪で畳をむしり取っていたのですよ、口に出せなかった私の苦しみを、私はこのような形でしか、あの時表現出来なかったのです、私は畳をむしりながら、あなたに二つのことを約束していただきました、結婚したら、他の女の人と関係なさらないこと、私はずっと〇百貨店に勤めさせていただくこと、あなたは一つをお破りになった、そして今一つもお破りになろうというのですか？」

畜生、俺はこの蛭が、十五年間も俺の身体にへばりついていたことを知らなかったのか。彼はかわいた唇を舌でなめた。

「じゃ、君はあくまで、僕が他の女と関係したというんだね、それじゃ、相手は誰だ、いってみろ、いい加減なことをいっていないのなら、名前ぐらいいえるだろう」

「西条君子さんですわ」

としのぶは畳の傷跡を見ながらいった。国本は坐っている部屋全体が、さっと下に沈んだような気がした。ああ、やっぱりしのぶは知っていたのだ。脂汗が国本の脇下からにじみ出た。

「君はどうして、それを知っていた？」

と国本は嗄れた声で尋ねた。が、彼の頭は喋りながら敏速に回転していた。どんな理由にしろ、しのぶが知っている以上、今国本の取るべき最上の手段は、しのぶの口を封じることであった。しのぶは、相変らず抑揚のない声でいった。

「私はあなたをずっと見守って来ました、私があなたとだまって別れたのも、O百貨店に勤めていることを望んだのも、あなたを見守るためでした、私の生き甲斐はそれだけでした、あなたは栄達のためにだけ生きているような人です、だから奥様のお父さんが生きている間は、けっして他の女の人に手出しをしないと思っていたのです、お父さんがお悪くなった時、あなたは、エレベーターガールの西条さんを宣伝部に変えましたね、私は人事課なので、あなたが引っ張ったことを知ったのですわ、この時から私は、予感がしたのです、私は幸い宣伝部の人達より、退社時間が三十分早いので、西条さんの後や、貴方の後をつけました、そして貴方達二人の関係を知りましたの」

怖ろしい女の執念であった。蛇の舌のようにちろちろと小さな口から出るしのぶの言葉を、国本は、憎悪と嫌悪と恐怖が入り交った、息詰る思いで聞いた。

「嬉しいだろう、西条は死んだよ」

「そうです、西条さんは死にました、あの日私はあなたをつけて、あなたが、西条さんのアパートに入り、出て来たところも見ましたよ」

「なんだって……」

国本は腰を浮かしかけて、醜く唇を慄わせた。彼の運命に吸いついていた見えない蛭は、今はっきり姿を現わし、血を吸い始めたのだ。この女は、俺が君子を殺した、と思っているのだろうか。いやそんなことより、もっと大事なことは、しのぶが彼の死命を制する鍵を握っている、ということであった。落着け、落着け、と国本は自分にいいきかせた。

「大変なところを見られたね、こうなったらなにもかも話そう、確かに僕は西条君子と関係し、君子を囲った、が、君子を殺したのは僕じゃない」

国本は、君子から電話がかかって来たいきさつを述べ、アパートに行った時には、すでに君子が死んでいたことも述べた。しのぶは黙っていた。その眼は、何故警察に訴えなかったのか、と冷やかに国本の気持を凝視しているようだった。「僕はかかわりたくなかったんだ」と国本はいった。「あなたはそんな人ですわ」としのぶは答えた。「愛していなかったんだ、十五年間抑えられていたものが解放されたので、つい関係してしまった」

こんな女に、宣伝部長の俺が這いつくばらねばならないのか、喋りながら国本は、しのぶに対する憎悪と怒りが、煮《に》えたぎるのを覚えた。

「君は、そのことを誰にも喋っていないね」

「喋っていません、でもあなたに対する愛情からではないのです、あなたを支配したいからですわ、私は長い間、この時を待っていました、もし奥様のお父さんが生きておられる時に、あなたが他の女と関係したとしたら、そのことであなたを支配しようと思っていました、でも、もっとすばらしいものを私は握ったのです、私はあなたの殺人の現場を見たのですから」

しのぶの顔には生臭い微笑が浮いた。

「馬鹿な、僕が殺したんじゃない」

が、国本はいくら叫んでも、無駄であることを知っていた。死亡時刻は、五時前後と発表されている。国本はその時刻に君子の部屋に入り、君子が殺害されている現場を見て、警察に知らせなかったのだ。あの時知らせておけば……おのれの卑怯な行為をいくら悔んでみても、もはや、後の祭であった。しのぶは今、国本に愛情がない、といった。しかし、このような女の執念は、国本に対する愛情の裏返しではないか。しのぶの口を封じ、屈服させる道は……国本の眼は異様に光った。国本は青くふくれたようなしのぶの顔を見た。襟元から見える肌はやはり青かったが、きめの細かさは昔と同じものであった。国本はにじり寄った。しのぶは国本の気持を感じ取ったのか、眼を据えて後ろに下った。国本が飛びかかると、しのぶは、止めて、と叫んだ。香料の中に、微かだが、長い間風呂に入っていないような異臭を、国本は嗅いだ。彼は必死であった。彼は元来垢臭い拾い屋の女とも情事を遂行出来るような男であった。

突然しのぶは、「誰か来て！」と悲鳴をあげた。大きな声であった。形式的な防御《ぼうぎょ》ではない。しのぶは本気で国本を拒絶したのだ。国本は憎悪で眼が痛くなった。しのぶは壁によりかかり、息をはずませていた。

「部長さん、私は昔のしのぶではありませんよ」としのぶはいった。国本は昔の女の顔の中に、復讐の匂いを嗅いだ。

この時国本は、しのぶを殺したい、と思った。

五

国本が自宅に帰ったのは午前二時頃であった。戸が締っていて、いくら叩いても返事がない。昨夜のことでふてくされているな、と国本は思った。彼は塀を乗り越え裏庭に廻った。雨戸が閉っていたので叩いたが、やはり返事はなかった。閉め出す気かな、と国本は思った。でも玉枝はそのような行為に出るような女ではない筈だ。漠とした不安におびえながら勝手口の戸を開けると、鍵はかかっていなかった。家の中に玉枝の姿はなかった。布団も敷いていない。茶の間の食卓の上に置手紙があった。……感ずるところがあり、しばらく実家に帰ります、私が戻るまで放って置いて下さい……馬鹿め！国本は便箋を叩きつけた。結婚して以来、国本が玉枝に荒々しい言葉を使ったのは昨夜が初めてであった。たった一回の夫の暴言で、玉枝は家を出るという手段で報復しようとするのか。玉枝はそこまで増長していたのか。国本は仰向けに畳に転がった。俺はなんて、かすの女ばかり摑んだのだろう、と国本は自分の運を呪った。ようやく気に入った女をものに出来た、と思ったら、その女は殺され、しかもその死によって、苦境に立たされようとしている。彼のような地位と押し出しの良い風采の男なら、もっと女運にめぐまれても不思議はなかった。俺は全くついていない、国本は吐き出した。国本は、自分の非人間的な性格が選んだ運命への責任を忘れ、結果だけを恨んだ。

君子は電話をかけた時、大変なことが起った、といった。それを警察に知らせれば、事件を解く何らかの手掛りになったかもしれない。が、知らせる気にはなれなかった。彼は誰が君子を殺したか、ということはあまり考えなかった。彼が気を病んだのは、警察の捜査の結果、自分と君子との関係がばれないか、君子の殺害現場に自分が行ったことが知れないか、ということであった。

刑事は連日のようにやって来た。あの顔の皺に街路の塵を溜めたような男であった。刑事の名は末村といった。末村はやって来ると気軽な態度で国本と喋った。もちろん末村は国本を全く疑っていないようであった。

「どうもあの殺された女には、ミナミのちんぴらがついていたようですな、ダンスホールで知り合いになった男のようです」

「へー、西条君子にやくざが……」

と国本は驚いていった。国本は君子がどのような生活をしていたかは知らない。でも、やくざと関係していたとは意外であった。

国本は何時だったたか、君子に「仕事もしないで、毎日どうしているんだ?」と尋ねたことがあった。

「なんにもしてへんわ、十二時頃起きるでしょ、それから映画に行ったり、百貨店をぶらついたりしたら、すぐ夜になるやないの、踊りに行く時もあるし、バーに飲みに行く時もあるわ」君子は答えた。そんなものかな、と国本は思った。そういえば、君子の死を発見した後藤文子は、君子とミナミのダンスホールで知り合ったという。

大いに売り出してやろう、と国本がいった時、君子は働くのはいやだ、と断わった。もともと君子はのらくらな、娼婦のような女であったに違いない。国本は結構、若い君子の肉体を楽しんでいる積りだったが、君子はかげで舌を出していたのかもしれない。国本があてがってやったアパートで、君子は、きっとダンスホールで知り合った、ちんぴらがかった若者と抱きあっていたのだ。結局その男に殺されたのであろう。間もなく男は逮捕されるに違いなかった。この事件さえ落着すれば機を見てしのぶを処分すればよい。重役の椅子は目前に迫っていた。玉枝の父さえ死ねば、今までのように、玉枝の機嫌ばかり取らなくてもよい。今度は君子よりもう少し年を取った女を囲うべきだな……末村刑事を前にしながら、何時か国本はそんなことまで考えていた。末村は今日も旨そうに紅茶をすすっていた。この刑事は、紅茶を飲むために、俺のところに話に来るのではないか、と国本は思った程、旨そうな飲み方であった。

でも国本の安心感が崩れるまでに三十分とかからなかった。刑事が部屋を出て暫くたって、トイレに行った国本は、帰りに来客用の小部屋から出た、しのぶと末村刑事の姿を見たのだった。国本の顔色が変った。

末村は一体なにを、しのぶに聞く用事があったのか。まさかしのぶが、国本のことを末村に喋ったとは思われない。しのぶは切札をちらつかせて国本を支配すると宣言した。切札を使ってしまえば、それが最後だ。人事課のドアを開けるしのぶを、国本はトイレの前で、凝然と見守っていた。

その夜も玉枝は戻らなかった。おそらく国本が迎えに行くのを待っているに違いなかった。置手紙には、放っておいてくれ、と書かれていた。俺は迎えに行かないぞ、今までのようになにもかもが、お前の思う通りになると思ったら大間違いだぞ、国本はウイスキーの角瓶を半分もあけて、独身時代のように、うそ寒い布団に一人もぐった。

相変らず末村刑事は、のそのそと宣伝部にやって来た。しのぶと会っているのを見てから、国本はこの中年の刑事にひどく用心深く接した。が、末村の国本に対する態度は少しも変らなかった。しのぶと末村は一体なんの話をしたのであろう。国本はそれを知りたいと思った。しのぶは廊下で国本と顔を合わせても、なんの感情も表わさなかった。それが、国本をますますいらいらさせた。詰問しても白状しそうにないしぶとい性格であることは、先夜の訪問で分かっていた。国本は、ふとしのぶを締め殺す場面を想像した。

晩秋の風が銀杏の葉を惜しげもなくむしり取っていた。この季節の御堂筋は、大阪最高の美観である。タクシーを待っている国本の背にも、黄色の葉が、空中で死んだ蝶のように落ちかかって来た。

「部長さん、今お帰りですの？」

ふと傍で女の声がした。宣伝部の賀屋原茎子が、媚びを含んだ微笑を浮かべて立っていた。茎子は以前から国本の歓心を得ようと露骨な媚《こ》びを見せていた。今はやりの野性的な美はないが、豊頬で眼が大きく笑窪に新鮮な魅力があった。国本は、O百貨店のコマーシャルタレントに使う計画をたてていた。一度そのことを話したことがある。

「今日刑事さん、部長さんのことについて、変な質問しましたわ」

と茎子はいった。国本ははっとしてあたりを窺った。幸いあたりに社の人間はいないようであった。国本は慌てて、停車した車に茎子を乗せた。国本は茎子を中之島のかき船に連れて行った。仲居が去ると部屋の中では二人だけである。「変なことって？」「刑事さんね、部長さんと、死んだ西条さんと、関係があったんじゃないんかって？」「そんな馬鹿な、で、君はどういったの」「もちろん私、知りませんて、答えましたわ、その通りですもの」

国本の脳裡に、音をたてて旨そうに紅茶をすすっていた古靴の皮のような末村の顔が浮かんだ。得体の知れない黒い罠が、じわじわ迫って来たのを、彼は感じた。末村がしのぶから二人の関係を聞いたに違いない、と国本は思った。しかし何故茎子に聞いたのだろう。

「君は僕が西条君と関係あったと思う?」

つまらんことをいった、と国本は後悔した。

「そんなことは知りませんわ」「何故そんな馬鹿げたことを聞いたんだろう」「私と部長さんが仲が良い、と思ったんでしょう」と茎子はまた媚びを含んだ眼で国本を見た。国本と茎子は、仕事の関係で二、三度外で食事した。社内では、その程度のことでも、色眼鏡で見ようとするのか。

「刑事さんが聞いたのは、私だけですって、絶対内密にしてくれ、といっていましたわ」

「僕は確かに、西条君を宣伝部に引っ張った、だがそれだけのことだ、二人の間には、なんのやましいこともないよ」「そんなこと、私に関係ありませんわ、ね、部長さん、私、カレンダーのモデルにだめでしょうか?」

茎子が刑事の言葉を国本に伝えたのは、この言葉を喋りたいためであった。初めから茎子には、刑事の言葉も君子の死も、さして重要な地位を占めていなかったようだ。国本は蒼白な顔に無理に微笑を浮かべ、シャネルの香水を狭い部屋に振りまいている美貌の女を、うつろな視線で眺めた。

「いいよ、君をモデルにするよ、初めからその積りだったんだ」

その夜、国本が茎子とホテルに泊ったのは自然の成行だった。その前にもちろん、彼は、自宅に電話をかけるのを忘れなかった。返事はなく、玉枝はまだ帰っていないようであった。

情交のあと、茎子は煙草をくわえると、奇妙なことを、国本にいった。

「西条さんが殺される前の日にね、私西条さんと偶然難波で会ったの、一緒にお茶を飲んだわ、なんかおもしろくなさそうな顔をしているから、どうしたの、と聞いたのよ、そしたらね……」

茎子は言葉を切ると、唇についた煙草の葉を、ぺっと音たてて吐き捨てた。茎子は新《しん》鮮《せん》そうな外見に似ず、かなりすれた過去を持った女のようであった。「そしたら……」と国本は嗄れた声で先をうながした。「ええ、なんだったけな、そうそう、ヒステリーの奥さんていやらしいわね、今日うちぼろくそにゆうてやった、というのよ、それだけじゃ私に分からないでしょ、だから、旦那さんの奥さんにでもどなり込まれたの？ってかまをかけたの」

国本は息が停るような驚愕を覚えた。まさか玉枝が……茎子はふーと煙草を吹き出すと、

「でもあの人若いのに賢いわね、それ以上はなにも喋らなかったわ」

茎子は、君子のパトロンが国本であることを知って、それをほのめかしているのか。

「ふーん、西条君に旦那があったのか？」

と国本はいった。

「そりゃあるでしょうよ、アパートで豪勢な生活をしているようだわ、ああ、私も良い旦那を見つけたいわ、ねー、部長さんパトロンになってくれない」

茎子は煙草を捨てると、国本の首に手をかけて来た。ホテルに入る前と、後との茎子は人が違ったようであった。茎子はどうやら、君子と国本との関係を疑っていないようだった。茎子がそんなことを口にしたのは、国本にパトロンになって貰いたいための、話のきっかけをつくるために違いなかった。茎子は国本が想像していた以上に、あばずれの女であった。

「君はそのことを刑事に話した？」

「話さないわよ、うるさいもの」

と茎子は吐き捨てるようにいった。

六

国本は玉枝を迎えに行くことにした。茎子が眠ってから一晩中考えてみたが、君子にどなり込んだ奥さん、というのが玉枝かどうか国本にも分からなかった。が、その疑いは充分あった。国本は、奥さんがどなり込んだという、君子が死んだ前の日のことを思い出した。確かに、あの夜は、今までになかったある面が玉枝に感じられた。玉枝が夫婦生活の要求をするのは一週間に一度ぐらいであった。しかしその夜は四日めなのに、玉枝は求めた。そして玉枝の昂奮は、国本がおやっ、と思った程激しかった。更に意外だったのは、いとなみのあと、玉枝が涙を流したことであった。

そう思ってみれば、夫の隠し女に会った、妻の怒りと嫉妬が、いとなみの昂奮を極度に盛り上げた、ということは頷けそうであった。

でも、どう考えても、玉枝が君子のことを知っている筈はなかった。万が一知っていたとしても、玉枝は国本に黙って、どなり込むような、庶民的な性格ではなかった。

実家で、玉枝は国本を、冷やかな態度で迎えた。それでも、国本が戻らないか、というと、家に帰ることを承諾した。

「どうして家を出たのだ?」と国本は尋ねた。

「あなたの気持が分かったからだわ、あなたは栄達のためにだけ、私と結婚したのでしょ、帰る理由は充分だわ」

確かに実家に戻る理由は充分だった。では何故また国本のもとに戻ったのか。

「でも私は、あなたの妻よ、私の人生を、私はあなたに捧げたのよ、今更別れられないわ」

実家に戻っている間、玉枝はこの結論を得たようだ。こいつが会長の娘でなかったら、俺の方から飛び出してやるのだが、国本は喉の奥で毒づいた。それにしても、君子のところにどなり込んだのは、実際玉枝なのか。

玉枝が君子のことに触れたのは、国本にとって義務的ないとなみが終ったあとであった。

「うちの会社にいた女《ひと》、殺されたわね」

国本は全神経を集中して、玉枝の顔を窺った。

「宣伝部にいた女《こ》でしょ」

「どうして知っている？」

「新聞に出ていたじゃないの」

新聞にはO百貨店、とは書いてあったが、宣伝部とは書いてなかったようだ。

「君は、この間、僕が外でなにかしている、といったが、どんなことをしているんだ、はっきりいってくれ、つまらんことを根に持っていられると、不愉快でしかたがない」

「もうすんだことよ、ただ私、あなたが私に隠れて、こそこそしても、ちゃんと知っている、といっておきたかったの」

もうすんだこと、とは君子が死んだからではないか。この時、国本の背筋に冷たいものが走った。まさかとは思う、が、もしどなり込んだのが玉枝なら、君子を殺害したのも、玉枝でないといい切れるか。玉枝は頑丈な力の強い女である。残念なことに国本は、玉枝を詰問することは出来なかった。玉枝が、国本と君子との関係を知っている、ということを、国本は確信出来ないからだ。

「もう寝ましょう、私、家に帰っている間、あなたの地位のことで、お母さんと相談していたのよ、来年の三月には、大株主として、あなたを取締役に推薦するって、お母さんいってたわ、私、喧嘩して帰った、とは知らせていなかったの」

と玉枝はいって仰向いた。

その日末村刑事は、まっすぐ国本の席にやって来た。「ちょっとお聞きしたいことが……」

と末村は囁くようにいった。何時も眠っているような眼が、炯々《けいけい》と輝いているのを国本は見た。

「国本さん、これは重大なことですから隠さずお話し下さい」

と末村はいって、低い声で質問し始めた。それは国本が危惧した通りのものであった。彼は国本と君子との関係を尋ねたのであった。「関係はありません」「いや、実は警察にあなたが西条君子を囲ったという投書が来ましてね、私の方でも捨てておかれず調べたんですが、そのような事実は突きとめられませんでした、誰かあなたを恨んでいるような人はいないでしょうか、絶対ご迷惑はおかけしませんから、おっしゃっていただきたいのですが」

嘘つけ、お前はしのぶから聞いたのじゃないか、国本は思った。

「恨まれているような覚えはない積りです、誰に聞いていただいても結構ですよ、私は、固い方ですから」

「それも調べさせていただきました、いや、今時、部長さん程お固い人はいないですな、どの会社でも、宣伝部長といえば、二、三人女が出て来るものですが、部長さんだけは感心しました」

といって末村はいやしく笑った。いかにも刑事らしい笑い方であった。おそらくこの刑事は、浮気などしたことがないに違いなかった。「別に感心したものじゃないですよ、浮気の出来る人間の方がどんなに幸福か」と国本は自嘲したようにいった。「そうですとも、同感ですな、私なんかも金さえあれば、浮気してみたいですな」と笑って、「これは念のためお聞きするんですから、お気を悪くされると困りますが、部長さんはあの日、四時から六時までの間、会社にいらっしゃいましたかな」といって末村は、蛇のような眼で国本を見た。念のためどころではない、末村は明らかに、国本を疑っているのだ。国本の足は小刻みに慄えた。「そうですな、えーと四時から六時までの間は……どうも日が経っているので」「ごもっともです」

国本はめまぐるしく頭を回転させた。うかつなことをいえば、それこそ取り返しがつかなくなる。彼が社を出たのは五時であった。君子のアパートを出たのは、五時半頃であった。それからすぐ法善寺の近くのスタンドバーで飲み始めたのだ。そのバーに入ったのは、六時前であった。四十分近くが空白であった。

「確かあの日は、五時に社を出て、道頓堀でパチンコをしましたよ、四十分程していて、スタンドバーに行きましたよ、でも不愉快ですな、そんなことを聞かれるのは」

「刑事っていやな商売ですよ、で、なんというパチンコ屋ですか?」

末村の口調は次第に冷やかな響きをおびて来た。国本は有名なパチンコ店の名をつげた。

「いやどうも、でも確か会社は六時までじゃないですか」「私は部長ですよ」「なる程、こりゃ失礼しました」

しかし、百貨店の宣伝部長が、定時より一時間早く社を出、パチンコをしたなんて、おかしくはないだろうか。

「こう見えても、私はパチンコマニヤなんですよ、あの日は負けましたがね」

末村はそれから暫くして、国本を解放した。末村は、出された紅茶をすすろうとはしなかった。明らかに、末村は臭い匂いを国本に感じているようだった。原因はしのぶに違いない、と国本はまた思った。もし実際投書があったとしたならそれはしのぶが書いたに違いなかった。

その日社を出た国本は、誰かにつけられているような気がしてしかたがなかった。末村か、しのぶか。末村であったとしても、なにも不安がる必要はないんだ、俺は君子を殺してはいない、と国本は自分にいいきかせた。しかしそのことを警察に喋らなかったことが、もし分かったなら、警察の心証は、すごく悪くなっている筈であった。明らかに犯人として、彼を眺めるのではないか。そう思うと、国本の足はなえ、脂汗が額ににじみ出て来た。俺は取り返しのつかないことをやったのかもしれない、国本は痛切な後悔に襲われた。

御堂筋の終点であるT百貨店の正面には、すでに巨大なクリスマスの飾りつけがあった。国本は夢遊病者のような足取りで、道頓堀橋の上に立った。その時国本のうつろな視線は、一人の女が、ゆっくり、彼の方に近づいて来るのを捕えた。堂本しのぶであった。

「君はまだ俺をつけているのか、何故だ、理由をいえ」と国本は叫んだ。しのぶは静かに国本を見た。「この世の中で、私が関係した男の人はあなただけですわ」「それがどうしたというんだ」「だから、私はあなたを見守っているのです」

おそろしい執念であった。道頓堀川にしのぶを投げ込んでしまいたい衝動《しょうどう》にかられた。国本は歯をむき、しのぶを睨みつけた。

「君はあの末村という薄ぎたない刑事に、なにを喋ったのだ、俺は君と刑事が話しているところを見たぞ」

「なにも喋りませんわ、私と西条さんとの関係を聞かれたのです」

「君と西条とどんな関係があるんだ、何故刑事は君に尋ねたんだ」

「私は西条さんとなんの関係もありませんわ、刑事が人事課に来て、一人一人に西条さんのことを聞いて廻ったのですよ、だから私は、西条さんには、パトロンがあるのではないですか、といいましたの、そしたら、刑事が私を応接室に連れて行ったのです、でもご心配なく、私はそれ以上のことは、なにも喋りませんでした」

「き、貴様は」

今はもう明らかであった。しのぶは少しずつ国本を苦しめようとしているのだ。今日つけて来たのも、このことを喋るためにつけたのであろう。

「刑事は投書が来た、といっていた、それも君が出したんだな」

「私は知りませんわ、もしそれが事実なら、誰かほかの人じゃありません？」「二人の関係を知っているのは君だけだ」

「そうでしょうか」としのぶはいった、洋酒喫茶の青いネオンが、しのぶの顔を、煙ったように闇の中に浮かび上らせていた。しのぶの口調には、何処か、国本を憐れんでいるような響きさえあった。忽然《こつぜん》として玉枝の顔が脳裡に浮かんだ。まさか、玉枝が。

この時国本は、ごつい玉枝の顔が、しのぶの顔と重なるのを見た。得体の知れない恐怖が、国本の身内を貫いた。

しのぶに対する憎悪と恐怖が、はっきり殺意の形を取ったのはこの時であった。それは理論づけられる意志ではなかった。自分が選んだ運命を、自分の理想通りに開花させるためには、手で捥《も》ぎ取ろうとしても離れない、この蛭を殺害する以外、道はないと思ったのだ。

考えてみれば、国本の心理の動きは奇態であった。あの時、君子の死を警察にさえ告げておけば、たとえ一時疑われることがあっても、国本が犯人と断定される可能性はまずなかった。が、わずらわしさと社会や妻の眼を怖れたばかりに、殺人という大罪を犯そうとする。一見矛盾に見えるが、国本にとっては矛盾ではなかった。何故なら、彼は自己の良心よりも、社会をばかり見詰めて、生きて来た男だからである。

七

その前国本は、玉枝に対する疑惑をどうしても晴らしてしまいたかった。考えてみれば玉枝の言動には数々の疑惑があった。まさか警察に投書したのが玉枝とは思えないが、国本と君子との関係を知っていたかどうかは、ぜひ知っておく必要があった。考えられないことだが、もし君子殺しの犯人が玉枝だとすると、玉枝は無理心中しかけかねない怖れがあった。彼はそこまで考えたのだ。国本はノイローゼにかかっているのか。

国本は大学時代の友人が私立探偵所を開いているのを思い出した。彼は一計を案じた。

その日の夜、浜寺の国本の家に、刑事が訪れた。刑事は色の白い眼つきの鋭い男であった。

玉枝は警察手帳を見せてくれ、といった。刑事は黒皮の手帳をちょっと見せ、すぐ懐にしまった。玉枝は警察手帳なるものを見たことがない。玉枝はもっとはっきり見せてくれ、ということが出来なかった。

「奥さんは、先日殺害された、西条君子さんをご存知ですな」「そんな人は知りません」「知らない筈はないでしょう、O百貨店の宣伝部にいた西条です」「私がどうして知っているのですか?」「警察ではもう調べがついているのですよ、奥さんは西条が殺害された前日、西条のアパートに行きましたね、どうしてですか」

どす黒い玉枝の顔が、雨に打たれた後の靴の皮のように硬直したのが、その男にもはっきり分かった。刑事はひどく緊張した。

「私は西条なんて女の、アパートなどに、行ったことはありません」

それ以後、刑事がなにを質問しても、玉枝は一言も喋らなかった。一重瞼の細い眼を光らし、唇を慄わせながら睨みつけて来る玉枝に、刑事は、しぶとい中に、強度のヒステリー性を見た。女性には往々、忍耐性とヒステリーの相反する性格を共有している者がいるが、玉枝はその一人のようであった。

その夜国本が帰ると、玉枝はどことなく沈んでいた。昼間の刑事の訪問が利いたな、と国本は思った。もちろんそれは国本が私立探偵所に頼んで打った芝居である。刑事になりすました男は、「奥さんはどうやら、西条って女のアパートを訪ねていらっしゃるようですよ」と国本に告げた。

国本と玉枝は、冷やかな冬の風を部屋の中に感じながら無言の食事をすませた。太い男のような骨を持った身体、でっぱった額の下の眼は細く、低い鼻の両わきにそばかすがあった。国本はなにか異常な思いで、玉枝の顔を見た。父をかさに着て、十数年夫を尻に敷いて来たこの女に、夫の情婦のところにどなり込むような嫉妬の炎があったのか。しかも玉枝は女子大を出ているのだ。

が、驚くべきことに、このエゴイズムな男は、君子を殺したのが、玉枝であればよい、とふと思ったのだ。その時は大手を振って玉枝と別れることが出来る、と国本は冷酷《れいこく》な眼つきになった。

「玉枝、今日僕のところに刑事が来たよ」

玉枝はぎくっとしたように、持ちかけた茶碗を置いた。「君は西条が殺される前日、西条のアパートに行ったらしいな、どうしてそんなことをしたんだ」

玉枝は無言であった。それは国本の質問を肯定していた。「隠していては大変なことになるよ、警察では証拠を握っているんだ、隠していると君に、西条殺しの疑いがかかるよ、さあ、どうして西条のアパートに行ったんだ」

「あなたが、あの小娘を妾にしたからです」

玉枝は細い眼を一杯見開き、国本を睨んだ。涙が見る見る溢れたかと思うと、玉枝はわっと食卓に泣き伏した。しゃくりあげ鼻をすすり、子供のように泣く玉枝を、国本は呆然と眺めた。玉枝の泣き方は、十五年間耐えていたものを、爆発させたような、すさまじいものだった。そうだったのか、玉枝はやはり知っていたのか。

やがて、泣き止み、話し始めた玉枝の告白は、冷血な国本の血を慄え上らす程、怖ろしい女の執念の固まりであった。

玉枝の話は次のようなものである。

玉枝と国本の結婚式が二日程に迫った日、一人の女が玉枝に面会を求めた。国本のことで話したい、という。玉枝は会った。女は堂本しのぶであった。しのぶは玉枝に、国本と自分との関係を述べたのである。がしのぶは結婚を止してくれ、といいに来たのではなかった。二人の関係は完全に切れたから、少しも気にする必要はない、といったのだ。それだけならなにも、そんなことを告げに来る必要はなかった。しのぶの訪問の理由は別であった。

「私はずっと国本さんと同じO百貨店に勤める積りです、国本さんは女性関係はルーズな方なので、結婚された後も、奥様に隠れて浮気されるかも分かりません、私は奥様さえよければ、今後、国本さんの女性関係を見守り、もしそのような事実が起きたら、奥様にお知らせしたいのです」

驚いたことに、しのぶは探偵役を買って出たのだ。玉枝は即座に返事をしなかった。玉枝は自分の容貌の醜さは自覚していたし、しのぶの訪問によって、国本との結婚を破談にする気持はなかった。玉枝はしのぶの訪問を秘めて国本と結婚した。結婚して半年め、国本が理由をつけて外泊した翌日、玉枝はしのぶに電話をした。そうしてその時、夫の昔の恋人と、妻との間に、奇妙な契約が出来たのである。もうその頃、玉枝は、国本が自分を愛していないのを知っていた。

こうして十五年がたった。しのぶは年に二回ぐらい、電話で報告して来た。玉枝は何時かしのぶを、自分が傭《やと》った女探偵のように思っていた。玉枝がしのぶから、国本と君子との関係を知らされたのは、国本が君子をアパートに囲った一月前であった。二人はしばしば会って善後策を相談した。もはや国本という一人の男に対し、しのぶと玉枝は共同の味方であった。しのぶは、君子のアパートを告げ、直接訪問した方がよい、といった。玉枝はしのぶのいう通り、君子のアパートを訪れたのだ。「警察に、俺と君子との間が臭い、と投書したのも君だな」「しのぶさんが、この機会にうんと痛めつけてやりなさい、二度としないように思い知らせてやりなさい、とすすめたので」

と玉枝は魔術から解放されたように、ペラペラ喋った。そういえば、昔、しのぶが、玉枝を訪問して以来、玉枝は得体の知れないしのぶの妖気にかかっていたのかもしれない。

国本が玉枝の告白により、しのぶ殺害の決意をますます固めたのはもちろんである。

八

しのぶを殺害する場合、国本にとって有利であったのは、周囲の誰もが、二人の関係を知らないことであった。しのぶもまだ、国本が君子の殺害現場にいた、と警察に告げていなかった。だから警察では二人の線に眼をつけていない筈であった。

その夜国本は、一睡もせず、しのぶを殺害する方法を考えた。風のない夜でも波の音は、あたりが静かなだけ、しみるように流れ込んで来た。いろいろ考えたが、やはり最も確実なのは、人に見られないように、何処かに連れ出し、殺してその死体を処分することであった。問題はしのぶがついて来るかどうか、ということとアリバイであった。でもアリバイの方は、さほど問題にならない。警察がしのぶと国本の関係を知らない以上、殺害して死体を処分してしまえば、謎《なぞ》の失踪としてほうむられる可能性は充分あった。

国本は殺害場所を信太山《しのだやま》の奥と決めた。学生時代よく演習に行き、その辺の地理は詳しかった。

その日国本は車に、シャベルを積み、車を湊町の近くの道路の上に待たせておいた。O百貨店の近くで、そのあたりは怪しげなバーやホテルがあり、夜は街娼やぽん引がうろうろするので、かえって人眼にたたない利点があった。

国本は外から、しのぶに電話した。「少し話したいことがあるから、今夜つきあってくれないか」しのぶはしばらく考えていた様子だったが、承諾した。

その夜国本が、しのぶと待ち合わせた場所は、車を置いてあるすぐ近くの、大きなトルコ風呂の前であった。国本は早めに行き、電柱の蔭に隠れてしのぶが来るのを待った。しのぶが姿を現わした時、国本はちょっと手をあげ、自分がいることを知らせると、一人ずんずん歩き出した。誰も二人が連れだっているとは気づかない筈であった。国本が待たしてあった車の傍まで来た時、しのぶが追いついた。

「乗り給え」といって国本が運転台に乗った。

「何処へ行きますの？」

としのぶは尋ねたが、疑惑を抱いた様子もなく車に乗った。しのぶを車に乗せてさえしまえば、もうしめたものだ。国本は猛スピードで、国道十六号線を、和歌山の方に走った。「一体何処へ行くのですか、なんの話ですか？」としのぶがまた尋ねた。

「和歌の浦だよ、何時だったか、君と行ったことがあったろう、久しぶりで君と、昔を思いだしたいんだよ」

しのぶは返事をしなかった。バックミラーを覗くと、しのぶは眼を異様に光らせ、国本の背中を見詰めていた。くそ、女蛭《めひる》め、そんな顔をしても、だめだぜ、もう少しで、この世ともおさらばだ、お前の餓鬼道のような執念の苦しみも、あとしばらくで、俺が解放してやるからな、国本は心の中で毒づきながら、さらにスピードをあげた。大和川の橋に近づいた時は九十キロを出ていた。その時しのぶが、陰気な声で笑ったのを、国本は聞いた。暗い闇の中から墓風にのって、流れて来たような笑い声であった。

「国本さん、とうとう、あなたは私を殺そうとするのね、私は待っていたわ、この時を待っていたの、私は半年前ひどい子宮癌におかされているのを知ったわ、初めは私は一人で死のうと思ったわ、でもあなたが、西条君子と関係したことを知った時、私の考えは変った、あなたは、私の約束を破り、私を裏切った、十五年間、あなたを見守りながら、あなたが奥様以外の女と関係していないことを知って、私は幸せだった、それだけが私の生き甲斐だったの、西条という小娘と関係したことで、あなたは、とうとう私の一生をめちゃめちゃにしてしまった、どうせ死んで行く身体です、私は私の一生を殺した、西条とあなたを道連れにする決心をしたの、あの女を締め殺したのは私なのよ、油断を見すまして、後ろから首を締めたら、あっけないぐらい簡単に死んだわ、人間の生命って、そんなにもろいのかしら、私の憎悪が普通以上の力を私の腕に与えてくれたのかしら、西条は死んだわ、私は電話をかけあなたを呼び寄せた、私の予想通り冷酷なあなたはあの女の死を、警察に知らせなかった、あなたは自分の身の安全だけしか考えないような男です、私はあなたに少しずつ、不安を与えていった、そうすればきっと、あなたは私を殺すだろう、と思った、私はその時を待っていたの、待っていたのよ」

きつい香料の中から、腐った癌の匂いが、国本の鼻孔を打った。国本はしのぶの話を、黙って聞いていたのではない、彼は喚《わめ》こうとしたが、喚けなかったのだ。紐が、国本の喉に巻きつき、彼の思考を奪った。いやこれは、現実にしのぶが喋ったのではないかもしれない。突然紐が首にかかり、橋欄を破った車が、冷たい冬の川に落ちて行く瞬間、国本は、そんなしのぶの言葉を聞いたような気がしたのだ。

二人の死体は、真夜中川から引き揚げられた車の中から運び出された。しのぶは、国本の首に巻きつけた紐をしっかり握り、国本の背に吸いつくようにして死んでいた。

解説

難波利三

僕は黒岩重吾の不肖の弟子である。

オール讀物新人賞をもらったとき、以前にその賞の選考委員を務めておられた黒岩先生から思いがけなくハガキが届いた。個性の強い読み難い文字だが、おしまいの一行「遊びにいらっしゃい」が判読できたので、早速、邸宅へ押しかけて行き、弟子志願した。

だから常々「先生」と呼んでいたので、ここでもそうさせて頂く。先生が四十七歳、同じ子年生まれで一回り下の僕が満三十五歳だった。以来、先生が七十九歳で亡くなられるまでの長い年月、随分お世話になった。

弟子と称しても特に修業や任務があるわけではなく、もっぱら大阪・北新地へお供するぐらいである。先生から誘いの電話が掛かると、仕事場にしておられた大阪コクサイホテルへ出向く。そこからタクシーで北新地へ向かい、バーやナイトクラブなど四、五軒ハシゴして、帰りはいつも午前様になる。

先生が呑まれるのはキープしたレミーマルタンのみ。ブランデーグラスでちびちび舐めておられた。酔って乱れた姿は一度も見たことがない。アルコールに強いのか、呑み方が上手なのか。ビールなど他の酒類はほとんど口にされなかった。学徒出陣で戦争体験があるせいか、先生は軍歌が好きだった。特に「昭和維新の歌」がお気に入りで、一晩に必ず一回は歌われた。歌詞の二番は「権門上《けんもんかみ》に傲《おご》れども　國を憂《うれ》うる誠なし　財閥富を誇れども　社稷《しゃしょく》を思う心なし」とあり、その「財閥富を誇れども　社稷を思う心なし」の部分だけは音程が外れるほど力を込めて歌われるのだ。北新地の客は一流企業の社用族が多い。彼らに対する何か屈折する思いがあったのかもしれない。

同じ歌の三番の歌詞の終わりは「世は一局の碁なりけり」となるが、全曲歌い終わった後、そこを復唱するように呟かれるのが癖で、これも感じるものがあったのだろう。大抵は二人だが、ときたま東京の編集者が加わる場合もあり、暗黙のうちに編集者との付き合い方や、物書きとしての心構えなどを学んだように思う。それが自分の中で生かされたかどうかは別問題として。「君の年収が五百万を超えるまでは、俺に任せておけ」と言われ、店の支払いは無論、僕の帰りのタクシー代まで払ってもらった。

夜だけではなく昼の遊びもあった。先生がクルーザーを購入され、繫留している大阪の高石マリーナから和歌山の友ヶ島辺りまで出掛けた。キャビンにベッドやトイレも付いたかなりの大型で、屋根の上からも操縦できる。自らハンドルを握り（講習を受けて免許を取得）、海面を飛ぶように走らせる先生は心底楽しそうで、爽快感を満喫しておられた。現在、関西国際空港島が広がる、丁度その辺りの海上を横切るコースだった。今でも関空を利用するたび、往時を懐かしく思い出す。

秀子夫人とまだ小学校の一、二年生のお嬢さん、それに僕の家内も乗船して友ヶ島へ出掛けたことがある。ゴムボートに乗り換えて上陸し、砂浜で泳いだり、持参の飲食物を飲み食いしたりして一日のんびり過ごした。そんなときの先生からは普段の厳しい表情が消え、別人のように穏やかな顔だった。

一度、北新地の女性一人をクルーザーに乗せることになり、僕が早朝、待ち合わせ場所の国鉄天王寺駅へ迎えに行った。だが、どこを探してもそれらしい姿が見当たらない。困惑する僕の前に見知らぬ女性が現われ、親しげに話しかけてきた。朝と夜の顔が激変して分からなかったのだが、探す相手だった。後日、先生に話すと珍しく大笑いされた。

再び夜。あるとき、いつも通りに大阪コクサイホテルへ行くと、先生からフロントへ連絡があり、締切り原稿が遅れているので部屋にきて一時間ほど待ってくれとのこと。人気作家の先生は新聞雑誌などの連載をいくつも抱え、毎日が戦争のような慌ただしさだったと思う。

僕はソファの端に控え、仕切りの向うの机の気配を窺う。先生は愛用のモンブランの太い万年筆を叩き付けるようにして、原稿用紙と格闘中だ。静かな部屋にその音だけが、機関銃でも発射するようにトントントンと断続的に響く。時折、呻きとも呟きともつかぬ低い声も混じる。その筆圧の激しさに驚きつつ、僕は正に死闘が繰り広げられている戦場を垣間見るような、身の引き締まる緊張と深い感動を覚えた。命懸けの真剣勝負だとも思った。クルーザーや北新地での遊興は、そんな重圧から逃れる貴重な息抜きだったのだ。

ここに収められている六作品も、そういう格闘、死闘の末に誕生した結晶である。興味深いのは、いずれも先生が「背徳のメス」で直木賞を受賞（一九六一年一月）する前後に書かれた点だ。以来、第一線で活躍し続けた長い作家人生の、記念すべき初期の作品が編まれている。

表題の「飛田ホテル」は現在の大阪・西成のあいりん地区、以前は釜ヶ崎と称した辺りが主な舞台になる。そこに住みつき、一時期、トランプ占いで生計を立てていた先生の、鬱屈《うっくつ》した底辺での体験から生まれた作品である。

ある冬の夜、飛田ホテルのモデルになった老朽アパートへ連れて行かれたことがある。「ここが俺の原点だよ」と先生が指差す薄暗い玄関先で、鉢巻きした酔っ払いがうずくまり、しきりに力んでいる。よく見ると尻を出し、ウンコの最中だった。僕らに向かってか、近寄ってきた野良犬にか、酔っ払いはしゃがんだ格好のまま、呂律《ろれつ》の回らない言葉で喚き散らした。どうしてそんな場所で用を足すのか、ただ呆《あき》れて、「凄いところですね」と囁く僕に、先生は苦笑いを浮かべておられた。そういう無茶な光景が別に異様でもない、猥雑極まりない一帯の雰囲気だった。

「口なしの女たち」は一応、神戸が舞台だが、表の顔の神戸の街ではなく、横道に外れて生息する人間模様が描かれている。「隠花の露」は大阪の天王寺、阿倍野界隈、「虹の十字架」は高級住宅地の芦屋が出てくるが、主な舞台は通天閣が間近に見える街、「夜を旅した女」はやはり通天閣が聳《そび》える新世界、「女蛭」は御堂筋から難波、堺、和歌山など大阪南部という具合に、それらはいずれも当時、三十半ばから四十前の年齢の、先生の土地勘のある場所が作品の舞台に使われていると見て間違いないだろう。

登場する人物達は暖かい日差しが届き難い世間の片隅で、精一杯、懸命に生きている。ある者は抜け目なく悪智恵を働かせて、欲望を満足させようと企む。そんな彼や彼女達の心の明暗を、先生は容赦なくえぐり出す。

六作品に共通するテーマは、ずばり「男と女の愛憎」だと言える。世俗に翻弄されて複雑に絡む人間関係を、ミステリーのレールで運びながら解き明かす。社会派推理作家としてデビューした若かりし日の、黒岩重吾の火玉のような熱い意気込みが全作品に横溢しているのだ。

この稿のために何十年ぶりかで読み直し、改めてディテールの見事さに驚嘆した。昨今、大味な小説がまかり通る傾向にあるが、細部描写の重要性を今更のように教えられる思いがする。また後年、「魂の観察者」と評せられるほど鋭い洞察力で人間心理を解剖して見せた、その片鱗も随所に窺えて感興をそそる。

かつて先生が住んでいた老朽アパートのすぐ近くには、四年後、二十階建てのシティホテルが建設される計画がある。国内外に手広く事業を展開するホテル業者が、その地区の将来的発展に目をつけたのだ。

僕はただただ隔世の感を覚えるだけだが、先生がそれを知ればどんな反応を見せるか、ふと想像したくなる。「高級ホテルができると、あの辺が生まれ変わるな」「俺の飛田ホテルと比べると、月にスッポンか」。そんな平凡な言葉ではなく、もっと気の利く発言が飛び出すのに違いないが、聞けないのが残念である。

（なんば・としぞう／作家）

本書は一九七一年六月に角川文庫として刊行されました。
各作品の初出は以下の通りです。

飛田ホテル　「別冊文藝春秋」一九六一年四月号
口なしの女たち　「別冊文藝春秋」一九六二年一月号
隠花の露　「別冊文藝春秋」一九六四年一月号
虹の十字架　「小説中央公論」一九五八年八月号
夜を旅した女　「婦人公論」一九六一年九月号
女蛭　「日本」一九六一年四月号

本書の中には、人種・民族、職業、身体障碍などについて、現在では不適切な表現があります。しかし、作品の時代背景や執筆時期、また作者が故人であることを考慮し、原文通りとしました。

カレーライスの唄　阿川弘之

会社が倒産した！　どうしよう。美味しいカレーライスの店を始めよう。若い男女の恋と失業と起業の奮闘記。昭和娯楽小説の傑作。（平松洋子）

ぽんこつ　阿川弘之

文豪が残した昭和のエンタメ小説！　時は昭和30年代、知り合った自動車解体業「ぽんこつ屋」の若者と女子大生。その恋の行方は？（阿川佐和子）

末の末っ子　阿川弘之

五十代にして「末の末っ子」誕生を控えた作家・野村耕平は、執筆に雑事に作家仲間の交際にと大わらわ。昭和ファミリー小説の決定版！（阿川淳之）

あひる飛びなさい　阿川弘之

敗戦のどん底のなかで、国産航空機誕生の夢を実現させようとする男たち。仕事に家庭に恋に精一杯生きた昭和の人々を描いた傑作小説。（阿川淳之）

尾崎翠集成（上）　尾崎翠　中野翠編

鮮烈な作品を残し、若き日に音信を絶った謎の作家・尾崎翠。この巻には代表作「第七官界彷徨」をはじめ初期短篇、詩、書簡、座談を収める。

尾崎翠集成（下）　尾崎翠　中野翠編

時間とともに新たな輝きを加えてゆく尾崎翠の文学世界。下巻には『アップルパイの午後』などの戯曲、映画評、初期の少女小説を収録する。

読んで、「半七」！　岡本綺堂　北村薫／宮部みゆき編

半七捕物帳には目がない二人の選んだ傑作23篇を二分冊で。「半七」のおいしいところをぎゅぎゅっと凝縮！　お文の魂／石燈籠／勘平の死／ほか。

赤線跡を歩く　木村聡

戦後まもなく特殊飲食店街として形成された赤線地帯。その後十余年、都市空間を彩ったその宝石のような建築物と街並みの今を記録した写真集。

消えた赤線放浪記　木村聡

「赤線」の第一人者が全国各地に残る赤線・遊郭跡を訪ね、色町の「今」とそこに集まる女性たちを取材した貴重な記録。文庫版書き下ろし収録。

名短篇、ここにあり　北村薫　宮部みゆき編

読み巧者の二人の議論沸騰し、選びぬかれたお薦め小説12篇。となりの宇宙人／冷たい仕事／隠し芸の男／少女架刑／あしたの夕刊／網／誤訳ほか。

名短篇、さらにあり　北村薫・宮部みゆき編

小説って、やっぱり面白い。人間の愚かさ、不気味さ、人情が詰まった奇妙な12篇。華燭／骨／雲の小径／押入の中の鏡花先生／不動図／鬼火／家霊ほか。

とっておき名短篇　北村薫・宮部みゆき編

「しかし、よく書いたよね、こんなものを……」北村薫を唸らせた、とっておきの名短篇。愛の暴走族／運命の恋人／絢爛の椅子／悪魔／異形ほか。

名短篇ほりだしもの　北村薫・宮部みゆき編

「過呼吸になりそうなほど怖かった！」宮部みゆきを震わせた、ほりだしものの名短篇。だめに向かって／三人のウルトラマダム／少年／穴の底ほか。

謎の部屋　北村薫編

不可思議な異世界へ誘う作品から本格ミステリまで、「豚の島の女王」「猫じゃ猫じゃ」「小鳥の歌声」など17篇。宮部みゆき氏との対談付。

こわい部屋　北村薫編

思わず叫び出したくなる恐怖から、鳥肌のたつ恐怖まで。「七階」「ナツメグの味」「夏と花火と私の死体」など18篇。宮部みゆき氏との対談付。

読まずにいられぬ名短篇　北村薫・宮部みゆき編

松本清張のミステリを倉本聰が時代劇に⁉　あの作家の知られざる逸品からオチの読めない怪作まで厳選の18作。北村・宮部の解説対談付き。

教えたくなる名短篇　北村薫・宮部みゆき編

宮部みゆきを驚嘆させた、時代に埋もれた名作家・長谷川修の世界とは？　人生の悲喜こもごもが詰まった珠玉の13作。北村・宮部の解説対談付き。

最終戦争／空族館　今日泊亜蘭　日下三蔵編

日本ＳＦの胎動期から参加し「長老」と呼ばれた伝説的作家の、未発表作「空族館」や単行本未収録作14篇を収録する文庫オリジナルの作品集。（峯島正行）

光の塔　今日泊亜蘭

地球上の電気が消失する「絶電現象」は人類を襲う未曾有の危機の前兆だった。日本ＳＦ初の長篇にして圧倒的な面白さを誇る傑作が復刊。（日下三蔵）

青空娘　源氏鶏太

主人公の少女、有子が不遇な境遇から幾多の困難にぶつかりながらも健気にそれを乗り越え希望を手にする日本版シンデレラ・ストーリー。（山内マリコ）

最高殊勲夫人　源氏鶏太

野々宮杏子と三原三郎は家族から勝手な結婚話を迫られるも協力してそれを回避する。しかし徐々に惹かれ合うお互いの本当の気持ちは……。（千野帽子）

家庭の事情　源氏鶏太

父・平太郎は退職金と貯金の全財産を5人の娘と自分で6等分にした。すると各々の使い道からドタバタ劇が巻き起こって、さあ大変?!（印南敦史）

コーヒーと恋愛　獅子文六

恋愛は甘くてほろ苦い。とある男女が巻き起こす恋模様をコミカルに描く昭和の傑作が、現代の「東京」によみがえる。（曽我部恵一）

てんやわんや　獅子文六

戦後のどさくさに慌てふためくお人好し犬丸順吉は社長の特命で四国へ身を隠すが、そこは想像もつかない楽園だった。しかしそこは……。（平松洋子）

娘と私　獅子文六

文豪、獅子文六が作家としても人間としても激動の時間を過ごした昭和初期から戦後、愛娘の成長とともに自身の半生を描いた亡き妻に捧げる自伝小説。

七時間半　獅子文六

東京―大阪間が七時間半かかっていた昭和30年代、特急「ちどり」を舞台に乗務員とお客たちのドタバタ劇を描く隠れた名作が遂に甦る。（千野帽子）

悦ちゃん　獅子文六

ちょっぴりおませな女の子、悦ちゃんがのんびり屋の父親の再婚話をめぐって東京中を奔走するユーモアと愛情に満ちた物語。初期の代表作。（窪美澄）

自由学校　獅子文六

しっかり者の妻とぐうたら亭主に起こった夫婦喧嘩をきっかけに、戦後の新しい価値観をコミカルかつ鋭い感性と痛烈な風刺で描いた代表作。（戌井昭人）

青春怪談　獅子文六

婚約を約束するもお互いの夢や希望を追いかける慎一と千春は、周囲の横槍や思惑、親同士の関係からドタバタ劇に巻き込まれていく。（山崎まどか）

胡椒息子　獅子文六

裕福な家に育つ腕白少年・昌二郎は自身の出生から母、兄姉に苛められる。しかし真っ直ぐな心と行動力は家族と周囲の人間を幸せに導く。（家冨未央）

ちくま文庫

飛田《とびた》ホテル

二〇一八年二月十日　第一刷発行

著者　黒岩重吾（くろいわ・じゅうご）

発行者　山野浩一

発行所　株式会社　筑摩書房
東京都台東区蔵前二―五―三　〒一一一―八七五五
振替〇〇一六〇―八―四一二三

装幀者　安野光雅

印刷所　中央精版印刷株式会社

製本所　中央精版印刷株式会社

乱丁・落丁本の場合は、左記宛にご送付下さい。
送料小社負担でお取り替えいたします。
ご注文・お問い合わせも左記へお願いします。
筑摩書房サービスセンター
埼玉県さいたま市北区櫛引町二―六〇四　〒三三一―八五〇七
電話番号　〇四八―六五一―〇〇五三

ISBN978-4-480-43497-5 C0193